卓越领导力必须培养的六大性格

好领导看尾流

尾流
WEILIU

胡建军 著

行船时，根据尾流可以判断船的运行情况。如果尾流是直线的，说明船正在稳
　　步前进；如果尾流左右摇摆，则可以判断船发生了什么事情。

是否为好领导，不是看他的魅力如何光环四绕，而是看其尾流。领导者的尾流
　　包括两方面：任务与人际关系。尾流的完美与否要看领导者的性格。

本书从临床心理学的角度阐述了一个人的性格将如何影响其取得成功，并对构
　　成的六大性格维度进行了总结，有助于领导者了解并关注自己的尾流。

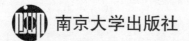南京大学出版社

图书在版编目(CIP)数据

尾流：卓越领导力必须培养的六大性格/胡建军著. —南京：
南京大学出版社，2008.8

ISBN 978-7-305-05247-7

Ⅰ. 尾... Ⅱ. 胡... Ⅲ. 领导心理学－研究 Ⅳ. C933

中国版本图书馆 CIP 数据核字(2008)第 129541 号

出 版 者 南京大学出版社
社 址 南京市汉口路 22 号 邮编 210093
网 址 http://press.nju.edu.cn
出 版 人 左 健
书 名 尾流——卓越领导力必须培养的六大性格
著 者 胡建军
责任编辑 王燊娉(wangshenping2006@sina.com) 张秀梅
编辑热线 025-83595844

照 排 南京海洋电脑制版有限公司
印 刷 阜宁人民印刷厂
开 本 787×960 1/16 印张 15.5 字数 208 千字
版 次 2008 年 8 月第 1 版 2008 年 8 月第 1 次印刷
ISBN 978-7-305-05247-7
定 价 30.00 元

发行热线 025-83594756
电子邮件 sales@press.nju.edu.cn(销售部)
　　　　 nupressl@publicl.ptt.js.cn

前言：好领导看尾流

我曾经向一位管理大师请教如何做好企业的领导，如何做好部门的管理者？因为这是很多朋友经常会问到我的问题，他们曾经是业务骨干，曾经有过骄人的业绩。如今登上领导者的高位，成了职场成功人士，还没有充分感受领导者带来的刺激和满足，却已经陷入突如其来的低谷——部下的不信任，人际关系僵化。用他们的原话就是"高处不胜寒"，甚至很多人表示愿意再回到从前。

管理大师并没有直接回答我的问题，他邀请我和他的家人一起坐游艇旅行，在风光旖旎的海湾享受人生。坐在船头，大师告诉我："我最爱做的一件事情就是坐在航行的船的船尾甲板上，因为这样可以看清轮船前行时形成的清晰的尾流。你可以根据尾流判断出轮船的运行情况，如果尾流是直线型的，你会觉得轮船正在稳步前行；如果尾流左右摇摆，你会想可能发生了什么事情。"

他最后说："是否为好领导，不是看他的魅力如何或者如何光环四绕，而是看尾流。"

领导者的尾流是什么？领导者在普通员工的生活或组织生命过程中留下的尾流包括两个方面，即任务与人际关系，而尾流的完美与否要看领导者的性格。

本书从临床心理学的角度阐述了一个人的性格将如何影响其取得成功，并且对构成品格的六大性格维度进行了总结。

从任务的角度而言，尾流是怎样的呢？它可能表明你达成了工作目标；为企业创造了利润；帮助企业实现了业务的增长；帮助企业完成了使命；为企业引入了新的做事方法并使之得到完善；帮助强化了企业的品牌；

你的工作和企业声誉得到了提高；你令企业的系统和流程得到了改进。

或者是另外一种截然不同的尾流——目标和计划没有完成；采取的举措毫无效果；使命没有实现；项目没能完成；组织涣散或混乱；消极被动；目标不明确；错误的尝试；损失了大量资源和金钱。

从人际关系而言，也会出现尾流。别人在你的帮助下得到了成长，他们更自信了，并且与其他人的合作关系改善了；他们的能力得到了提升，并且受到激励而做得更好；因为与你的合作，或者因为受你领导，他们的绩效得到了提升。

或者，他们受伤害了；他们更加不信任他人了；他们觉得被羞辱、欺骗或操控了；他们觉得失望、沮丧或被骗了；他们气愤并在等待报复的时机；因为你与他们的交往方式，令他们觉得自己低人一等，是个失败者，或觉得耻辱。一个更重要的问题在于："他们还会愿意与你合作吗？"

本书从上述各个方面对领导能力进行重新阐述。希望能帮助读者了解自己管理过程中的尾流，并且去关注自己的尾流。

最后还是归结为一句话——好领导，看尾流！

目　录

性格维度一 | 建立信任

　　很多管理者或者领导者经常沉迷在自己超强的能力和对下属的不信任之中，因此我们经常看到，很多领导者怀揣着强大的团队却在自己单干！这无疑是另外一个意义上的"怀才不遇"，这个"才"，是一个团队的才能！

第一节　建立信任是领导的基础

　　信任是一种无形的力量，但它却能产生一种巨大的驱动力，使整个团队在领导的组织下，展现出"众人拾柴火焰高"的磅礴气势。领导者要管理好他的团队，就必须最大限度地发挥每个成员的力量，达到 1+1>2 的效果。这就要求领导者发动员工，让他们放手去做，因为这样能使员工获得信任感，这在精神层面上无疑是一股巨大的驱动力。而事必躬亲的领导，整天忙忙碌碌，也只能落得个眉毛胡子一把抓——什么都没抓住的下场。

1 信任——一股清新的领导风格

　　作为领导，他的工作就是管理和捏合他的团队，而管理是在领导的带领下通过员工来完成工作的一种程序或艺术。这算不上是一个新鲜的命题，却直到当前才得到它应有的重视和认同。管理已经被带入一个全新的时代——管理者必须学会驾驭，即从自己解决问题，到信任、引导、激励员工去解决问题，这就涉及到领导要对员工建立起信任。

　　成功的领导往往能够比一般的领导更早地感觉到管理角色的变迁。应该说，知识经济时代的管理不再是"做事"的方法，而是"让人做事"的艺术，信任是实现这项艺术的第一要素。

"建立信任就建立了成功的基础"，前人总结出来了这样一条宝贵的经验，意义非常深刻。信任可以换来忠诚，信任可以激发人的潜能。在实际工作中，很多人才都有这样一种心理，就是希望得到领导的信任和尊重。而建立信任正是一种"投桃报李"的策略，让人才迸发极大的能量，真正的为你所用。

所以，领导一定要对人才建立信任，放手让他们工作，大胆负责。信任是对人才的最强有力的支持。首先，领导要相信他们对事业的热情和创造力，不要束缚他们的手脚，让他们创造性地开展工作。其次，领导还要相信他们的工作能力，既要委以重任，又要授予权力，使他们敢于对工作负责，明确自己的职责，忠于自己的职守。让他们遇事不推诿，大胆工作。对员工的信任和使用，还包括当他们在工作中出现了新问题，走了弯路时，领导要勇于承担责任，并站出来帮助他们总结经验，鼓励他们继续前进。尤其是当处于变革时期时，他们遇到阻力和困难，领导一定要挺身而出，给予强有力的支持和帮助，从而把变革进行到底。

对于员工，企业领导者既想利用他们的才能，又对他们放不下心，总认为员工与自己离心离德，这是领导用人之大忌。建立信任，是一条重要的用人经验，要真正做到确实比较难，但并非无章可循。

领导者要对所用的人才以诚相见。对于人才，一旦委以重任，那么就应该推心置腹、肝胆相照。因为只有相互信任，才能形成上下齐心协力的局面，才能赢得人心，使他们自愿地忠心不渝地献身事业，切忌对员工怀有戒意，妄自猜疑。善于用人，敢于信任人，可以使优秀人才与领导者把心思和力量共聚于一个焦点，共同创造伟业，收获胜利的果实。

当然，世间任何人的经历，都不会一帆风顺，常胜将军不常有。所以，即便员工在执行任务时干得不好或出现失误，也不要大惊小怪。只要帮助员工正确对待，认真总结经验教训，员工一定会产生有负领导重托的自责感和将功补过的决心，这样肯定会为今后的工作打下良好的基础。员工受挫的原因是多方面的，有主观的、客观的，可能还有领导决策指挥的原因等。如果一旦出现失误，领导就对员工一味地指责、埋怨、批评、训斥，而不给予丝毫的温暖和善意的帮助，便会挫伤员工的积极性，甚至产生叛逆心理，结果会更糟。

领导对于失败员工的正确态度应该是：先了解员工失败的原因，再观察他受挫后的态度：是心灰意冷还是重整旗鼓，是怨天尤人还是引咎自责，是满不在乎还是羞愧难当。然后再根据其反应对症下药，以挽颓势。

领导与员工都是生活在现实当中，所以世俗之众对人皆免不了议论纷纷、说长道短，被领导所任用的员工自然是被议论的对象。这些议论的人有的是出于嫉妒心理，有的可能是出于自身利害，散布流言蜚语，甚至无中生有，恶意中伤。在这个时候，如果领导者头脑不清醒，就很容易被俗议和诽谤所左右，从而对所信任的人产生怀疑。也就是说，如果领导者要真正做到无所猜忌，他就必须对世俗偏见、流言蜚语、嫉妒心理保持一定的距离，不被其影响和左右，以更有效地建立起信任，顺利开展工作。

领导在用人时，必须要有广阔的胸怀。有的领导只能容下能力、知识、才华低于自己及功劳小于自己的员工。此时，领导可以信任这些员工并用他们；反之，如果员工的才华、能力高于他，他就会疑神疑鬼。领导必须气度恢弘，才能做到信人不疑，才能用好那些超过自己的能人。

作为一个领导，就要大胆放开你的手，敞开你的胸怀，特别是高层领导，更应该懂得"放手、信任"的道理，清楚哪些事应该自己亲自去做，哪些事应该交给下属或员工去做。对于自己应管的事，就要亲手把事管好，对于那些应由下属做的事就要选贤任能、大胆放手。在这一点上，孙权任用陆逊就是一个经典的例子，这个佳传表现出了孙权的超人胆识，为了保吴抗蜀，孙权不畏流言蜚语，非常信任并大胆启用人才，任命年轻的陆逊为都督，统帅诸路军马。一批老臣宿将，如张昭等认为陆逊年纪轻、资历浅、官职小，竭力反对。但由于孙权非常信任陆逊，连夜筑坛拜将，并当着众官的面，把至爱宝剑赐给陆逊，宣布如果有人胆敢不听号令，可先斩后奏。后来，陆逊没有辜负孙权的信任，首战大捷，一把火使刘备数十万大军溃败。

2　信任助你深入人心

信任员工，就要放手让他们去做，去创造，给他们一定的权力，激发他们的主人翁意识。也就是在分配工作的时候，要赋予员工相应的权利，准许他们在一定范围内调度人力、物力和财力。同时在工作中，给他们一定的自由度，允许他们自行作出决定，以达到任务所要求的结果。而且据专家跟踪调研，这种方式下的工作，基本都能完成任务，可见，信任是最好的武器。

信任与否，对调动员工的积极性和主动性、有效开展工作有着不容忽视的作用。信任机制的情况，从大的层面上说，决定着公司的兴衰成败；从小的层面上说，关系到工作的顺利开展。然而，看似简单的信任，却并非人人都能领会并加以合理运用。

历史上，有过很多的文官武将，用人技巧超群，也有流传百世的名人，虽然功成名就，自身能力在当时也少有人能及，但在用人方面却做得不好，如诸葛亮，虽然是一代俊杰，其火烧博望、舌战群儒、七擒孟获等荡气回肠之作，都显示出他超人一等的智慧和谋略，广为世人传诵。然而这样一位为后人景仰的大智大慧之人，却因操劳过度而英年早逝，并且死后府中就缺少能人，以至于刘皇叔白帝城托孤成空，扶不起的阿斗终将其千辛万苦创下之伟业毁于一旦，成为千古一叹，留给后人诸多遗憾，诸多感慨！在他人看来，尽管诸葛亮尽心尽力，以至劳累而亡，实是不负刘禅，更不用说对得起刘备。但从另外一个侧面来看，蜀国灭亡也和诸葛亮有着千丝万缕的关系，是其不懂信任之道，很多事都自己去做。试想，如果诸葛亮充分信任手下，将众多琐碎之事合理授权，让手下去处理，自己则只专心致志地细研军机大事、治国之方，他又怎么会落得个劳累而亡的结果呢！凭其"运筹帷幄，决胜千里之才"，问天下还有谁可挡？别说他人，就连其对手司马懿在听说诸葛亮每每事必躬亲后，也大笑，说他如此操劳必早亡！不必怕矣。

从上事例我们不难得知，信任必不可少，信任势在必行。那么，如何才能有效地使用这个最好的武器呢？

一、要舍得用

武器是需要使用的，只有使用了，才知道该武器的火力有多大，合则放在武器库里，只能让它生锈或多年以后用不上。信任亦然，好比诸葛亮，每每事必躬亲，总是把权力攥在手里不肯下放，不信任手下能把事做好，手下又如何为其分担工作、如何承担责任呢？所以可以说，权力虽好，但必须有效下放，领导必须使用信任这个武器，才能真正强有力地发挥武器的作用。

二、要敢于用

武器必须是敢用才可能用起来的，如果不敢用，总担心使用后走火或者其他，那武器也只好搁在武器库里作摆设了。使用武器的种种兴奋，当然也就谈不上体会和享受了。因此，信任必须敢于用才能起到应有的作用，不要担心信任后员工就会"走火"，大胆地去信任，让其在天地间自由驰骋，相信他能把事情办好。

三、有效使用

有效使用武器，就是对特定的事用特定的方法，就像打野兔，用枪就可以了，而要炸毁敌人的碉堡，用枪就不行了。信任也必须有效地使用，对不同的员工，让他们做不同的事，才能起到最大的作用。信任员工，让他们放手去做，只要不是超越了自己能力控制的范围都行，超过控制范围的，就要小心谨慎。这样，一方面，既可以让员工拥有适当的权力，使他们在给定的权限范围内积极工作；另一方面，又便于领导开展工作，最大限度地减轻自己的工作量，让自己拥有更多的时间，并用这些时间来做更有价值的事情。如某公司的一位生产经理，在生产过程中，他应该将每天生产部门内的日常工作交给助手或员工去安排，自己更专心地对生产进程、产品质量进行跟进。这样一来，既有效锻炼了助手和员工的能力，也使自己有更多的时间去做总体上的宏观决策。

四、信之有度

信任是一个武器，武器也要用之有度，滥用会造成难以接受的后果。因此，领导在权力下放过程中，就必须要注意不要放松对权力下放后的跟进，要时刻了解工作的进展情况和出现的问题。要知道，情况随时都可能发生变化，稍不注意，就可能发生意想不到的后果，如不注意及时跟进和了解情况，就可能悔之莫及。所以，即便是信任员工，把权力下放后，也一定要随时跟进，及时了解情况，把整个事情发展的态势牢牢控制在自己的手心。

五、掌握控制力

对信任的控制，就像对武器的控制，有人能够把武器用得出神入化，而有的人拿起来就显得笨手笨脚。能够很好地控制武器，就更能击下自己的目标。所以，领导在权力下放过程中，一定要掌握足够的控制力，千万不要让局面超出自己力所能及的控制范围。

领导要信任员工，权力不是不可以下放，但要掌握一定的尺度，有效地使用信任，要能掌握局面，则权力可以尽情地下放，使员工得到被信任的使命感，最重要的是能激发整个团队不断超越，开创新的局面。信任是最好的武器，聪明的领导能更好地掌握这个武器的使用技巧。

3 怀疑就是虐待

绝大部分员工都受不了领导的怀疑，尤其是自尊心很强的员工，对他们来说，怀疑就是虐待。

人是有感情的动物，一切行动都受着感情的支配。很多企业的领导也懂得这个道理，在发挥员工的作用时，非常重视感情的作用，对员工体贴入微，晓之以理、动之以情，使大家对企业领导产生特殊的感情，对他们的事业也就会全力去支持。也就是说，假如企业领导能够做到对员工处处信任、给他们一定的权力，放手让他们工作，这样企业就容易形成合力，创造出理想的业绩。

信任是为人处事所必需的，相互信任更是一种境界。保罗·盖蒂与他的员工就是相互信任，他是一位善于取得员工的信任而他自己又信任员工的人，这使他成功比较顺利，而且他也成功了。

事实上，在他创业初期就发生过许多与员工互相信任，并且最终产生了许多极好效果的事情。

曾经在森林里有一块地，而且那块地的所有者愿意出租。但很多石油公司嫌这块地面积太小，而且道路不易铺设而放弃了。保罗·盖蒂和他的员工也到现场考察了这块地，他们发现这里是可以采出石油的。但保罗·盖蒂经过仔细分析和研究，认为这块地也没有多大前途，因为这块土地有几项劣势：第一，面积太小，甚至比一间房子还小；第二，交通不方便，唯一通到这块地的只有一条小路，还只有 4 尺宽，卡车没有办法开进去；第三，由于这块地太小，不适合用一般的开采办法进行开采。

经过仔细分析，开始保罗·盖蒂准备放弃租用此地，员工们也都没什么反对意见。不过保罗·盖蒂仔细想想，还是决定让员工们一起讨论一下，各抒己见，看看是否有办法克服这块地的劣势。员工们见领导如此信任大家，很受感动和激发，所以他们毫无拘束地议论起来，你一言我一语，不少好主意就接二连三地出来了。

"我想我们可以使用小一号的工具挖掘"，一位员工认真考虑后突然说。

这位员工的一句话，给保罗·盖蒂带来了一点启示，他一直认为交通是这块狭小油田得到开发的死结，如果可以使用小一号工具挖井，那么为什么不可以考虑使用小一号的铁路作为通向这油田的交通工具呢。于是，他顺着那位提建议的员工的话接着说："如果我们能找到人设计和制造出小一号的工具，那么我们公司就可以着手在这块地开采石油。但是，一个新的问题又出现了，如开采出了石油，怎么使用小一号交通工具把那里的石油运出来？刚才那位员工的主意实在太好了，希望有更多的人能够大胆地发挥自己的智慧！"

员工们见保罗·盖蒂如此一讲，受到很大鼓舞，他们都在开动脑筋想办法。由于大家都是长期与油田打交道的工作人员，在工作过程中，既深深地体验了挖井采油的方法和难处，又练就了各种克难制胜的本领，每个人都有不少经验和体会。因此，所有人都畅所欲言，把自己的看法讲出来，人多力量大在这个时候得到了充分的诠释，员工你一言我一语，由小一号挖井工具谈到小一号铁路和火车问题，进而又谈及找谁设计和制造这些工具以及交通工具的具体方案，在谈话过程中，不断地谈出了新的问题，都得到了很好的解决方案。

在保罗·盖蒂的一番激励和鼓动下，经过大家的讨论，员工们为开发森林里那块含油丰富的小油田找到了一个比较合理的方案。保罗·盖蒂决定用小型铁路和小型器材进入那块油田。后来，在所有员工的共同努力下，盖蒂石油公司终于在那块地上挖出了第一口井，并且后来接二连三地挖出好几口井，最令人欣慰的是，每口井都产出大量原油，每天共产油17 000多桶。在短短几年间，这块油田就为保罗·盖蒂带来了数百万美元的利润。

盖蒂石油公司在这块油田开发的成功很大程度上归功于保罗·盖蒂的用人招数——大胆地让员工放开表达自己的想法，传递自己的智慧。治众是保罗·盖蒂获取成功的关键，是他的一笔宝贵的财富，是企业造势的根本。企业领导必须学会相信员工，调动他们的积极性和主动性，这样才能实现更多的产出。他还认识到，只有当领导要实现的目标与员工的意愿相符合时，才更可能有效地调动员工的积极性和主动性。为此，他还专门采取了许多办法来激励企业员工，如给予不低于同行业的工薪和福利待遇、尊重和信任员工、对有贡献或者有好主意的员工视其贡献大小给予一定奖励等，从而使企业"百将一心，三军同力"，促进企业得到了很大的发展。

盖蒂石油公司的成功告诉我们，作为企业的领导，不要怀疑员工，放手让他们去想、去做、去发挥他们的智慧，对他们来说，怀疑就是虐待。

第二节 信任需要因人适用

领导必须信任员工，但这并不是说领导要信任所有的员工或者在任何事上都要信任。由于员工的人品各不相同，所以领导要在发展信任感的同时，还要慎重信任员工，尽量把权力交给负责的员工。

1 慎重信任员工

在信任员工上，领导要做到有松有弛，松弛有度，既要大胆地信任，又要做到慎重地信任，及时发现员工的不良行为，防止人品不好的员工在不良动机下做出有损企业的事。

秦始皇嬴政死后，其子所掌管的秦朝在宦官赵高的辅佐下走向灭亡，就是一个很典型的例子。

秦朝后期，秦始皇嬴政病死，宦官赵高想乘机图谋不轨，篡夺朝中的大权。于是他隐瞒了秦始皇的死讯，并且假传圣旨，命始皇的长子嬴扶苏自杀，然后立次子嬴胡亥为太子，紧接着宣布国丧。最后，赵高扶太子胡亥让其继承了帝位，也就是秦二世，赵高自己则当了正丞相。由于当时秦二世胡亥的年龄还小，只能算是一个幼稚的傀儡皇帝，丞相赵高实际上掌握了朝廷的实权。

赵高人品太低劣，即使掌握了朝廷实权，他的野心依然不断膨胀。他还想进一步登上王位，一统天下，却恐臣子未必全都信服他，于是他想出了一条计策，也就是众人皆知的"指鹿为马"。

有一天，赵高给秦二世献了一头鹿，但他却指着鹿说："这是我献给陛下的一匹马！"

秦二世疑惑，问道："丞相跟我开玩笑吧？这明明是一头鹿，怎么会是一匹马呢？"

赵高严肃地说："普天之下，谁敢同陛下开玩笑！这明明就是一匹马。你不相信的话，请问问群臣百官。"

秦二世随即问左右臣子："这究竟是鹿还是马？"

为了巴结赵高，这些赵高的亲信和讨好赵高的一部分臣子，都说是马，也有一部分臣子害怕赵高的威势，也跟着说是马，另一些正直的臣子，有的默不作声，有的则实话实说。赵高看在眼里，暗暗记下了那些说是鹿的人的名字，后来，赵高借故把他们全部杀害了。

秦始皇本来希望秦朝能够二世、三世乃至万世代代相传下去，但结果却仅到了二世就寿终正寝了。究其原因，是在秦始皇晚年，宦官专权，二世胡亥在位时，年纪轻轻，不懂当政，而赵高则篡权越位。

在当今社会，下级越权现象在一些单位时有发生，其表现是：

1. 由于职责范围划分不清，或是写在纸上时明确，在实践中却模糊，因而造成无意地、不自觉地越权；

2. 有的员工由于对上级领导有成见，为了显示个人才能而有意地、不正当地越权；

3. 在非常情况下的越权。

为了防止上述现象的发生，应坚持职、权、责一致原则。领导要根据不同的越权情况，从而采取不同的制止下级越权的方法和艺术：

1. 明确职责范围

权力是与职务、责任相适应和一致的。职务，是领导者一定的职位和由此产生的职能，而责任是行使权力所需要承担的后果。有多大的职务，就要求有多大的权力，承担多大的责任。职、权、责一致，是领导进行工作的一个重要原则。

2. 分层领导

任何事物都是一个系统，作为系统而存在，而系统都有其层次结构，其发展变化也都是有规律的。系统之间能否有效地运转，取决于层次性，同一层次的诸系统的功能联系须由各级系统之间自主进行。当发生障碍，产生矛盾，出现不协调时，就交由上一层次系统解决。这是分层领导的理论依据。

3. 分清越权的动机

假如下级是因为有较强的事业心、责任心，工作有积极性、主动性，越权的发生，是想工作之所想，急工作之所急，并不推不靠、敢作敢为、敢于承担责任，出现这样的行为，领导应该先表扬后批评，既肯定其积极性，同时指出其越权的危害。以越权的具体事实帮助其进行分析和研究，找出不越权而把事情办得更好的办法。这样，员工才能被领导的公正、体贴、实事求是所感动，才能使其领悟到应该发扬什么，克服什么。假如员工的越权行为是因为员工觉得自己能力非常出色，或者有意和领导过不去，那么领导者就应该严正忠告，下不为例，同时要说明越权行为会严重影响工作的正常秩序，并使他人感到无所适从。假如是因为自己"官僚"而造成下级越权，则领导者应从自身做起，克服缺点。

一旦员工发生越权行为，领导应该积极慎重地根据不同情况，采取不同的方法加以纠正。当然，一般情况下，要是没有重大的突发事件，领导还是要把员工的越权消灭在萌芽状态。

2 有效发展信任感

有效地发展信任感，会得到团队成员的尊重和承诺。团队领导面临的第一个挑战就是建立信任和对团队成员的影响力，有效发展信任感。除了特殊情况外，通过命令和直接控制的方法来领导团队的效果远逊色于通过影响和间接控制的方法。因此，清楚如何和团队成员一起工作而不是如何只让团队成员工作是十分重要的。如果没有建立信任感，即使给出方向，明确目标或者激励团队成员都是在浪费精力。

员工不会跟着一个他们不信任的人或是不信任他们的人，也不会跟着一个双面人，不一致的人，或者是一个只为自己不为团队谋福利的人。事实上，信任是领导影响力中最重要的影响因素。信任一旦建立，团队就可以向高绩效前进了。以下七种简单易懂的行为对建立和保持在团队中的信任和影响力是非常关键的。

一、正直诚实

在建立信任的行为中，最重要的就是正直诚实。诚实意味着你说到就要做到，你的行为和你的价值观是一致的，你的支持是发自真心的。有些人把这称之为"走在言语上"。信任是建立在员工相信领导者是值得信任的，没有潜在的动机的基础上，那些说一套做一套，或者经过证明其是不诚实的，或者没有遵照承诺去做的人被认为是不诚实的领导者，是没有或者缺乏影响力的。

二、清晰和一贯的表达

清晰明确地表达你想要什么和去哪里，而没有任何教条和固执，能够帮助你在其他成员中建立起信任。在许多国家的选举中，选民评价他们的政治家们是非常不可信的，原因在于大部分的候选人不能坚持他们自己的观点，而总是根据选民的要求不断改变他们的观点。可以说，可信的人是一贯的，可预期的。据说，一个充满热情的观点相当于 50IQ 分数。因为如果你清楚地知道自己想要什么，就可以在很大程度上减少不确定性，增强了清楚度，并可创造一贯性，这种一贯性可以发展和增强团队其他成员的信任。清楚而有力地表述一个不动摇的观点要比根据其他人同意与否或者喜好来改变观点更为有效。

三、创造积极的能量

树立乐观的态度，坚持赞扬的原则。当团队处于一种批评的氛围或消极的氛围时，大多数团队都不会有较高的绩效。批判团队成员、前领导者，或者团队之外的其他人，往往并不是帮助改善绩效的好方法。当积极因素如乐观、赞扬、庆祝胜利、发现进步等存在时，个人和团队往往都会做得更好。这意味着当你被认为是热情时，是积极因素的源泉时，你会获得团队成员的信任，你会对团队成员产生影响力。人们通常愿意被积极因素而不是消极因素所吸引，也是基于同样的原因，如果他们对之前的要求说了"是"，那么对这个要求也会说"是"。作为一个领导，假如你是令人愉快的，是乐观的，那么团队成员也就更倾向于愉快，更愿意接受你的议程安排。

四、公共和互惠

假如你在团队中表达的是团队成员普遍支持的观点，则他们更倾向于接受你的观点。假如你想让团队发生一定的改变，或者使团队前进到一个听起来有些危险或者不舒服的状态，可以先表述成一个其他团队成员接受的观点。可以简单地说，"我知道你们都非常忙""在这个问题上，我们有很多不同的观点"等。这是遵循互惠的原则。假如团队成员从你那儿得到了什么益处，或者因为你同意了他们的观点，他们会愿意接受你的观点。在你表达了同意他们之后，你就可以轻易地把他们引导到你的可能会使他们感到不确定和不舒服的目标。假如你的观点被认为是同其他人的价值和观点一致的，那么你的信任、威望就建立起来了。

五、控制同意和不同意

当团队成员最初同意你的观点时，你如果运用一方面争论则会更有效。所谓一方面争论就是只提出一个观点并提供相关证据支持它。当团队成员在最初不同意你的观点时，要用双面争论，即先提出问题的两个方面，然后再说明你支持的观点。一定要知道，当团队成员同意你时，你提出的观点才更有分量，被记住的时间往往也会更长。当他们不支持你时，你后来提出的观点才更有意义、更有分量。

六、鼓励和指导

对团队成员进行鼓励是最能预测团队领队有效性的重要因素之一。鼓励意味着帮助其他人增强勇气以处理不确定性和超过他们现有的绩效，以打破现状，追求更高的目标。鼓励团队成员不仅仅是称赞和支持，还包括指导和帮助。指导就是帮助找出方法，给出建议或者提供信息，按照要求援助团队成员，但这并不意味着团队领导的控制和接管。而是意味着"教练"帮助别人做好，但并不加入他们。卓有成效的鼓励并不是带领拉拉队，而是提供积极有力的意见和有用的建议及方向。

七、共享信息

可信的团队领导一般都具备渊博的知识，因为领导指明了团队内部的各种才能和团队面临的任务。建立信任就意味着理解团队成员的观点，以及对他们才能和智谋的了解。可以说，了解团队成员是成功领导的关键。一个重要方法就是"经常核对"，这指的是定期向团队成员询问以核对团队成员的同意水平、不满意、困难、需要、人际关系以及团队问题等。当然，信任也可以通过对任务以及对团队外部环境的学识来建立。这类知识可以通过给团队扮演"大使"和"侦察员"角色的方式，对外代表团队并从外界获取信息来完成。然而，重要的是学识在共享的情形下才能建立起信任。作为其他人需要信息的来源可以建立信任和影响力，因此共享很重要。当然，没有一个领导是所有和团队有关主题的专家，但是有成效的领导能够不断增加和扩展关于团队以及外部环境的知识。

3 把权力交给负责的人

不同的人，人品也不一样。领导要信任那些负责的人，而不应该把权力随便交给员工，把权力交给不负责的员工，很可能就会酿成恶果。

所以，每一位公司领导都应保持这样一种态度——权力固可授予，但责任却无可旁贷。所以在权力下放前，务必要认真选好人来接管这些权力。下面是可以授予权力的 12 种人：

一、领导不在时能负起留守职责的人

有些员工在领导不在的时候，总是精神松懈，甚至忘了应尽的责任。例如，下班铃一响就赶着回家，或是在办公时间借故外出，长时间不回。领导不在，员工就该负起留守的责任。领导回来后，向他报告他不在时发生的事以及处理的经过。如果有代领导行使职权的事，就应该将它详细记录下来，事后提出详尽的报告。

二、能随时回答领导提问的人

当领导问及工作的方式、进展状况、今后的预测或有关的数字，他必须当场回答。好多员工被问到这些问题时，还得向别人探问才能回答，这样的员工不但无法管理其该管理的范围，也很难有效地开展工作，难以成为领导的有力助手。员工必须随时掌握职责范围内的全盘工作，在领导提到有关问题时，都能立刻回答才行。

三、致力于消除领导错误的人

领导并非圣贤，也会犯错误或是发生误解。事关工作方针或是工作方法，领导有时也会判断失误。领导的失误往往波及员工晋升、加薪等问题。碰到这种情况，员工千万不能一句"没办法"就放弃了事，而必须竭力纠正领导的这种错误。

四、向领导提出问题的人

领导由于事务繁忙，所以平时很难直接掌握各种细节问题。能够确实掌握细节的人，一般非基层莫属。因此，员工必须向领导提出所辖部门目前的问题，同时一并提出对策，供领导参考。

五、忠实执行领导命令的人

对员工说来，领导下达的命令无论如何也得全力以赴、忠实执行。这是员工必须严守的第一大原则。假如员工与领导意见不一致，当然可以先陈述自己的意见。陈述之后领导仍然不接受，就要服从领导的意见。而有些员工在自己的意见不被采纳时，就抱着自暴自弃的态度去做事，这样的人没有资格成为领导的得力助手。

六、经常请求领导指示的人

员工不可以坐等领导的命令，他必须自觉做到请领导向自己发出命令，请领导对自己的工作提出指示。如此积极求教，才算是聪明能干的员工。

七、做领导的代言人

员工必须是领导的代言人。纵然领导的见解与自己的见解不同，领导一旦有新决定，员工也要把这个决定当作自己的决定，向同事或是外界人作详尽的解释。

八、知道自己权限的人

员工必须认清哪些事在自己的权限之内，哪些事自己无权决定。绝不能混淆职责界限。一旦发生某种问题，而且又是自己权限之外的事，绝不能拖拖拉拉，应该立刻向领导请示。

假如超越顶头上司与上级领导交涉、协调，那就等于把上司架空，破坏了命令系统，也应该列为禁忌。协调的时候，原则上也要先跟顶头上司打个招呼，获其认可。

九、向领导报告自己解决问题的人

员工自己处理好的问题如果不向领导报告，往往使领导不了解实情，导致作出错误的判断可能。当然有些事情无须一一向领导报告。但是原则上可称之为"问题""事件"的事情，要及时向领导提出报告。报告的详尽程度以及报告时机要因其重要程度的不同而有所区别。重要的事，必须即刻提出报告，而对于次要的或属日常性事务，则可以在一天的工作告终之时，提出扼要的报告。

十、勇于承担责任的人

有些员工在自己负责的工作范围内发生错失或延误的时候，总是举出许多的理由，不敢承担责任。这种将责任推卸得一干二净的人，实在不能信任。

十一、给领导提供情报的人

员工在与外界人士、同事等接触的过程中，可能会遇到各种各样的情报，这些情报有些是对公司不利的。员工最好把这些情报谨记在心，事后把它提供给领导。这样可以让领导作出正确的判断。尤其是影响到其他部门或是必须由领导作出某种决定的事。

十二、不是事事都请示的人

遇到稍有例外的事、下属稍有错失或者在旁人看来属于极琐碎的事，也都一一搬到领导面前去请示，这样的下属令人不禁要问：他这个员工到底是干什么的？

员工拥有执行工作所需的权限，在不逾越权限的情况下，凭自己的判断把分内的事处理得干净利落，并敢于对后果承担责任。

第三节　建立信任的核心原则

信任的建立，是一门很深的学问，但再深奥的学问，也有其核心的、原则性的精髓。信任的建立也是一样，离开了这些核心的原则，领导就很难驾驭他的管理，往往使实际结果与他的预期结果背道而驰。掌握了这些规则，领导在实际工作时，就如虎添翼，游刃有余。

1　信任而不放任

从某种程度上讲，信任是领导者对员工品质、能力的充分肯定，他按照制定的原则让信任的员工帮自己行事，但绝不是让那些不具备良好品质和突出能力的员工任意所为，以致给团队带来消极的影响或破坏公司形象。因此可以说，信任是一种理解和依赖，而放任则是一种散漫和纵容。作为企业领导者必须牢记这一点，切忌混淆了两者的关系。因此信任员工是领导者开展工作所必须的，不要走向另一个极端——放任。

为了让员工执行值得信赖的工作，领导者可采取如下方式：

一、切忌不闻不问

领导要员工执行值得信赖的工作，其基本方针就是进行指导。由于员工有时会墨守成规或养成惰性习惯，所以领导者要经常留意员工工作的状态，并反复给予必要的指导。

二、防止疏漏工作环节

做到这一点，需要求员工严格执行对工作的指示，领导者要巨细无遗地指示员工完成工作的重点与应注意的事项。即使领导者相信员工会遵守他的指示，但假如指示本身不明确或存在疏漏，被信赖的员工出于好意勉强执行，结果却未必会与领导者的想法百分之百吻合或一致。因此，希望员工能遵守的指示要力求明确，只要指示能明确地表达相信员工能较为有效地执行指示。

三、力戒死板教条

认真地接受报告情况，以变应变，并调查一下工作的进展或完成的实际情况。由于工作的状况经常会变动，这足以妨碍员工的工作效率。虽然领导者相信员工一定能巧妙地应付那些变化，但有时变化难免会超出员工的权限，与其让员工竭尽全力，不如领导者凭着本身的观察或部门状况的报告进行判断，为其指点迷津。

四、不要静以待之

领导者要掌握先机，实行与关系部门协调或支援等必要措施，及时了解和解决出现的问题，不要静以待之。

只有领导者与员工之间形成良好的信任关系，才能使工作完成起来更加有章有法。这样的放权才可以说是真正的信任员工。

领导者要注意以下两点：其一，必须日积月累地努力建立与员工之间的依赖关系。得之不易而失之易，要努力发展并维持这种依赖关系。其二，分清楚信任与放任，信任员工与放任是两回事，不可怠于工作管理的努力。

许多领导者常常会将信任与放任混为一谈。放任员工的后果可能不仅会导致把放权的成绩冲得一干二净，还可能影响整个公司的发展，身为领导者，不可不防！对放任进行预防的最好办法就是监督！

一个领导者，即使他有再大的精力和才干，也不可能把公司所有的职权紧抓不放而事必躬亲。事实上，他总是需要把部分职权交给员工，让大家来共同承担责任。有的领导者每次向员工交代任务时总是说："这项工作全拜托你了，一切都由你做主，有事你不必向我请示，只要在月底前告诉我一声就可以了。"这种授权方式会让员工们感到：无论我如何处理老板都无所谓，可见他对这项工作并不重视。最后就算是做好了也没什么意思。老板把这样的任务交给我不是分明小看我吗？

像上述不负责任地下放职权，不仅无法激发员工的积极性和创造性，反而会适得其反引起他们的消极情绪甚至是不满。高明的授权法是既要下放一定的权力给员工，又不能给他们以不受重视的感觉；既要适度地检查督促员工的工作，又不能使员工感到有名无权。若想成为一名优秀的领导者，就必须深谙此道。

软硬相结合，放权与监督相结合，只有这样领导者才算深谙放权之道。要做到防止放任所带来的弊病和害处，公司领导的用人原则应当是：委任既要有信任，更要有责任，唯有信任的委任才能切实可行。

2　事不必躬亲

人的精力是有限的，然而成功的人却能在有限的精力内做出无限的业绩来，事必躬亲的领导虽然把有限的精力耗光用尽，收获却少得可怜。

现代社会许多大小公司的老板、各阶层的领导早已被信息、电讯、文件、会议覆盖得透不过气来。几乎任何一项请求报告都需要他们来审阅、予以批示、签字，为此他们经常被搞得头昏眼花，最后难以对公司重大决策作出思考，在董事会议上他们很可能是最为无精打采的那类人。

领导工作的效率不高往往是被一些琐碎的事给拖住了后腿。

李某是一家私人电脑公司的经理，他每天要面对成百份的文件，这还不包括临时得到的诸如从海外获得的最新商业信息。他经常抱怨说自己要多长一双手或多长一个脑袋就好了。很明显，他已感到疲于应付，他也曾考虑增添助手，可最后还是刹住了自己的一时"妄想"。因为他认为这样的结果只会让自己的办公桌上增加一份报告而已。公司人人都知道权利掌握在自己手里，公司每项工作都需要自己的安排，他们每一个人都在等着自己下达正式指令。李某每天走进办公大楼时，他就被等在电梯口的员工团团围住，等他走进自己的办公室，已是满头大汗。

实际上，李某给自己制造了这许多的麻烦。既然是公司的最高负责人，那自己的职责就应该只限于有关公司全局的大计之上，而下属各部门应该各司其职，协助负责人，以便给他留下足够的时间去认真考虑公司的发展大计、年度财政预算、董事会上的报告、人员的聘任和调动……举重若轻才是管理者正确的工作方式。相反，举轻若重只会让自己越陷越深，把自己的时间和精力浪费在许多毫无价值的决定上。这样的领导方式是不科学的，根本无法带动并且推动公司的发展。

有一天，李某终于忍受不住了。他把所有的人关在电梯外面、自己的办公室外面，把所有无意义的文件抛出脑外。他让员工自己拿主意。他给秘书做了硬行规定，所有递交上来的报告必须筛选后再送交而且不能超过十份。刚开始，秘书和所有的员工都不习惯，因为他们已养成了奉命行事的习惯，而今却要自己对许多事拿主意、做决定，他们有点不知所措，但这种情况没有持续多久，然后公司开始有条不紊地运转起来，员工的决定是那样的及时和准确无误，公司几乎没有出现什么差错。相反，往常经常性的加班现在也取消了，工作效率在真正各司其职面前大幅度提高了。李某还甚至有了读小说、喝咖啡、看报、进健身房的时间，他感到惬意极了。他现在才算是真正体会到自己是公司的经理，而不是凡事包揽的"老妈子"。

事不必躬亲，高度的集权管理只会使公司运行缓慢，速度将如蜗牛爬行一般，李某前期的领导方式，就是受到了传统集权式管理的负面影响。他把公司的大小权利都集中到自己一个人身上，难怪职员们凡事都要先行而后动，员工主动出击在原则上就是越权，搞不好会弄丢自己的饭碗，谁敢冒这个险？李某终究还是开窍了，他大胆下放自己手中的大部分权利给各主管以及每一个员工，给他们充分发挥自己优势的机会，给予他们决定自己怎样做才能做得更好的权利，不必千篇一律，每个人都可以各显其才了。放权的结果就是要让员工全都积极地行动起来，充分利用自己手中的权力，有效完成自己的工作，使之更趋完美。作为领导者，不必担心放权会动摇自己的位置，相反，放权只会使你的位置变得更加牢固——可是，还是让它不停地动摇的好，难道你不想高升吗？

在授权方面，松下幸之助是最有经验和体会的。日本历史上，有一名人叫激源朝，对于他的工作作风，松下幸之助深表赞赏，并以身效法，视其为领导统御的秘诀，最后，松下幸之助也成为了一个著名的企业管理家。

激源朝起兵之后，很快便旗开得胜，他也野心大增并企图打进当时日本的首都——京都。但其部下建议不必仓促进兵，而应该先巩固关东基础，以图再战。他听从了部下的建议，回兵镰仓，势力大增。自此以后，他总是在大本营谋划幕府体制工作，总管大局，至于征服抗令诸侯的诸般征战和其他小事，则统统交给弟弟和其他属下去办理。

在松下幸之助的经营史上，也出现过类似的情形。创业初期自不必说，到公司发展上了一定的规模、有了数百名员工的时候后，有人建议松下居中策划，把外边的事情交给掌柜(经理)去做。开始，松下对此很不以为然，但随着经验的积累，慢慢地他深刻体会到了这句话的深义。他说："最高领导者是应该身先士卒，冲锋陷阵好呢？还是更应该居中策划，指挥众将？"事实上，这是个值得讨论的问题。某些情况下，主帅身临阵前，身先士卒确实有其必要。但一般而言，派遣部将在外担当军事行动，似乎更为合理。如此可使主将不必亲受生死的压力，而能冷静根据情形发展态势冷静地作出判断和决策，以指挥众人，使事情更顺利地进行。尤其在现代科学昌明、技术发达的当今社会，一个大公司的领导一般只要一通电话，就可以把全国或全世界的人员联络起来，或指示，或搜集情报，无所不能。如果凡事都要领导亲自去办，所得不过一些零星的经营心得，并不划算。事不必躬亲，但收获更大。

3 让能者先行

让能者先行，这是优胜劣汰竞争规律的要求，是活生生的现实的呼唤。

但权力是一把利剑，有些领导干部注意暂时放手，有些领导干部则死不放手。正确的方法是——让能者拥有权力，让能者先行！

我们到一个单位时，可能会遇到一些领导只是把部门负责人叫来，然后这样说一句："其他的就由你和这位负责人一起作决定"，接下来就安排另外工作的情形。这是对有能力的人授权，让能者先行！通常领导只决定个大概，把握整体和整个方向，其他细节部分则交给部门负责人和其他员工去处理，这是一个让员工发挥能力的机会。而且，他们对工作细节的了解也比领导知道的要详尽得多。

但有时当部门负责人决定的事情，已经开始有进展时，单位的领导又突然出面干涉。结果，一切都要等领导裁决后才能继续运作。虽然领导口头上说要把权限交给员工，事实上决定权还是在他手上。有时一些领导连工作细节也要干涉。

所以，各层次的领导要事先做好意见沟通，不能只一句"都交给你"就撒手不管了。一旦说出这句话，就要按说出的话做，有绝不干涉的觉悟，否则会让员工失去工作热忱。如果是和单位外的人谈公务，又会牵涉到单位的信誉，则更要小心。

如果领导没有"委托"的自信，之后又想干涉，那么在整件事情上，最好从头到尾都由自己决定。"委托"并不是件坏事，当自己决定将任务交由他人去做时，即使真有不满意的地方，也不应该再作干涉。

当部门负责人由于无法应付某个问题而非常苦恼时，身为领导，不妨以个人的经验提供给负责人一些方法。但在许多时候，情况往往在开始时便弄巧成拙变了质，领导本来想用温和委婉的方式传达给负责人，但要是语气上隐含命令的意味，那么负责人表面上也许会接受，但心里却未必服气。因此，这一点特别值得注意。要知道，当部门负责人因为不知如何做而感到闷闷不乐时，如果领导趁机在一旁干预，对于部门负责人而言，或许这意味着对他们的不信任。

这样的情况下，领导不妨对部门负责人表示："假如是我，我将这么做……你呢？"以类似的语气来指导部门负责人，既可保持自己的立场，又可将意见自然地传达给负责人，甚至负责人极可能会认为领导的确是站在自己的立场上思考问题。这样，领导说服的目的也就达到了。

如果领导硬是规定部门负责人必须严格按照自己所示的方法去做，那么部门负责人除了服从以外，便毫无选择可言。

其实，退一步想，对于部门负责人而言，只要服从领导的指示和安排，自己根本不必花头脑思考，反倒轻松，何乐而不为呢？

但是，假如领导直接表示自己的方法，毕竟无法让部门负责人真正掌握工作的实际技巧。

假如领导能够指出多种方法，让项目或部门负责人自己有机会加以思考和选择，负责人一方面会认为领导干部是给自己面子，另一方面又能提高对领导的信赖感。

此外，领导在指导工作时，有时也应该稍加改变说话的方法及语气。例如可强调：先站在对方的立场思考问题，让对方了解我们的利益，也就是他们的利益。以这种方式来指导工作就可事半功倍，何乐而不为呢？

大家知道，讲课与演讲是截然不同的两回事。在大学讲课，主要任务在于传授知识，只要有知识，你就可以走上讲台。演讲则不然，演讲人为了使自己的思想能与听众沟通，他必须制造刺激。换句话说，就是在他们想学习的心态上点燃学习的火花。

在工作交往中，讲话和谈话并不困难，但是领导要让对方理解则并不容易。也就是说，要让对方用耳倾听并不难，要让对方用心思考则不是一件易事。因此在与他人沟通时，必须划清此两者的差异，才能达到预期的效果。

当负责人出现过失时，无法将前述二者划分清楚的领导，便可能一味地想把自己的知识告诉对方。例如向他们指出，过失的原因在于此时此地发生了此事，然后由某作用而产生了某影响，所以通过分析，我们应该这样做。如此下来，就变成讲课了。话虽然通过耳朵进入对方脑中，却不是对方切身需要的东西，因此无法吸收甚至很容易将之遗忘。

所以，领导最好明确指出其过失所在，但暂时不必指导该如何做、如何防患于未然，以及如何追踪过失等方法，给对方留一点自我思考的余地。而当对方能自己思考，却又无计可施时，自然会发问："那该怎么办呢？"若此时再给予适当的意见和指导，才是最合乎合理的指导方法。

许多领导为了提高工作效率，通常希望以最简单的方式将知识传达给负责人，而不让负责人自己去思考。如此下来，将很难培养出优秀的负责人。这是领导必须警惕的一环。

单位领导大多都具有较强的自信心和自尊心，有成就感和荣誉感，有通过自己的努力去完成某项工作或某种事业的心情和愿望。所以领导应该充分信任他们。授权之后就最好放手让他们在职权范围内独立地处理问题，使他们有职有权，积极主动、创造性地完成工作。对他们的工作除了进行一些必要的领导和检查，千万不要指手画脚，随意干涉。无数事实证明，这是一项很实用的用人要诀和领导艺术。信任人、尊重人，可以给人以无形的精神鼓舞，从而激发其事业心和责任感，而且只有当上级信任下级时，下级才会更信任上级，并产生一种向心力，使领导者和员工和谐一致地工作。相反，假如一个人的自尊心受到伤害，他就很可能会本能地产生一种离心力或强烈的情绪冲动，进而影响工作和同事关系。

授权与信任是密切相关的。一个领导如果不相信员工，那么就很难授权给员工，即使授了权，也形同虚设。有的领导一方面授权予他的员工，另一方面又不放心，担心他不能胜任，或怕他以后犯错误，对有才干的人又怕他不服管，具体表现为越俎代庖，包办了员工的工作；领导越权指挥，从而给中层领导造成被动；缺乏某方面的专业知识，却干涉负责人的具体业务，甚至听信谗言，公开怀疑负责人。凡此种种，都容易挫伤负责人的积极性，不利于负责人进行创造性的工作。

身为领导，就要想方设法充分发挥负责人工作的积极性、主动性和创造性，一方面要放权，使负责人在一定范围内能自主决断。另一方面成绩是领导考核的标准，有了过失即表明负责人无能，要言而有信，不能出尔反尔，言行不一，否则负责人就会对领导失去信任，领导也会因此而丧失威信。

古人云："非得贤难，用之难；非用之难，任之难也。"领导应该充分地信任其员工，放手让其进行大胆地工作。这才是作为领导授权应有的风格。

因此，领导授权给员工和部门负责人，一定要注意，既然他有能力，就应该大胆让他发挥手中的权力，让他动脑筋当自己的主人。同时，假如他遇到难题，应在恰当时候给予指点！

4 掌握用人的艺术

用人是一门很有讲究的艺术。领导一旦掌握了这门艺术，对其员工有信任地使用，则他那个团队是非常可畏的。

战国初年，魏文侯就是一个善于用人的典范，他派将军乐羊领兵讨伐中山国，但当时乐羊的儿子乐舒在中山国做官。两军开战对阵，中山国想利用乐舒达到使乐羊退兵的目的。乐羊为了争取中山国的民心，采取了攻心的军事策略——围而不攻。

这种情形很快就传到魏国，一些人指责乐羊的自私，说他为了保护自己的儿子而置国家利益不顾，故意按兵不动，不肯发兵攻城，甚至还有很多人写了不少状子告到魏文侯那儿。还好魏文侯是个明君，不轻信这些流言。相反，一方面派人到前线慰劳乐羊的部队，一方面在国内为乐羊修建新的豪华的住宅。后来中山国无计可施，只得把乐舒杀了。

进攻时机一到，乐羊便指挥军队向敌人发起进攻，一举攻破中山国，中山国君自杀身亡。乐羊凯旋归来，魏文侯为他举行庆功宴会。宴散之后，魏文侯留下乐羊，递给他一只密封的箱子。乐羊打开一看，令他惊呆了，里面竟然全是揭发他围城不攻的状子。乐羊感动得流泪，得知如果不是魏文侯对他信任有加，还不谈奖赏，连自己都难免要做刀下鬼。

由于魏文侯善于用人，坚持用人不疑的原则，在他当政期间，君臣之间、臣与臣之间，互相信任，君臣团结一心，造就了贤才群聚的局面。如当时有名的卜子夏、田子方、段干术、吴起、西门豹等人都来投奔。魏国从而日益强盛，成为了当时很有声望的诸侯国。

掌握用人的艺术，首先要做到用人不疑，因为这是任何用人活动都必须遵循的一个重要方略。经验证明，建立良好的信任机制，是顺利开展用人活动、取得事业成功的有力保证，这也正是魏文侯用人艺术的高超之处。从本案例中可以得到如下启示：

一、领导者用人必讲信任

选贤与能，讲信修睦。在选贤与能的用人活动中，用人者要做到以诚待人。只有做到开诚布公，才能有用人者与被用者之间的"修睦"。

二、被用人需要信任

每个人都有要求受到他人尊重的需要。用人者对被用者的信任，正是给予被用者作为一个社会人对这种需要的最好满足。现代管理理论指出，管理的核心就是面向人，尊重人的人格，满足人的需要，做到人性化管理，而所谓面向人、尊重人的管理，关键只在这一个词：信任。

三、信任——组织的凝聚剂

信任能够有效融解人际间的隔阂，增强群体的凝聚力。有名人说过：相互信任是有效的团队关系中的基本要求。团队中的不和或分裂，常常是因为用人者与被用者互相信任的程度不足，或者缺乏根本的互相信任。难怪诸葛亮曾说："夫用兵之道，要在人和，人和则不劝而自战矣。若使将吏相猜，士卒不附，忠谋不纳，群下谤议，馋慝互生，虽有汤武之智，而不能取胜于匹夫，况众人乎？"

四、信任给用人者的回报——士为知己者死

用人者对被用者的真诚信任，本身就是一种精神激励，一般能够收到被用者主动性和积极性的回报。很多成功的用人者深知信任可以得到积极的回报，所以他们把信任被用者当作一种重要的用人方法和艺术来运用。

用人不疑是事业成功的基本条件之一。信任是团队融合、事业成功的基本保证，而缺乏信任的团队必然人心涣散，团队成员必定毫无斗志，团队目标自然难以实现。如秦穆公屡遭失败，而用孟明的决心不动摇，终于使他取得成功就是一典型范例。与信任相背离的两个主要表现：一种是多疑；另一种是轻信。人与人之间应该建立信任关系，但在建立过程中，一般应遵循两条基本原则：一是前提原则，即对任何人在没有完全弄清楚他是否可以给以信任之前一律以信任原则，对他们要信任，直至他的行为使你不能再信任为止；二是检验原则，即要判断一个人是否值得信任，必须通过不断的实践来检验。而多疑与轻信正是违反这两个原则的错误表现，多疑否定前提原则，它强调与人交往时不是以信任为前提，而是以怀疑为前提；相反，轻信否定检验原则，对人的信任不是建立在实践检验的基础上。

一般来说，多疑的人易于轻信流言，往往成为流言的俘虏。对于轻信的人，他们有时又陷入怀疑的陷阱，对某些人的轻信也往往易于导致对另

一些人的怀疑。一些领导者在用人时存在一些误区：一是在开拓一项新的事业时，总是有不同意见，遇到各种阻力，虽然用人得当，但如果在意见相左、议论纷纷时，领导者往往不能正确决策和指挥，最终半途而废，这样就锻炼、考验不了干部，既浪费人才，又贻误事业。二是在使用新人，开拓新的事业时，总有人怀疑其是否能走向成功。实际工作生活中，聪明的领导者是不会害怕失败的，他们甚至把失败看作是一种必要的投资。松下幸之助曾指出："用人首先要信赖，然后是大胆地使用，这样，部下才能发挥出超过实际的力量。即使是失败，也应该认为那是为了他本身的成长而做的投资。"三是很多领导一边使用人，一边怀疑人，既要别人干，又不给人家一定的权力，这样如何能干得成事业？

在用人过程中要做到信任，就必须记住：多疑不可取，轻信不足取。领导者工作中去疑和排疑应该做到以下三点：第一，坦率磊落，具有透明度。在不断变化和日益发展的社会生活中，不少表面上的知识和价值观念会有所变化，但一般来说，人们心灵深处的观念是相对比较稳定的，不会轻易改变。因此在人与人交往时，只要彼此肝胆相照，就容易找到沟通思想的渠道，就容易形成相互信任的基础。而多疑的人，通常是城府很深、表里不一、不愿意袒露内心世界的人，越是想遮掩自己的内心，就越容易产生对他人的怀疑。所以用人者应该力戒多疑。首先自己应该坦率磊落，做一个具有透明度的人，不要虚与委蛇，敷衍应付，更不应该在自己的用人活动中出现言行不一的现象。第二，明智清醒，坚持辩证法。客观事物都是错综复杂的，用人者在分析问题和处理问题时，不管在什么情况下都要保持清醒的头脑，坚持用科学合理的思想方法全面而辩证地看问题。只有这样，才不至于使用人者被表面的假象所迷惑，也不至于产生不必要的怀疑。第三，保持主见，不受流言蜚语所影响。听信流言蜚语是使人生疑的重要原因，保持正确的主见，不被流言蜚语所左右，这是用人者排除疑心、避免谗言蛊惑的有效措施。

领导者之所以容易犯轻信的毛病，主要是因为他们对情况的反映、社会流言和公众舆论等信息没有经过严肃和科学的分析和处理，以致被虚假的信息所影响。领导者为了避免陷入轻信，对信息的处理必须注意做到以下三点：第一，认真分析，防止失真。得言不可以不察。用人者对于得到的信息首先必须经过一番分析鉴别，不能一概贸然接受，"听到风声便是雨"的做法是不可取的。特别是对于那些社会上的传言流语，更有必要用心鉴别。因为通过口头传递的信息，非常容易失去其本来面目。第二，调查研究，事实验证。假如不做调查研究，轻信流言蜚语，这样常常是使人陷入轻信陷阱的直接诱因。要想做到不轻信，最为有效的方法莫过于亲自进行调查，并以事实进行检验。第三，及时发现破绽，去伪存真。谎言毕竟是谎言，通常难以自圆其说，尤其是居心不良的谗言，只要冷静思考，理性分析，不难发现其破绽漏洞。

大部分成功的领导者往往是善于使用用人艺术的艺术家，他善于知人用人，构建统率一支具有强大的凝聚力和战斗力的团队。所以，作为领导者，应该明辨是非，去伪存真，用人不疑，这样才更易于创造一个良好的信任环境，为事业的成功奠定基础。

第四节　用人不疑，疑人不用

信任的建立要求领导者做到用人不疑，疑人不用。领导者应该有自己的用人哲学，在给员工一定的空间的同时，让员工充分地施展其才华，从而带动整个团队的发展。

1　给员工一点空间

每个人都希望拥有自己的空间，做这个空间的主人。领导者在信任员工时应注意责权统一的原则。授予员工一定的空间，但同时必须使其负担相应的责任。有责无权就不可能有效地开展工作；相反，有权无责便容易发生不负责任地滥用权力的现象。重用员工以后，领导者应充分尊重和信任员工，放手让他们在职权范围内独立地处理问题，使他们有职有权，积极、主动地去创造性地做好工作。

麦当劳的总裁克罗克是一个自由思想者，事业上，他不仅从不阻碍年轻领导者的发展，而且还对年轻领导者采取启发、咨询和要求的办法，从不独断独裁，受到了众人的好评。他说："我喜欢给员工属于他们自己的空间，而且一向尊敬那些能想到我想不到的好主意的人。"虽然对于某些主意，他也采取禁止的态度，但在绝大部分情况下，他鼓励年轻的领导者提出不同的意见，并热衷于将新主意付诸实践。他还说："如果有人提出了新主意，我会让他实验一阵子。有时，我也会做错事；有时，他们会做错事，但是我们可以一起成长。"麦当劳的每一位领导者都有自己的发展空间，麦当劳给他们充分的信任，让他们有机会证明自己的能力，但同时也要求他们承担相应的责任。在分权管理的制度下，麦当劳的领导者表现出对工作很高的热诚和合作精神。麦当劳给那些一直想找机会表现自己的能力却一直未能出头的人，提供从零开始的机会，桑那本就是这样的一个例子。

桑那本与克罗克属于两个性格完全不同的人。克罗克外向、可亲、坦诚，而桑那本却内向、冷漠、深沉。在工作上，桑那本最感兴趣的是财务数字上，对财务数字很敏感，而克罗克对此一窍不通。但桑那本在理财上确有自己独到之处，他首先提出麦当劳应进入房地产业，这对于快餐业来说是具有冒险性的，但克罗克却没有反对，相反，他同意让他放手去做。因为克罗克认为，桑那本可能会犯错，但最宝贵的是他可以在错误中成长。可喜的是桑那本取得了很大的成功，并使麦当劳股票在纽约证券交易所成功上市，他自己也被提升为麦当劳的财务总经理。

克罗克重用桑那本，足以证明麦当劳能够给予经理们充分的空间，让他们发挥所长。而马丁诺由于善于处理人际关系和发现人才而提为公司的董事；特纳因创造性地提出一套成为快餐工业楷模的营运制度而提为麦当劳的新任总裁；史恩勤设计建筑、设备、标志，日后也成为业界的标准；康利由于善于招募加盟者，替麦当劳奠定了壮大的基础，他们也因为各自的成绩都成为麦当劳的高级领导者。这些麦当劳的成功者都是在麦当劳宽松的管理空间中，找到了发挥自己才能的沃土，而这一切都充分证明了麦当劳授权制度的优点。

麦当劳授予领导者们非常大的权力和责任，鼓励他们发挥所长，使他们在自由与责任之间取得平衡，并且促使不同类型人的智慧和创造力朝同一方向同步发展。麦当劳的高级领导者举行会议的房间，被称为"战事房"，这个名字准确地表达出了麦当劳的领导者在激烈的快餐业竞争中同仇敌忾的合作精神。这间会议室里没有任何昂贵的装潢，采取的是环型设计，这充分体现了麦当劳的平等合作的精神，领导者们可以自由地各抒己见，为公司出谋划策。新的构想一经产生便会付诸实践，副总裁库恩曾对此解释说："我们是一个求好心切的团队，尽管我们也会犯错误，但我们可以在错误中学习。我们最擅长的，就是纠正我们自己的错误。"基于此，麦当劳在管理中总是勇于冒险，不畏失败，因此才获得了今天的成就。

2 拥有自己的用人哲学

事业有成的经营者，无不头脑清晰，思维敏捷，有一套自己的用人哲学和独立完整的经营理念，这使他们能够面对变幻不定的局势迅速地作出判断和选择。即使身陷重围，处境险恶，他们也能扭转时局，力挽狂澜。

经营理念，就是从事的事业的灵魂所在，假如你的思想凌乱而不成系统，遇事就会心慌意乱，无所遵循，头脑中一团糨糊，这极有可能导致最后的失败。

西武集团(日本著名企业)总裁堤义明先生，年仅 29 岁就继承父业，他凭借一套独特的经营哲学最终成为世界巨富。正是堤义明，使西武集团从一个中型企业，发展成为今日控制日本的饭店、铁道、百货等服务行业的庞大企业集团。

在堤义明的表率下，西武集团的管理高层经常参加扫地和拣垃圾这一类的活动。理由很简单，在西武集团属下的各种大小的公司里，不分职位副氏，一律视堤义明为一个负责任、可以终生追随的领袖，这就是他的用人哲学。

堤义明实施了这样的用人哲学：你想员工替你多做点事，你就得给他们更多的机会、更好的待遇和更大的鼓励。当你发现他是一个人才后，你必须给他最好的机会让他充分发挥自己的优势。

这种用人哲学，来源于他对中国古代"领袖"一词的独特领会：领袖不能仅为自己的权力、金钱、地位而残酷地剥削他人，这种做法是不可取的。真正的领袖，他不会考虑任何回报，而应该全身心地关心和爱护他人，为他人着想、谋利益。不过，在提升他人之前，他要从各方面考察这个人，比如看看他的妻子儿女，从多角度综合评价他的工作能力、品性和家庭生活等各个方面，然后才能把他安排到合适的部门任其发挥自身的长处。

堤义明认为这种程序十分必要，一个不能成为家庭里好丈夫、好父亲的人，怎么可能成为公司里成百上千人的好领导呢？

目前，西武集团里数以百计的董事级领导者，都是堤义明从普通职员里面选拔上来的。堤义明认为，他并不希望什么天才人物，一个天才是不会尽职尽责的。他需要的是有责任感的老实人，他们会在自己的工作岗位上得到满足。这样的人，他认为才是企业最重要的人。堤义明并不看重学历，他认为学历并不意味着能力，一个人的工作能力和他的学历没有什么直接关系。

每年堤义明都要招收数以千计的年轻人进入公司工作，对于这些年轻人，他采取一视同仁的态度，不管他是来自一流大学还是二流大学，只要能通过堤义明设置的能力测验，他就能够走进西武集团。一旦进入了西武集团，其学历就成了一张废纸，因为堤义明不相信这东西。对于没有接受过大学教育的年轻人，只要通过考试，堤义明就接纳他们，同样，只要他们能够在工作中积极能干，一样能够成为西武集团的骨干人才。

堤义明认为人才的使用，可以没有高学历，但绝对不能没有上进心和经得起痛苦考验的忍耐力。对于大学毕业生或具有更高学历的人，堤义明希望他们不要凭自己的学历来炫耀他们的与众不同，对于这些人，他一样要求他们从最低层做起。所有进入西武集团的工作人员，都平等享受以实际能力争取上升的机会。西武集团排斥一切学历、人情、金钱或其他非正当关系，因为这些关系可能使一个庸才获取晋升机会，也可能阻拦一个有能力的人晋升到更高的职位。

堤义明把自己作为公司的大家长，他希望手下的人对他忠心耿耿，他的这种想法源自对荀子哲学的学习和领悟。荀子主张，一个好的领袖不能只是有学问，还要具备良好的品德。要达到这种境界，就要求不断地加强自身修养。好的学问加上优秀的品德，才具备当领袖的条件。堤义明要求员工要有严肃的家庭道德观念，他自己也是为人师表，率先垂范，在家庭中，他完全是个好丈夫和好父亲。

堤义明任用员工的标准之一，是看他对自己是否忠心。一次，堤义明选择伊豆箱根铁道的部门经理，其中有两位专家比较优秀，是大家心目中的理想人选。但出人意料的是，堤义明看中的竟然是一个铁道工作人员康村，因为此人对堤义明极为崇拜，堤义明的决定让康村本人都感到十分震惊，康村认为自己的条件不符合要求，婉言回绝了。

堤义明对康村说，"我清楚你担心那两个有资历的专家不会听从你的调遣，你尽管大胆去干好了。"对于伊豆箱根的事务，堤义明只听康村一个人的汇报，当然他也从来不听越级申诉。因为康村在基层里工作多年，对伊豆箱根的情况了如指掌，当康村将部门经理的人选名单提交给堤义明时，堤义明马上同意了，他相信康村对他是绝对忠诚的。起初那两位专家不服从康村的调遣，但康村在下达命令时，经常提醒他们说这是堤义明的指令，他们也只好服从。

就这样半年过去了，两位专家始终也没有机会和堤义明说上一句话，最后他们终于死心了，康村在伊豆箱根铁道的地位也树立起来了。

对那些所谓的聪明人，堤义明对他们并不抱有什么好感，只要谁对工作全力地投入，他就关注谁，哪怕是一个普通员工。只要他表现出色，堤义明就格外看重他，会把好的发展机会优先给他。

西武集团的全体员工被堤义明的用人哲学紧密地团结在一起，所以他们具有强大的凝聚力、战斗力和向心力。这也正是西武集团成功的关键之一。

3 让员工动起来

团队是属于大家的团队。团队要想具有较强的战斗力，就要让员工也动起来，领导与员工之间进行分工，相互支援。

当然，十个手指伸出来不可能一样长，你的员工的能力也不可能达到整齐划一的水平。因此，领导者在安排布置工作的时候，交代工作的方法和方式也要因人而异。诚然，用压担子的方法给员工交代一些经过努力可以完成的工作，有利于激发员工的潜能。可是，如果不问青红皂白给员工安排一些难以胜任的工作，那么所造成的损失将会更大。这样，不仅使员工处处被动，而且也会动摇员工的勇气和信心。

领导者的一项重要工作，是依据员工的不同情况安排不同的工作。同时还要在员工工作遇到挫折时，给予及时的帮助，以弥补其能力经验的不足。有人认为既然已将工作委托给了员工，能否圆满完成都是员工的责任，这种态度不是身为领导者应有的、负责任的态度。一味斥责员工，是不利于问题解决的。

当然，领导者在施以援手时也要注意因人而异。比如，对甲、乙、丙三人，给他们定下的工作目标均为 100，而这三个人的自身能力却分别为60、40 和 80。在这里，甲的差距为 40，从理论上讲你最好给予 40 的支援，如果当真如此那就大错特错了。此时来自你的帮助最好是 30 左右，余下部分正是为甲在实际工作中充分发挥其潜能留下的余地。这才是你支援员工的正确做法。

原因很简单，因为如果你全部给予支援，甲就等于只是在做自己现有能力能够胜任的事。长此以往，他的能力就只能停留在原来的水平上，而不会得到迅速的提高。更坏的后果是，要是你经常不遗余力地去弥补某个人的工作差距，就会使他安于现状、产生依赖性。而依赖性正是一个人不思进取走向退步的原因。西点军校编的《特种部队野外生存训练》一书中有这么一个科学断论：要是一个人吃太饱了就容易犯困，就容易失去警惕性，而在半饥饿状态时，各种机能反应才最为灵敏。

按照这种观点去做，对能力为 40 的乙，只需给 50 的支援，对能力为 80 的丙则可以不予支援，任其发挥。对于能否正确地根据工作和员工的能力，给予适当的帮助支援，领道者千万不能等闲视之。谁对这个问题处理得好，谁的员工就会人才辈出。

然而过分放手，不管不问，一味让员工"自立"，也是不足取的。根据经验，正确的方法是一旦把工作布置下去，就要仔细进行跟踪观察，发现员工遇到困难障碍，及时给予恰到好处的帮助。既不妨碍员工发挥潜能，又不能大包大揽或弃之不顾。

概括起来，领导与员工之间既要适当分工，也需要相互支援。在处理诸如此类问题时，每个领导者都应该仔细考虑，自己是否留出了让员工发挥潜能的余地。

第五节　与员工"患难与共"

一方面，领导要信任员工，相信他们能把事情办得很到位；另一方面，领导也要看到，员工在工作和生活中可能会碰到各种各样的困难，面临很多难以承受的压力。成功的领导者往往能在员工处于困难时期，了解员工的压力，帮助员工渡过难关。这对领导来说，可能是伸手之劳，却带来了员工发自内心的感激，更重要的是能获得员工的支持和工作的方便。

1　患难见真情

优秀的领导者，往往能有效地处理好危急的情况，关键时刻能起到力挽狂澜的作用。大多数企业集团在经济不景气、生产萧条的时候，多以裁员的方式来渡过难关，这种做法忽视了员工需求，很容易打击员工的工作热情，从而使领导者的能力及威信大打折扣。

很多领导一旦受到不景气的冲击，就把一切原因归咎于员工，这无疑就是摆脱责任，消磨员工的斗志。真正博得人心的领导者是不会因为一时的经济不景气而对员工"大开杀戒"的。如果他们懂得患难见真情，并与员工同舟共济，共渡难关。我相信员工也会知恩图报、誓死效忠。

如1929年，在美国经济大萧条的冲击下，各公司纷纷减员减薪，希望能减少开支渡过难关。减薪的标准都遵从最大的公司——美国钢铁公司的模式。由于长期以来，大家都已经习惯了跟在这家大公司的后面，亦步亦趋，没有公司敢越雷池半步，生怕弄不好引起怒潮而垮台。但美国国际钢铁公司的老板威耶没有理会这一套，他进行了仔细地分析和预测计算，果断地决定把本公司职工的工资进行大幅度削减。这一消息传到公司的高级职员耳中，立刻引起一片哗然。接着很多高级职员纷纷向威耶进言，劝他要谨慎从事。因为当时的劳资关系已比较紧张，这种减薪的做法无异于火上浇油，搞不好就会出大事。但威耶丝毫不为之所动，他谢过了这些高级职员的好心，并对他们说："现在是关键时刻，问题并不在于减薪的多少，关键是要看每个企业能维持多久。"他进一步解释说："虽然有些公司减薪少，但却支持不了多久，其最终结果无非是倒闭，全体员工都要失业。与其如此，还不如下决心多减薪来支持公司渡过难关。"

紧接着，威耶召开公司大会，亲自向员工们讲话。开始时会场的秩序很乱，会场里议论纷纷，有些人的情绪非常激动，甚至要哄威耶下台。但威耶冷静地向员工们分析了利弊，他说："我们公司之所以多减薪是从长远的角度来考虑的。"他停顿了不久，继续解释说："如果我们照别的公司那样减薪，那么，用不了半年，我们公司就会被迫倒闭，每个人以后的生活就会更加困难。我这样决定主要是考虑大家的共同利益，我可以向你们保证，我们公司一定可以平安地渡过这一非常时期。"最后，他又号召大家同舟共济，全力赴难，共同解决困难。

事实证明，情况的发展果然如威耶所预料的那样，时隔不久，有几家公司终因为经受不了经济萧条的冲击，先后宣告破产，而威耶领导的国际钢铁公司却坚强地挺了下来，甚至还有了一些新的发展。

非常时期过后，当经济情况开始好转的时候，威耶为了履行当初的诺言，把职工的工资一下上调了 15%。1941 年，他再次为公司员工加薪，把每小时的工资提高了 10%。

还有一个例子就是 IBM 的创立总裁华先生，在他离开 NCR 到 CTRC (IBM 前身)时，面临的首要困难是资金的匮乏与人员的过剩。在资金的匮乏的难题上，华先生依靠其信用得到了摩根财团的投资，亟待解决的就是人员过剩的问题。CTR 的那些主管都向华先生提议裁员以渡过这段困难时期，不过华先生却反对那样做。他说，对公司而言，裁员是经营合理化不得已而作出的选择，但对员工而言却是影响一生的问题。所以哪怕是人员过剩或者是人员的能力欠缺，也不能轻易裁员。于是，华先生从训练原先的员工开始做起，在这次困难中并未裁减公司中的任何一人。

在 1814 年，华先生总结了如下三条就业保险方针：

1. 启蒙公司员工；

2. 工作的内容发生变化时，实施再放弃；

3. 对现在从事的工作感到困难时，给予其他的工作机会。

当然，这并非表示 IBM 就没有裁员的历史，这只是说明公司在采取裁员手段之前绝不放弃争取任何机会的努力，为过剩的员工寻求新的工作机会。在我国，也存在这样的案例。海尔集团在进行兼并扩张的过程中，也没有大幅度地裁减员工，而是对他们进行了大量的培训，同样也取得了非常好的效果。

由此不难看到，德之大者，莫过如此。一个企业有了真正关心员工利益的领导者，哪个员工不会为之感动、为之奉献、为之拼搏、为之努力？很多时候危机是检验领导者能力的一把有力尺度，是一块试金石。庸者落马，能者上马。那些率领员工冲破层层危机、临危不惧的领导者，才会真正得到员工的崇敬与仰慕，才会成为一面永远不倒的旗帜，才能真正地把握住员工的心，才能和全体员工一起谱写一个又一个的辉煌。

由上可以总结出三点：

1. 患难时刻见真情；

2. 在公司的危急时刻，领导者应该与员工同甘共苦；

3. 危机是检验领导者能力的一把有力尺度。

2　了解员工的压力

这是一个充满竞争的社会，激烈的竞争就意味着繁重的压力。员工的压力关系到他工作的热情和成绩。作为公司的重要因素，员工个体在企业或公司中的地位及重要性的日益提高，身为领导者，所面临的最大问题就是如何才能管理好员工。

日本著名管理大师松下幸之助有一句名言"企业最好的资产是人"，事实的确如此，尤其是在当今这个竞争日益激烈的时代，企业竞争的焦点归根到底是人才的竞争。

然而，有一点不可忽视的是，员工总会有遇上不顺心的事情的时候，或者总有对工作一筹莫展的时候，此时员工就会背负很大的压力。适当的压力可以使员工产生工作的动力，但过大的压力却容易导致员工精神颓废，无所适从。

这里所说的压力指的是员工在环境中由于受到种种刺激因素的影响而产生的一种紧张情绪。这种紧张情绪会深刻地影响到员工的行为，或者是工作行为，或者是生活行为。

当人面临压力时，人就会本能地调动身体内部的潜力来应付各种刺激因素，这时人便会产生一系列的生理和心理上的变化。

当然，适当的压力能对员工产生的刺激，可以使员工处于某种兴奋状态，增强进行某种活动的动力。假如在工作中，能够对员工保持适当的工作压力，这样能使员工的工作更有成效，而且员工本身也可以在工作中获得满足感、成就感等自我价值实现的感觉。但是，一旦压力过大，而员工经常无法完成自己的工作，那么兴奋感就会逐渐消失，随之而来的便是挫折感和失败感，这样只会使员工的工作效率低下，并对员工个人的心理产生消极的影响。

所以，在工作中对员工保持适度的压力是非常重要的，这就要求领导者能够观察到员工工作压力的状况，并采取相应的措施，进行有效地激励。员工的压力是员工本人与环境相互作用或相互影响的结果。从根本来说，压力来自于员工的需求，而员工的需求又是由环境的变化引起的。

员工的需求包括生理需求和心理需求两种，这些需求就是压力的来源，简称压力源。当员工意识到自己的需求超过了自己的能力时，他就会产生压力或潜在的压力。

在实际工作生活中，员工是否能够体会到工作压力，主要取决于以下几个方面。

一、员工对环境的感受

在相同的环境下，不同的员工的感受可能完全不同。

A 和 B 都是软件开发人员，由于公司成立了新的开发组，经理准备把他们都调入开发组。当经理把这个想法告诉他们时，A 和 B 的反应却完全不同。A 认为，经理这么做是因为比较欣赏自己，说明自己的工作做得还不错。在新的开发组中，能学习许多新的技术，这是一次非常难得的学习机会。另外，在新的开发小组里，自己的发展空间将会更大一些。B 却认为，经理是想将他从现在的组里排斥掉，他认为自己的工作没有得到经理的认可，他觉得很委屈。

A 和 B 截然相反的态度，为他们带来的压力也是完全不同的。A 会在今后的工作中更加努力工作，变压力为动力，很可能会取得更大的成绩。而 B 如果沉迷在消沉的压力中不能自拔，其工作能力会真的不近人意。

二、员工的个体差异

由于每位员工个性不同，对压力的体验和反应也会产生很大的差别。

另外，人的价值观、兴趣爱好、职业发展倾向也不同，带来的压力也是不一样的。比如，对于活泼开朗的员工组织一些文娱活动和讨论会，对他们来说可能没有任何压力。但对于一个性格内向、不善于与人交往的员工来说，开展这样的活动给他带来的压力将是巨大的。

三、员工过去的经验

员工过去的经验程度对压力的影响也是非常巨大的。比如员工在过去的某项工作中遇到过类似的压力，当他再次遇到这种压力时，与上次相比，压力就会有所缓解。反复几次，压力可能就会完全消失。因此，在对员工进行培训时，适当得采取一些情境训练或模拟训练能帮助缓解员工在工作中遇到的压力，提高员工的工作效率。

四、员工之间的相互影响

员工之间的相互作用对压力也能产生深远的影响。实际上，压力是可以相互感染的。当某一位员工把他的心理压力告诉其他同事时，他的观点就传递给了其他员工，进而可能会得到其他员工的认同，于是有些以前没有压力的员工也可能会产生压力。

相同的道理，在一个积极向上、自信进取的团队中，由于受到整个团队气氛的影响，每一个成员的压力都会得到不同程度的缓解。

在员工的工作和生活当中，会面临着多方面的压力。从大的方面讲，有家庭压力、工作压力和社会压力之分。

一、家庭压力

每位员工都生活在一个家庭中，家庭环境是否和谐对员工会产生很大的影响。一般来说，家庭压力来自于配偶、父母、子女及亲戚等。假如配偶感情不和或父母生病住院、子女学习成绩不好等都会给员工比较大的压力。

有时员工为处理这些事情不得不请假。当员工因为这些压力而求助于企业领带者时，领导者应该对员工进行力所能及的帮助，如调解纠纷、处理一些小事或进行经济和精神上的援助等。虽然这些事情可能与员工的工作无关，但是领导者只有协助解决了员工的这些压力，员工才能更全身心地投入到工作。另一方面，领导者这样做，也可以让员工感受到企业对他的关怀，使员工更为忠心地为领导者工作。

二、工作压力

所谓工作压力是指员工在工作中遇到难题而产生的压力。比如新员工刚上岗时可能会出现不适应的压力。因为在新岗位，许多因素都发生了变化，员工会担心自己是不是能适应这份工作，这种担心造成产生了压力。

员工也会因为打破了的日常的工作流程和工作进度而产生压力。比如当员工接受紧急任务或某些比较重要的任务时，他可能会担心自己是否能够做到按时完成，或者担心自己的失误会对全局产生不好影响等。

当员工面对一项新技术时，也会产生压力，尤其是那些年龄大一些的员工。由于自己接受新知识的能力不如年轻人，他们可能会担心自己无法掌握这些新技术，有可能会因此而下岗、失业，便会产生一定的压力。

工作环境中的人际关系对员工压力的产生也有很大影响。在工作中，员工都不可避免地要同自己的领导、同事或客户打交道，如果在沟通时发生了障碍，或者被别人误解，员工就会面临人际关系压力。良好的人际关系还会对员工工作的开展带来许多帮助。

三、社会压力

人在社会中生存，就不可避免会受到来自社会的压力。例如住房问题，由于我国住房相对紧张，拥有一套属于自己的理想的房子，是许多人梦寐以求的事情。如果没有合适的住房，自然会对员工的心情产生很大影响。

此外，假如员工的社会地位比较低，他们也会产生压力。尤其是当员工将自己的工作、收入、开支等与社会中的其他成员进行比较，一旦觉得自己不如别人，他们也会产生社会压力。

因此，对领导者来说，了解员工的压力是非常必要和重要的。了解了员工的压力并想方设法为其解决压力，能给员工带来更为浓厚的兴致，使其对工作更全身心地投入，给团队和公司带来更大的收获。

3 与员工组建温暖大家庭

家庭式的团队往往被证明是更具战斗力、更容易走向成功的团队。对领导者来说，就应该把心扉打开，与员工组建温暖大家庭，消除等级观念。因为随着社会的进步，增强了其自身的有机性，减少了机械性与等级观念，这种影响也促成了管理业的青春。

在一个团队或公司中，雇主与雇员、领导者与被领导者应该成为历史的概念。你应该让你的团队跟上时代的脚步，在一个分享民主与参与管理的氛围中组建起一个温暖的大家庭。

其实，在现代团队中的每一个人，在他们的内心深处都有着强烈的做主人的愿望与使命感。因为人类的本性就是渴望着自由，渴望自己才是主宰自己命运的主人。随着社会的不断进步，终于冲破了那些束缚人性发展的不平等制度与观念，解放了人们的思想与行动的手脚。当他们在竭力寻求自我发展、实现自我价值的探索中进入了你的团队，成为了团队中的一员的时候，作为领导者是绝不能用六七十年代的方式来"驯化"压制他们的。对于他们来说，团队应该是一个自由交流思想、充满人情味的大家庭，在这样的大家庭中，那个潜藏在内心深处的主人翁责任感与精神便会无止境地迸发出来！

对于领导者来说，与员工的座谈或聚餐似乎是司空见惯的事。也许你会以为这是你所能想出的最有效的感情交流的方式了。其实这还远不够！

有这样一家集团化的大企业，企业经理就建议每隔几个月在各个单位搞一次"会餐"，并准备一些普遍的自助餐或份饭，然后请全体员工以及其家属自由参加。会餐在工厂食堂内举行。在那里所有人都无拘无束，享受着自己喜欢的食物，畅所欲言。厂领导与员工及其家属们一起举杯，为他们所创造的光辉业绩相互祝贺。

对于那些员工家属们，那位经理一脸的惊喜："真令人惊叹，对有的员工来说，这是他们在本公司工作以来的 12 年里家属们第一次走近公司，第一次看见他们的丈夫或妻子、儿子是在什么样的地方，怎样地工作。"

这些家属在享受美餐的同时，还会领到公司发送的纪念物以感谢他们对公司的支持。

当很多的小家庭融入了团队这个大家庭后，雇员们从他们小家庭成员的笑脸上获得了身为团队一员的荣耀，同时也意识到只有团队这个大家庭的发展，才有他们小家庭的美满幸福！领导们发现，这似乎比起那种所谓的"座谈会"所具有的效力要强得多！

在你创建的温暖大家庭中除了具有团队对员工的温情，还要给他们一些活动的余地与空间，让他们的奇思妙想尽可能变为现实！

在一家中型计算机公司，一位员工将自己拟好的销售计划在下班时塞在了经理办公室的门把手上，没过多久，他便被邀去说明情况。在他进门后，经理开门见山地笑着说："计划写得不错，就是字体太潦草了。"这位员工紧张的心在这样的氛围下放松了下来，随即问道："可是这项计划预算开支较大啊？要不我再与其他同事一起来参谋参谋，然后再向您汇报一下，我们如何开始呢？"经理不等他说完便打断了他："对于我们的公司来说费用问题是不大的，我看计划确实不错，你要有信心干好，那就去干吧，别让时机溜走了！"

员工先是大吃一惊，然后信心十足地拿起计划转身离开了，大约两个月以后，这位员工将销售战绩摆在了经理桌上，接着又说起了扩大营销的策略。

这位经理事后感叹道："如果当时我们再去审核、考证，那不但耽误战机，而且在心理上肯定会对员工产生一定的负担。要知道，牵扯这么大数目的费用，即便他再有胆量，也还是要犹豫的，看看现在不是干得不错吗，给他们留出充分的发挥空间，对我与团队来说都没坏处！"

在这里，我又要提到信任的问题了，因为在你的大家庭里，团队成员间的彼此信任是家庭气氛和睦健康的前提。

在团队发展的过程中，遇到的最大难题其实并不在于外在的环境，而在于内部的氛围。要是每个成员在团队中都切实有自己的一方天空，都能自主地管理相关的事物，在和谐的空气中进行无阻碍地交流和传递信息，那这个家庭就是比较稳定的，主人翁精神便会成为每个成员实现自我价值的最终追求！

在这里又要提到一个来自日本公司的案例，那家公司甚至将温暖大家庭的公司团队理念用在了年轻员工的能力开发上，并收到了非常好的成效。

为了提高本企业研究部门新进年轻员工的开发能力，日本神户制钢所开始推行一种被称为"兄弟制度"的互助共学方式。所谓的"兄弟制度"就是要求每位新进的"家庭"成员，都必须与一位在神户制钢所工作达五年以上的资深研究成员结成对子，或拜为兄弟。在这个共同的"家庭"生活中，兄长负责新进员工的培养教育工作，而作为弟弟的员工就是在谦虚求学的基础上，为"大家庭"的发展不断地献计献策，贡献自己的创造力。

由于"兄弟制度"的推行，使得新老员工之间形成了一种紧密联系的纽带，虽然这并非血缘关系的，但那种朝夕共处、相互切磋的团队生活方式在新老员工之间培养了犹如兄弟般的情谊，而且向来冷漠的研究开发部门，变成了人情味洋溢亲密的场所。

温暖大家庭的建立是团队中每个成员共同的向往，这不仅需要领导者积极健康的引导，也需要每个人主人翁精神的回归。组建温暖的大家庭，是团队或公司在成长和发展过程中的不可或缺的，是时代的呼唤。

性格维度二 | 正视现实

在六西格玛管理方法中，解决问题的核心流程大致分为 DMAIC 五个步骤。即使对六西格玛不熟悉的人，也能轻易理解其中的含义。D 代表定义，表示对现实问题清晰的确认和解释，形成对现实认识的一致性；M 是测量的意思，表示对现实问题的判断不能凭主观认识，而是要通过真实的数据来得出结论。这就是六西格玛带给领导者最核心的启示：正视现实。

第一节　现实是一剂苦口良药

正视现实是每个领导在工作中首先要具备的性格。而很多领导却无法面对现实，宁愿让虚假的光环照在头上。时间久了，也就不知道什么是真实的了。认清现实是做好工作的出发点，现实会告诉你差距在哪里，需要做什么。作为领导者必须有这样的清醒认识，并让你的员工知道事实真相，一起并肩作战。

1　实事求是

一个不能做到实事求是的团队，也是一个无法做到成功的团队，对一个团队而言，实事求是是不可缺少的。它就是要尊重客观事实，不能讲假话、办假事。作为领导，对于员工的问题，对就是对，就要表扬；错就是错，就要指出来，以便更好地加以改正。不能本来是错误的，而为了表面上过得去，就说是正确的，却背后找机会报复员工。只有实事求是，才能使员工们信服。

1935 年，项英、陈毅在赣粤边直接领导游击战争，对付国民党的"围剿"，在困苦中度日。由于当时条件十分困难，钱是影响内部巩固的一个重要因素。项英、陈毅在于都南部突围时，组织上交给他们几根金条带着，以备急需。

为了保护好救命钱，他们把这些金条缠在腰里，穿衣服多的时候可以掩掩盖盖，不至于被人发现，但穿单衣的时候，腰里就鼓起来了。有些新奇的战士，就对着他们腰里鼓鼓的东西指指点点，有的战士还故意找个机会摸摸，看是什么稀奇的东西。

面对当时的形势，项英、陈毅对这件事也很重视，考虑的也比较全面。要是把金条分开带话，万一某些意志不坚强的士兵逃跑话，就等于是给他们发路费了，而真正需要用钱时该如何是好呢？如果只是由他们俩带着，不仅瞒不住大家，而且还可能引来一定的危险，也可能不知啥时候就被谋财害命。不如干脆把它说出来，实事求是地向大家讲个明白，看怎么处理。

在一个好的时机，陈毅在项英的陪同下，召开了一个大会，他把金条从腰里掏出来，摊在手中。对一脸好奇的战士们讲道："同志们，这是我们党的经费，党要我们妥善保管好，我们从来没有乱用过一分钱。为发展党的事业，要靠这笔钱；要发展我们的部队，也要靠这笔钱。"

紧接着，他环视了一下大家，继续说道："现在，虽说局面已经略为稳定了，但形势还不容乐观，我们有责任告诉你们，万一我们牺牲了，尸体可以不要，但是这些经费无论如何也要拿回去，这可是党的钱，绝不能让这笔经费落在敌人的手里。"

听完这些，战士们说："你们腰里装的是金子，我们老早就猜到了。"

然后项英、陈毅建议将金条分开来由多人保管。

战士们说："党的经费应该由最可靠的人带着，还是由你们来保管吧。"

陈毅同志就是针对战士们的好奇、疑虑，实事求是地把情况告诉战士了，既说服了战士们，又消除了一个影响内部团结的因素。

在公司中也是一样。作为领导，一定要靠这种态度来鼓舞、激励你的员工，是什么样就是什么样，绝不能以假乱真。在公司或团队中，领导者应该做到以下几点：

1. 对待员工，尽量实事求是，以此来说服他们的心；

2. 以诚对待员工，事理分明；

3. 凡事求个明白，不做无把握之事。

2 立足现实，赢得未来

人是生活在现实中的，不是漂浮在虚幻中，因此，就应该立足现实，面对现实，但现实又是风云变幻、难以预测的，这又要求根据不断变化的现实，灵活地作出调整。

Gap 是全美最大服饰专卖零售连锁店的名字，在不久前还被视为零售业之王的 CEO 兼总裁米拉德·德瑞勒，于 2002 年 5 月底时，却突然宣布了他的退休计划，令许多业界人士慨叹不已。

德瑞勒是个很现实的人，他曾经一手将 Cap 经营成全美第一的服饰连锁店。但是后来，在他的手下 Gap 却失去了光环。

Gap 创立于 1969 年，到目前为止，全球拥有 4 200 多家分店，近 17 万名员工，旗下还握有另外两个服饰品牌。德瑞勒于 1983 年加入公司，加入以后他一直受到创立人唐纳德·费舍尔的重用。

在以前，Gap 主要只是一些名牌服饰的零售店。后来，德瑞勒敏锐地嗅出市场走向，运用基本服饰款式在人们心中的喜好程度，将公司转化为流行的领导者。例如，他认为看来雅致、白色的 T 恤也能搭配昂贵的裙子或领带，于是他引领了美国上班族办公室轻便穿着的风潮。同时他还为旗下原有的一个品牌重新找到定位，并且从 1994 年开始，还一手建立了另一个品牌。

1995 年，德瑞勒凭借其能力和声望正式成为 GEO，Gap 声势也节节高升。1996 年，在盛大的奥斯卡颁奖典礼上，美国影星莎朗史东甚至穿了一件 Gap 的黑色高领衫出席，使平价的 Gap 品牌成为与大师级设计师昂贵礼服平起平坐的流行指针。

1995—1999 年间，Gap 的营收年年平均以 30%的速度成长，净收入在 1999 年时达到最高峰，超过了 11 亿美元。

天有不测风云。到了 2000 年，Gap 的净收入下滑了 3 亿多美元。2001 年，更亏损了超过 800 万美元。仅仅在一年内，公司的市值便减少了一半以上，筹措资金变得愈为困难。

在宣布退休计划的记者会上，德瑞勒明确表示，只要公司找到新的 GEO，他便立刻退休，预计时间在 2002 年年底。近年来鲜少露面的公司董事长费舍尔，也在记者会上发言，说如今公司的规模庞大，复杂程度提高许多，因此需要不同的管理风格，以应对难以预测的风险。

在接受媒体访问时，德瑞勒表示，在刚入 CEO 时，公司只有 550 家分店，如今公司进入了不同的阶段，面对不同的挑战。事实证明，他比较适合管理小型的公司，因为他热爱的事业是能够有机会与顾客直接接触。他说这是他离开公司的适当时机，也是公司寻找新领导人，作出调整的适当时机。

在退休消息宣布的第二天，公司原已不振的股价再创新低，跌了 15%。事实上，在过去两年的挣扎中，有些人早就认为德瑞勒应该下台，但是另外有些人则这样认为，德瑞勒过去的记录非常辉煌，假如再给他足够的时间，他一定能扭转公司的劣势。无论外界的看法谁对谁错，Gap 近年来的表现不佳确是不争的现实。除了景气不佳所产生的负面影响外，还造成了公司目前陷入困境的重要原因，与公司决策的失误存在重要的关系。这主要表现在以下两个方面：

一. 产品发展方向有误

一方面为了摆脱被复制的梦魇，另一方面，德瑞勒也对公司一贯的风格感到不耐，因此公司的产品开始了偏锋的走向，从而失去了品牌的风格。德瑞勒曾经说过："经营一个公司，不可能不冒一些风险。"但是过去两年来，公司所冒的风险却让公司付出了很大的代价。

从两年前开始，Gap 改为追逐时髦的青少年风，推出的都是奇形怪样的服饰。结果，原本走进店中想购买白色上衣的顾客，看到的却是粉红色、钉满亮片，或者是青绿色、绣有彩色字母的上衣。由于公司为了争取更年轻、更时尚的消费者，却吓走了原有的顾客群，因此也损坏了公司品牌的认同，无法吸引顾客上门，导致公司刚推出的服饰就必须提前降价促销。过去两年，公司的毛利也因此下降了40%，公司利润大大减少。

一位分析师认为："近来他们把目标锁定在青少年消费者，但是 Gap 是个大的厂家，其顾客应该是没有年龄限制的。"当然德瑞勒也意识到自己的失误，他曾不止一次公开承认公司的做法错误，他说："我们需要做的应该是回到属于我们的正确品牌、正确目标，现实告诉我们，我们走偏了。"

二. 扩张过速

由于公司的野心很大，采取急速扩张策略，在过去4年间，店面的总面积成长了一倍。数据表明，从1999年至今，即使每单位面积的销售量减少了1/3以上，公司每年的分店却仍然以20%的速度增长。以2002年为例，公司虽然减少了预计的扩张店数，但是仍将增开200家左右的分店，2002年店面的租金预估便高达10亿美元，使公司财务状况陷入紧张的状态。2002年《纽约时报》的一篇评论指出，公司的成长策略显然不够明智，使困局更加复杂。

经验告诉我们，领导一个企业就像走在一条高空的绳索上，任何一步不小心，都将导致极大的危机的发生。

所以决策者必须立足现实，灵活掌握市场，把握正确的产品方向，控制适宜的扩张速度。发现问题时，一定要灵活地调整现有的不科学、不合理的管理方法。

3 把握关键，解决首要问题

不立足现实，就无法超越过去；不超越过去，就谈不上发展。同样，不把握关键，就难以把握事物的发展趋势；把握不了事物的发展趋势，也就谈不上发展和突破。

安庆会战是太平天国运动后期的一次重要会战。由于安庆是太平天国生死攸关的战略必争之地，因此这次会战的结果直接影响整个东南的战局，并最终致使太平天国走向覆灭。而这次会战的导演——曾国藩的战略思想则是湘军胜利的最关键的原因。

由于安庆是天京(南京)上游的重要门户，它的得失，对太平天国后期战争的全局来说，关系极大。按照太平天国在 1860 年 5 月天京军事会议作出的决定，东取苏常，是为"合取湖北"准备条件，而"合取湖北"实际上又是为了守住以安庆为主的安徽根据地(最终是为了保卫天京)。所以可以发现，自 1860 年 9 月以后，尽管战场很宽，烽烟遍及大江南北，但从全局来分析，争夺安庆乃是战局的关键所在。安庆一日无恙，则天京一日无险，安庆成了太平天国保卫太平天国的最后一颗棋子。

1860 年春，湘军即在鄂军配合下大举攻皖，并不断推进到宿松、太湖、潜山、霍山一线。同年 6 月，在李秀成等率军东征，攻克苏州的时候，咸丰帝惊恐万分，急忙谕令曾国藩"即统率所部兵勇，取道宁国，广(德)、建(平)一带，从而经赴苏州，相机兜剿，来保全东南大局"。不过曾国藩也是一个战略家，他坚守"自古用兵，必居上游之势。建瓴而下乃能成功"的信念，曾国藩表示："吾但求力破安庆一关，此外皆不遽与之争得失。"他只是从安庆移营祁门，只是略作了一下姿态，却按兵不动，而死盯着安庆不放。因为他心里清楚，"安庆一军，目前关系淮南之全局，将来即为克金陵之根本"。

不久，曾国藩令其弟曾国荃率湘军近万人相继进扎安庆北面的集贤关，并在城外开挖长壕二道，前壕用以围城，后壕用以拒援。由于咸丰帝的一再催促，曾国藩不得不将围攻安庆的任务交给曾国荃，自率万人之师于 1860 年 7 月初自宿松开赴长江南岸，在月底立大营于皖南祁门，表面上摆出了一副东进苏常的架势。实际上曾国藩心有成算，他把湘军主力和战将留在了安庆周围，自己进至江南，只不过是为了应付清廷的命令，并牵制南岸太平军，以掩护北岸湘军夺取安庆。

安庆告急，为了救援安庆，1860年9月下旬，天京最高当局决定采用"围魏救赵"之计，依然按原定方针继续进军湖北，以期安庆不救自救。太平天国安排五路大军相继进发，但是在进发过程中，由于缺乏统一调度，各自为战，攻城弃城，弃城攻城，战略意图缺乏连贯明确，结果虽然使清廷的湖北江西频频告急，但无法构成战略威胁。陈玉成的部队逼近湖北省垣武汉，武汉兵力空虚，省垣眼见即下。由于湖北巡抚胡林翼有督抚之责，而向曾国藩求援。虽然曾国藩和胡林翼交情很深，但他还是坚持攻取安庆的战略目的，坚持不撤围攻安庆的湘军。同时为了缓解湖北的压力，他也向胡林翼献计，合理利用英国在武汉的力量，从而达到制衡太平军的目的。结果致使陈玉成中计，失去了攻陷武汉，牵制安庆湘军的一个重要机会。

终于，太平军大败。太平军在"围魏救赵"失败之后，战略改为直接救援安庆。派出陈玉成、洪仁玕、林绍璋、黄文金等大将率兵数万救援安庆，期望一举解救安庆之围。曾国藩惊呼："所有安庆官军和曾国荃等各营，城贼扑之于前，援贼扑之于后，势殊危急。"形势让他决心投入更大的兵力，与太平军决战于安庆，他呼吁"贼以全力救安庆，我亦以全力争安庆……迅克安庆，大局才有挽回之日，金陵才有恢复之望"。曾国藩也从祁门移营至长江边上的东流，实地指挥，同时安排大批援兵来抵抗太平军的反扑。由于曾国藩在攻取安庆过程中始终坚持非常明确的战略意图，并且做了充分和严密的军事部署，最终他率领的大师粉碎了太平军的救援计划。不久，安庆宣告陷落。

可以说，安庆会战的胜利是曾国藩军事战略的胜利。曾国藩兵围安庆长达一年多，在这一年中，万计的求援信以及责难纷纷而至，但他始终没有放弃围攻安庆这一战略目的，硬是靠他的一股蛮劲给坚持了下来，最后获得了成功。反观太平军，他们尽管在救援安庆上付出了极大的努力，但从整个战局上来看，他们的战略失误正是忽略了安庆乃至忽略了整个安徽，在战略上没有抓住关键。由于苏常地区极为富庶，并且清朝的军事力量较为薄弱，李秀成长期占据该地区以期望凭此抗拒湘军，而不重视安庆之围，很大程度上削弱了救援安庆的力量。他至死都没有明白曾国藩据上游沿江而下这一高明的战略思想，忽略了安庆在战略上的重大意义。而洪仁玕在血泊之中，才终于认识到太平天国"最大之损失，乃是安庆陷落，落在清军之手"。要是说他过去模糊认识到了"倘安徽有失，则蛇中既折，其尾虽生不久"，那么可以说，正是太平天国败亡的历史事实才使他真正清醒地认识到，安庆"此城实为天京之锁阴而保障其安全者，一落在妖手，即可为攻我之基础。安庆一失，沿途至天京之城，相继陷落不可复守。安庆一日无恙，则天京一日无险"。这又从侧面论证了曾国藩善于抓关键，战略思想高瞻远瞩。

从上面的故事中，我们可以发现其中所蕴含的道理。在我们的工作中，一定要善于抓住工作的重心和中心，把握关键，领导的决策也是如此。领导在制定决策的过程中，务必要认清形势，抓住工作的主要矛盾，抓住工作的重心和中心，把握工作的关键，这样才能制定出科学、准确和有效的决策。曾国藩在安庆会战之前就深刻地认识到了安庆战局对于东南战局的影响，以及对于夺取天京，镇压太平天国的意义。所以他才不理会咸丰皇帝的谕令，不理会胡林翼的求援，也不理会其他官员如何责难，他一力主张将战局的中心放在夺取安庆上。于是他才会感慨："吾但求力破安庆一关，此外皆不遽与之争得失。"这无非是因为他认识到，对于太平天国来说，"安庆一失，沿途至天京之城，相继陷落不可复守。安庆一日无恙，则天京一日无险"。因此我们知道，安庆会战可以说是当时战局的关键，只有夺取了安庆，占据上游之势，才可以攻陷天京，才能最终镇压太平天国。也难怪他才集中优势兵力，首先解决安庆问题，并不惜耗费很长的时间来围城。这正是抓住了主要矛盾，抓住了关键。尽管他没有理会其他战场的求援，但是对于湖北省垣的战局，他也出言献计，一方面这是因为他和胡林翼的交情很深，另一方面，因为武汉的重要性在当时仅次于安庆。省垣失守，将会导致湖北战局的陷入被动，最后也会影响到安庆会战。

因此，武汉问题虽然是次要矛盾，但如果不妥善解决，最后也会影响主要矛盾的解决。曾国藩在安庆会战中正是非常高明、非常灵活地处理好了主要矛盾和次要矛盾、关键与非关键之间的辩证关系，最终保障了主要矛盾和关键之处的解决，赢得了安庆会战的胜利。

但在现实工作中，有一些领导不能认清形势，看不到工作的中心和关键，分不清主要矛盾和次要矛盾，从而不能制定正确决策，结果将大量精力白白耗费在一些细枝末节的工作中，这样不仅无助于关键问题的解决，并且由于不解决好主要矛盾，活局变成僵局，僵局变成死局。也有一些领导，虽然他们认清了主要矛盾和次要矛盾，找到了工作中心和关键，但不懂得抓重点，在各个方面的工作上平均使用人力物力，最后的结果是虽然解决了问题，却浪费了大量的时间。有些领导虽然知道工作的中心，但是惧怕困难，想先易后难，不懂得集中力量先把握关键之处、解决主要矛盾的道理，结果等到把容易的工作做完时，才发现已经错过了最好的时机，解决主要矛盾的难度加大了，导致更多人力物力的投入。也有些领导一味只求主要矛盾的解决，毫不重视次要矛盾，结果无非是不仅没有为解决主要矛盾创造有利条件，反而在解决主要矛盾的道路上制造了更多的障碍。

以前有的地方政府领导，一心追求GDP的增长，而忽视了环境的恶化、社会矛盾增多、治安秩序不稳定等问题，结果导致经济社会不能协调发展，最终还是阻碍了地区的发展。经验告诉我们，抓重点并不是放弃非重点，因此，领导者应该对主要矛盾和次要矛盾的辩证关系有一个清晰的认识，这样才易于制定正确的决策。

所以领导者在制定决策的时候，一定要认清当时的形势，对公司或团队的长远目标和短期目标、外部环境和内部环境、优势和劣势等问题，有一个清晰的认识，分清中心问题和边缘问题，这才是正确解决问题的关键。当然，要认清形势，正确区分主要矛盾和次要矛盾，找到问题的关节点，并科学地制定出正确的决策，是一件非常复杂的工程。尤其是在信息社会中，要分辨出关键点，不是靠简单地找点材料，然后闭门认真思考几天就可以解决的，它往往需要领导者进行深入地调查，具有敏锐的洞察力和鉴别力，有丰富的知识底蕴、较强的专业素质、缜密的逻辑推理和分析问题的能力。在如今的信息社会，由于信息量的增加，制定一个决策所面临的形势往往是十分复杂的，有时仅仅依靠领导者个人的智慧，靠领导者简单的拍板是无法从根本上解决问题的。因此领导者在把握工作关键时，要发挥民主的作用，不能独断专行，武断地进行决策，而应该根据所掌握的信息，认真地进行分析，群策群力，以此来把握工作的关键，找出主要矛盾，这样才能保证决策的科学性和正确性。

第二节　坦然面对，实现超越

一个成功者一定是一个能够面对现实并敢于超越现实的人。事实上，每个人在生活、工作中都不可避免地会遇到各种各样的困难，但是很多人往往因为困难选择放弃或在困难中沉沦，他们缺少的就是面对现实的坦然，在坦然中超越困难。

1　在烈火中炼狱

真正的企业领导是常在烈火中练就自己的战略。

科学家捉住了一个定律。然后他把定律带回实验室，扔到火里进行燃烧，又浸入水中进行冷却。仅这还不够，科学家像个铁石心肠的人，一次又一次地严厉批判，故意找茬，仔细考察着定律，甚至他还为它准备了断头台和绞刑架。

面对科学家无情的百般折磨，定律终于不觉流下了眼泪，说道："亲爱的科学家，你呕心沥血，甚至不惜牺牲自己的生命才把我捉住，可是，你又为什么这样对待我？"

"我的孩子，"科学家蹙着眉头，他一边做着实验，一边回答道："在科学事业中，真正的爱却是严厉的。我之所以这样做，就是希望，在我化成尘埃的时候，你仍然能够立足于世界！"

定律无语，等待辉煌的到来。

真金不怕火炼，定律只有受得住烈火的考验才能成为真理，才能永恒。

在企业管理中，一个企业的战略的对错，也是需要经过时间和痛苦的考验才能知道战略的好坏，这就提醒企业的领导者应时时刻刻认识自己，时时刻刻对战略进行考验。

就像炼定律一样给它烈火，对它燃烧。

杰克·韦尔奇，1935 年 11 月 19 日出生于美国的马萨诸塞州。他是个彻头彻尾的美国人，信仰个人自由，敢于承担责任，信仰人类平等的原则。但他信奉的达尔文主义的信条使他的行为举止让人看起来显得冷酷无情。从上研究生起，韦尔奇便自信他能使复杂的问题简单化。

韦尔奇心中最具威力的经营管理理念就是保持市场占有率第一或是第二的原则。韦尔奇心目中的最大理想就是雄霸市场，所以他利用通用电气公司庞大的财务资源，成功地帮助通用电气公司向市场领导者的地位迈进。在他看来，凡是未达标准的企业一律整顿、关闭或是出售，这造成了韦尔奇的铁腕做法。

韦尔奇认为领导者应该"头脑冷静，心肠慈悲"，也就是在竞争中要保持铁石心肠。但是在处理与人有关的事务时则需要将心比心。在重组通用电气公司的过程中，内部的反对者不只是工人，还包括一些通用电气公司的领导人，甚至也包括直接向总裁负责的部门负责人。韦尔奇知道，被动的抵制一样会使改革寸步难行。

整个改革的过程对于员工而言的确是非常痛苦的，许多通用电气公司的员工在这种行动被深深震撼。但是，韦尔奇并没有因此而放弃改革。因为他知道，通用一日无改革，就一日难以继续发展。1981 年 10 月，韦尔奇向通用电气公司的 120 位公司领导官员讲话，被严厉的抨击之后，韦尔奇列出了改变通用电气公司的议程。他明确指出：不许再有官僚制度的浪费，不能再有欺骗性质的计划和预算，也不许再有逃避困难的决策。韦尔奇同时还警告大家，任何企业如果无法维持第一或第二，迟早都会被踢出通用电气公司。

韦尔奇看到，同时也是许多人没有意料到的，那就是通用电气公司繁荣背后所潜伏的巨大危险。在火车头、蒸气涡轮机和核电厂等产品项目上，通用电气公司积压着大量等待发货的订单，背后存在很多的问题。韦尔奇的挑战就是必须在手边的订单还未消化完之前重新塑造通用电气公司。但他的计划需要通用电气公司各个单位的完全参与和支持，他已经不能再等了。虽然韦尔奇一再发出警告，但当时通用电气公司大部分员工们并没有意识到问题的严重性。在此情况下，冲突似乎无法避免。

1981年，通用电气公司大约只有150个左右的企业在市场上算得上是屈指可数的，其中包括照明、电力系统和电机。在通用电气公司的主要企业中，只有燃气涡轮机才称得上是世界性的市场领导者。在通用电气公司的收入中，约有2/3来自增长缓慢或是根本没有增长的老企业，为此韦尔奇忧虑不安。

要做到市场中数一数二的原则，成为总裁解决各种问题的重点策略——其实韦尔奇要的就是冠军。通常，巨额的收入和丰厚的利润率，伴随的是领导市场占有率，这些有利条件将给通用电气公司带来财务上的灵活性，并在市场上占据主导地位。他所要求的市场领导的含义，就算是排名在第二的产业，他也不希望它们留在通用电气公司——所以韦尔奇主张停顿、关闭或是出售无法达到市场领导地位的任何企业和部门。

相反，通用电气公司随时准备投资衰弱的单位，只要它们有希望茁壮成长，他们就可能投资它们，这是一种长期策略。

为了全力以赴迎接新挑战，一个至关重要的举措就是对通用进行重大的重组变革。

1983年，韦尔奇终于突破重重反对，作出决断，放弃通用的家电事业。接着又宣布放弃生产烤面包机、电熨斗和风扇，这对于通用电气的员工来说，实在是痛心之极。因为自从通用电气公司于1905年开始销售第一台烤面包机开始，小家电就已经成为通用电气公司标志之一。在那阶段，这个受美国人钟爱的通用电气公司的象征，就是在通用电气公司生产的电熨斗、烤面包机、时钟、果汁机、咖啡壶和吹风机上——这些是远溯到爱迪生时代的美国传统与荣耀的标志——这些曾经一度被视为是美国现代家庭的象征。在某些通用电气公司员工的心里，它已经是结合了通用电气公司和百万美国消费者的标志。不过，韦尔奇的想法却恰恰相反，他认为出售小家电企业，表明通用电气公司完全抛弃传统。很多人质问韦尔奇的决定：你怎么可以抛弃小家电事业？那可是通用的根基呀！是这些产品才使这家美国人钟爱的公司在这片土地上得以家喻户晓，该业务是通用集团中的核心部分。不管在什么时候，只要一位家庭主妇把一台通用烤面包机、咖啡壶或者蒸汽熨斗放在家里，通用电气的名字、通用电气的品牌就在那里，怎么能自己把自己的牌子砸了呢？

不可否认，通用的小家电事业确实为公司创造了往日的辉煌，但韦尔奇深信它对于通用的未来却无足轻重。通用是不可能指望小家电行业使公司壮大发展的。对于质问，韦尔奇简单地反驳道："21世纪，你是停留在烤面包机的生产上，还是选择生产CAT扫描仪呢？"

通用公共关系事业部的副总裁乔伊斯·赫肯汉姆说："我们的实力会在诸如小家电制造这类事业中削弱，你可能会研制出一种实用的新型的电吹风机，但在整个中东地区的人们也会研制出一种更为廉价的同类仿制品。我们的优势是技术，是它的高科技研究力量，还有它的资金实力……我们还有足够的能力动用上亿美元花费几年时间研制出新一代的飞机发动机、塑胶制品、汽轮机、影像医学设备，而这类业务所具有的共同的特征是：高科技含量、高开发成本、持久的生命力。"通用电气的员工们无话可说了。

经过一系列重组，杰克·韦尔奇创造了一个充满竞争力的新通用电气。经过重组，老的通用电气公司已经不复存在了。但这过程是多么的难以坚持，就像在烈火中锻炼一样。

可见，真正的企业领导是常在烈火中练就自己的战略。

2　超越失败

成功不可能轻易易举的，它可能是经过很多的挫折和失败，最后在这些的教训的基础上，突破了失败，从而超越过去，获得新生。

要超越失败，领导者就要学会正视意外的成功或失败。世界最大的化学公司，就把自己的成功归因于意外的机遇。在以前 130 年的时间里，杜邦只限于制造军火和炸药。不过在一战期间，它开始涉足化学领域，但一直没什么重大成果。

1928 年，一位研究助理由于疏忽，无意中让炉火整整烧了一个周末。到星期一早晨上班，负责研究的化学家——卡罗瑟斯发现壶里的东西已凝结成纤维。此后，杜邦又花了 10 年时间才找到了制造尼龙的方法。

杜邦的成功的确是一个机遇，但以外的成功仍要求配备最优秀、最有能力的人员，同时还要求领导层给予和机遇大小相匹配的关注和支持。

还有一个例子就是美国福特公司经过精心的设计、用心良苦地制造，最终把"爱泽尔"这个美国商业史上规划最周密的战略的最终产物推出。

不过，这个花了很大精力和时间来研制的品牌在 1957 年一上市就遭到了惨败。还好福特并未因此而灰心，而是以此为机遇，重新进行市场定位。在"爱泽尔"失败后不久，福特又推出了"雷鸟"。它也成为自老福特 1908 年推出 T 型轿车以来，最为成功的美国汽车。因此再度树立了福特有自己车型的汽车生产厂商的地位，这表明它不再是通用永远长不大的模仿者和小兄弟。

以上两个例子都能够证明，无论是意外的成功还是意外失败，都可以转变创新的机遇。关键看你能否做到"精益求精"或"趋利避害"。

超越失败，就要求能够处理好不可协调的矛盾。不可协调的矛盾是指事物的状态与事物"应该"的状态之间，或者事物的状态与人们期望的状态之间的不一致、不合拍。如不协调的经济状况、现实与假设之间的不协调、企业设想和用户期望之间的不协调，还有程序的步骤和逻辑发生不协调等，都属于此范畴。

正因为存在这么多不协调，创新才成为人们追求的目标，它才能在企业文化中有立足之地。

在美国乃至世界，斯科特公司是数一数二的草坪护理品生产商。虽然它现在只不过是一家大型公司(ITT)的子公司，但当它还是一家独立的小公司时，就敢与规模比它大许多倍的公司，进行了激烈的角逐和竞争，最为惊讶的是它还取得了领导地位。

超越失败，就要求打破过去，进行创新，这就要认识"程序需要"。

如果前两个来源证明了"机遇是创新的源泉"，那么这个来源则印证了那句谚语"需要是创新的母亲"。事实上，程序需要这个概念，既不含糊，也不笼统，而是非常具体。

与意外事件和不协调相同，它也存在于一个企业、一个产业或一个服务领域的速度之中，而有时基于程序的创新需要利用不协调。

事实上，程序需要与其他创新来源有所不同，它并不始于环境中的某一件事，而是始于需要完成的某些工作。它围绕任务为中心，而不是围绕状况为中心。它需要完善一个已存在的程序，替换薄弱的环节，然后用新知识重新设计一个旧程序。

1909 年，一名贝尔电话系统公司的统计员勾画了未来 15 年的两条发展曲线：其中一条是美国人口的增长曲线，另一条就是处理日益增长的电话通讯量所需要的中心站接线员的人数。

这两条曲线显示了 1925 年或 1930 年，如果人工处理呼叫继续存在，那么在美国，每一位 17～60 岁的女性都不得不担任接线员的工作。

恰由于他对这种市场需求的把握，使公司找到了创新的大方向。

而就在两年以后，贝尔的工程师设计出了第一台自动交换机，并将它投入到市场中。

市场的需要是客观的，企业只有满足其需要，而不能让消费者满足自己的产品。可以说，时刻盯住市场需要的企业，就往往能够取得"好收成"。

第一次世界大战，产生了一批对国内和国际新闻感兴趣的美国民众，他们都注意到了这个情况。而且在一战后的起初几年，许多报刊杂志就一直在讨论如何满足这种需要。但是，地方性报刊无法胜任此项工作。一些大型的出版商包括《纽约时报》也都尝试过，但均未获得成功。

后来，亨利·鲁斯认识了这个程序需要，他介绍了了解这个需要所必须的东西。后来经过自己的努力，他创办了《时代》杂志，作为第一本新闻杂志，一经问世就立即取得了成功，获得了众多的读者。

总之，程序需要的创新机遇是不会从天而降的，它要求领导者敢于超越失败。创新总是要突破过去的。

3 破釜沉舟

领导者就需要有破釜沉舟的胆识和勇气。没有突破现实的勇气，对领导者个人和团队来说，都是非常可怕的。

《史记·项羽本纪》记载："项羽乃悉引兵渡河，皆沉船，破釜甑，烧庐舍，持三日粮，以示士卒必死，无一还心。"成语"破釜沉舟"就出自于此。

秦朝末年，秦始皇死后，他的小儿子胡亥继位。由于秦王朝的统治十分残酷，各地农民纷纷起义反抗。公元前208年，刘邦和项羽两支队伍汇合，他们共同推举楚怀王的孙子做楚王，从此军威大震。这时，原来被秦国灭亡的魏、赵、燕、韩等国家，也乘机大举起义，并与楚国结成反秦联盟。秦二世胡亥慌忙派出人马到各地去镇压。还派大将章邯率领二十万大军首先打败了陈胜、吴广的起义队伍，接着又北渡黄河前去攻打赵国，把赵王围困在巨鹿。可赵国根本就不是秦国的对手，于是，赵王就派使者前往楚国去请求援助。

赵王派去的使者到楚国后，就直奔楚宫去见楚怀王，一五一十地哭诉起了秦将章邯攻打赵国的暴行。

那时，项羽也正好在场。项羽怒火中烧，他对楚怀王建议道："我们应当马上发兵救赵，我愿去跟章邯拼一个死活。"

楚怀王见将军如此勇敢，道："将军愿往，再好不过。"

然后，楚怀王就派项羽作为上将军宋义的副将，领兵前往救赵。

宋义引兵至安阳(今山东曹县东南)后，另人意外，他接连46天按兵不动。对此项羽十分不满，于是要求进军决战，解困赵国。然后宋义却希望秦赵两军交战后，待秦军力竭之后再进攻。

可当时军中粮草缺乏上卒困顿，而宋义仍旧饮酒自顾，项羽见此终于忍无可忍，进营帐杀了宋义，并声称他叛国反楚。于是将士们拥项羽为上将军。项羽杀宋义之事，也威震楚国，名闻诸侯。

杀了宋义之后，项羽便立即派他的手下将领英布等人带领两万人马渡过漳河去打秦将章邯。听说楚军要渡河作战，章邯派两秦将司马欣和董翳带兵去拦阻。那两个秦将根本不是英布等人的对手，一交锋就吃了败仗，急忙后退。于是英布等人就顺利地渡过了漳河并占领了河的对岸，接着，项羽率领所有的军队都渡过河去。而秦军人马众多，士气正盛，要打败强大的秦军，就要想出一个好的战法才行。于是在全军刚刚渡过河后，项羽便告诫士兵，每人只许带上三天的干粮，把所有做饭的釜(即锅)全砸了，把所有渡河的舟也都弄沉在了河底，把兵营也毁了。他对众将士说："成败就在此一举。这次咱们打仗，只准进，不准退，退就是死，三天里头必须将秦兵打败。我们要和敌人血战到底，不获全胜，誓不收兵！"

就是这样一群已无退路的大军到了巨鹿外围，包围了秦军并截断秦军外联的通道。在该战役中，楚军战士以一当十，杀伐声惊天动地。经过九次的激战，最终楚军大破秦军，救了赵国。而前来增援的其他各路诸侯却都因胆怯，不敢近前作战。楚军的骁勇善战大大提高了项羽的声威，以至战胜后，项羽在辕门接见各路诸侯时，各路诸侯都不敢正眼看项羽。

秦军之所以所向披靡，一方面是因为自己兵力强大，更为重要的是六国的军队在面对秦军时，总是疑虑重重，战未战，心先败。双方士气的巨大差异造就了秦军的战绩。项羽通过英布与秦军的第一次交手就判断秦军真正实力并没有想象中的那样强大，强只强在其高昂的士气。于是，项羽也分析出了破秦第一关键就在于激发起楚军的激昂斗志。于是便身先士卒，面对实力远远强于自己的敌人，项羽的"破釜沉舟"首先向大家传递了自己的立场：坚决与敌人死战到底。由于项羽在斩杀宋义时已经在军中树立了充分的威信，他的这一"死战"的行为立即受到了楚兵的激烈响应，一举激起了这些热血青年的斗志。同时沉了船，后面就是滔滔的黄河，退者必死，而面前的秦军固然强大，却远不如黄河天险，击破秦军才是唯一的生路。面对着唯一的生存机会，将兵疑虑尽去，唯有力拼。这也大大坚定了楚军全力战敌的信念。项羽正是用砸锅、烧营、只留三天干粮的实际行动告诉了大家只有在三天之内的战争，也是最关键的三天。换句话说，三天必须破秦，否则粮断人亡。战争只能维持三天，可消除楚军长期作战的疑虑，最多三天即可结束战争。在这样的心理影响下，全体楚军都充分认清了当下的形势，彻底坚定了竭力战敌的决心。这种砸锅、沉船、烧营，置之死地而后生的看似绝望死拼之笔，却蕴含着巨大的激励效能。从战敌的斗志到全力战敌的信念，再到竭力战敌的坚强决心，项羽通过这种风险激励从这三个层面充分激发了楚军的士气，最大限度地挖掘出了楚军的全部实力，因此最后能够以弱胜强，在历史上书写了一次经典绝伦的战役。

"破釜沉舟"是一个风险度非常大的决策。如上述战役中描述的情况，士气低迷、军心涣散的楚兵面对兵力更多、士气更为旺盛的秦军，可以想象，拼死一搏的风险度是非常大的。领导者在员工面前确立了威信，员工对领导者作出的决策持有高度的信任，才会在这风险度很大的情况下仍全力支持。没有威信的领导者，没有号召力，无法引起员工的共鸣，不但无法达到激励目的，反而会适得其反，得到一个众叛亲离的下场。如果项羽没有建立威信就做此决策，楚兵也定然不会随主帅去冒生命之险。轻者可能楚兵违令逃散，重者叛乱杀帅。还有如果不认真分析当前形势，没有一定成功率也不可施为。分析形势既包括双方实力还包括所处的环境。项羽通过英布一战，充分了解到了双方实力的差距并没有想象中的那么远，甚至秦军单兵作战能力尚不及楚军。只要激励起全军的士气，打败貌似强大的秦军并非天方夜谭。因此，最后项羽成功了。试想项羽料敌不准，草率决定破釜沉舟，毫无胜算地以死来拼实力远远强于自己的秦军，那将无异于以卵击石。我们在现实中在应用这种激励策略时，一定要先摸清情况，认清形势，确认有一定胜算方可施为。假如倾力一搏，全军覆没的可能也是非常大的。

项羽的这一激励策略在我们周围也是屡显威力。不少企业在面临崩溃的情景下，破釜沉舟，反败为胜。但企业对这一激励策略的应用，又必须慎之又慎，除非在万不得已的情况下，否则不可施为。虽然说确定有一定胜算再应用，但这种激励策略仍然是一种风险度很大的赌博，一旦失败将失去一切的结果很多人还是无法接受的。从另一方面来看，经常性的破釜沉舟也会使得员工认为这种领导只是一个狂野的赌徒，并无真才实学。总是跟着这种领导东蒙瞎闯，也是大多数员工所不能承受的。因此，要是经常性使用风险性极大的"破釜沉舟"，非但不能对员工起到激励作用，反而必会招致人心涣散，众叛亲离。项羽这一激励策略就很有借鉴的地方，但它也有着其特有的适用情境，还能起到超乎寻常的激励效果，但也会导致无法承受的结局。这也告诉我们，在日常工作中，对员工进行激励也要慎重选择激励策略，要充分分析和了解所面临的情况，因人因时地施以不同的激励策略，从而达到真正的激励效果。

第三节　展现真实的自我

成功的领导者，不是靠机遇给他带来成功，而往往取决于他的内在，这包括他的知识、良好的心理素质和自信乐观的人生态度。在工作中，领导者就应该展现真实的自我，把自身的内在展现给大家，以此争取成功。

1　知识管理

这是一个知识经济时代，领导者能否用知识进行管理，对他的管理成效具有举足轻重的作用，知识管理已经是当今管理的一个主题。

很多领导者都还不懂什么是知识管理，如何进行知识管理以及怎样才能更为有效地进行知识管理。事实上，有效的知识管理系统应该能够帮助管理者做如下事件：

能鼓励员工自由的进行思想交流，推动创新；缩短响应时间，提高客户服务质量；使产品和服务能更快上市，增加收入；能认识到员工知识的价值所在，并因此对他们给以一定的奖励，从而增加负工的保留率；通过去除多余的和不必要的流程，使运营变得更为顺畅并缩减成本。这些是比较普遍的例子。而创造性的知识管理能够在任何业务部门都能起到提高效率、产量和增加收入的作用。

要做到有效的知识管理，具体说，应该注意以下几点：

一、知识采集

知识采集是建立这种系统能力的基础，领导者没有良好的知识采集能力，最后的创新只能是建立在感性的基础上。知识采集通常比一般的想像要困难得多，因为知识的多样性特点使表达知识的信息更多的是非结构化的数据，而要是将散落在企业中大量的非结构化数据中有效地进行收集、汇总和分类是一件高成本的、繁琐的工作。不过这还不是问题的全部，知识通常被划分为显形知识和隐形知识这两大类。刚刚提到的只不过是显形知识的采集问题，而隐形知识通常具有对企业实际问题具有更大的价值，但对隐形知识的采集更加困难。在提高采集知识能力上，信息技术发挥着重要的作用。

简单地说，知识采集就是组织从他们的智力和知识资产中创造价值的过程。一般来说，从这样的资产中创造价值包括在员工、部门间，甚至和其他公司共享这些资产，从而达到最优行为。以高尔夫为例做进一步说明。假设高尔夫球童是一个知识工作者，好的球童不仅仅只是一个背着球竿和追着跑动的球。当被问及问题的时候，球童应该给打球的人提供一些有用的建议，比如："这样的风会使球多飞 15 码远。"好的建议最后换来的将是大笔的小费。另一方面，对于打高尔夫球的人，因为从建议中获益，也会愿意再次光顾。

二、创新能力

目前，很多成功者依赖的是创新形成的竞争优势，与上一个阶段相比，所表现的形式更为复杂和深入。不管是技术管理建设还是市场渠道的新做法，企业所建立的无形资产的竞争优势已经逐渐成为主流。

创新就是知识创造的一种表达形式。从知识管理的角度来看，知识管理可以分为三个阶段，即知识采集、知识利用和知识创造阶段。通常前者是后者的条件，当然如果我们缺少主动的来建立和推动这个过程的努力，虽然知识的创造仍然在企业中始终存在，但这可能或者是个人的创新能力，也许可能是偶然的非系统化的创新能力。企业需要的是有持续、系统的创新能力。在一个个人知识受到重视和得到奖励的氛围里，建立一种隐性知识价值并鼓励员工去充分分享的文化氛围至关重要。怎么大力地向员工们宣传 KM 概念都不过分。毕竟，在多数情况下，员工并非自愿而是被要求说出他们的知识和经验——而这正是体现他们个人价值的最大特点。

三、知识利用

通过对知识进行有效的采集就成为领导者的知识资产，知识资产的利用是表现其价值的重要环节。简单地讲，有效的知识利用就是企业中的任何一个单位在需要知识的时候，存在着这样一个机制，它能够迅速地提供丰富的相关知识，这主要通过知识传播的渠道来实现的。但在实践的过程中我们容易发现，知识传播的真正问题不是单纯的传播渠道的设计问题，企业中由于团队结构和各种权利的分割形成了知识传播的障碍。一方面企业业务单人员为了维护自身在企业中的价值和利益，极力保护自身所掌握的知识不被传播出去；另一方面，企业中身居高位的领导者，手中把持着大量的知识和信息，但由于他们没有去了解其他人员的知识需求，因此知识没有被有效地利用，这些都是具体的知识霸权的表现形式。因此，知识利用的关键问题实际上就是能够打破这些知识传播壁垒的企业制度。

四、知识的碰撞

领导者要推动知识之间的碰撞以实现更好的知识创造能力。通过对很多有很强创新能力的企业进行分析，我们发现文化是其中的主要的推动力量。那些注重企业学习、变革和成长的企业文化将促使员工进行积极的思考和知识转化，特别是员工之间的隐性知识向显性知识转化的效率将得到大幅度地提高，这种高效率的知识协作推动了企业的团队创新能力。我们通常能够在一些硅谷的企业中看到这样很好的例证，他们推崇的是着装自由、作息时间自由，甚至有人可以带宠物上班的企业制度，就是为了创造一个宽松的企业文化。这些企业的成功告诉我们，这些看起来荒唐的做法使他们具有明显的创新优势，而且硅谷的大量企业也以创新能力实现了很多的成长奇迹。

因为知识管理是一项复杂的企业战略信息化的应用，所以单纯的信息系统是不足的，对于这上面所简单讨论的内容将系统地推动着知识管理工作，最终促进知识创造的实现，企业将体会创新所建立的核心竞争优势突破了有形资产博弈的层面，为企业带来明显的战略优势。

2 自信让你更出众

自信是一种积极的人生态度，它是指一个人对自己的工作、能力以及其他各方面的一种肯定，他相信自己有能力可以做好工作。直至它不仅是人们心灵成长的秘诀，也是人们工作办事有效的重要因素。

一、有信心才容易获得成功

有信心才会有勇气，才会有动力，才会驱使你不断追求直到成功。其实成功者和失败者都曾有过许多失败的教训，但成功者能够做到锲而不舍，越挫越勇，直至获得成功，因为他们深信自己能使理想在某个时期能得以实现。大音乐家瓦格纳遭受同时代人的批评攻击，但他对自己的作品依然有信心，终于战胜世人，独占鳌头。

缺乏自信往往是中层领导性格软弱、工作不能成功的一个重要原因。《圣经》有言，一个人如果自惭形秽，他就永远成不了完人；一个经常怀疑自己能力的人也难以获得成功；而一个充满自信的人，就容易成为自己希望成为的那种人。

实际工作中，中层领导的工作道路是不平坦的，会面临各种困难，同样也会遇到众多竞争对手的挑战，那么作为中层领导者，一方面要有自信心战胜困难；另一方面也不要过高地估计对手，灭自己威风，否则会不战先败。要相信自己，战胜自己，才能最后战胜对手，进而才能与成功结缘。

二、自信的表现

1. 相信自己的判断，坚持到底

一个人若想获得事业上的成功，他就必须有坚定的信念、坚毅的自信和乐观的期待，否则很难成就大事。作为领导者，更应该对自己充满自信，对未来充满乐观，这样才能为员工们树立好的榜样。

有很多的领导者在执行决策的过程中患得患失，稍遇一点儿挫折或风吹草动，就马上收兵。这样的做法是不可取的。

领导作出的决策应该是经过深思熟虑的，决策应该是他在充分吸收了大家的意见之后，认为是正确的才会照章实施。对此，领导者必须具有充分的自信乐观，要相信大多数人的选择。以身作则，身先士卒，用自己无比坚强的意志来感召员工，进而同心协力，共铸辉煌。

2. 向世人宣告：我能，无限可能

在很多人的性格中都存在这样一个弱点——我不行！因此在本来很有可能成功的事情面前却毫无所获。凡是能成大事者的性格都应当是：要向世人宣告：我能，无限可能。

3. 顽强的意志和稳定的情绪

意志是一个确定目的并选择手段以克服困难，达到预定目的的心理过程。不同的人的意志也不同，有的人意志坚定，百折不挠；而有的人则意志薄弱，惧怕困难。在领导者的工作中，往往会遇到来自方方面面的压力和阻力、瞬息万变的情况、激烈的权力竞争等，这些都是对中层领导的一种考验。成功的中层领导往往具有战胜失败和困难的勇气，心目中抱有远大的理想，能勤奋进取。

情绪是指与一个人的生理需要是否获满足相联系的情感倾向。它是由情景的变化所引起并随之而变化的。自信乐观的中层领导能够遇事不急躁，处惊不变，具备良好的情绪控制力。

凡事都要抱有希望、充满自信，相信自己一定能获得成功，这是通向成功之路的一个重要的心理素质和人生观。

自信心是人生重要的精神支柱，也是人们行为的内在动力。通常，要形成自信心有以下几条途径：

1. 成功的经历，是形成自信心最重要的条件

每一位中层领导，或多或少总有过成功的经历。问题在于，对于一个中层领导来说，他要善于从自己的成功中总结出一些规律性的东西，从而使自己对前程充满自信。心理学的实验证明，人的抱负层次与其成功的经历紧密相连。一个人成功的经历越丰富，其抱负就越大，期望往往也就越高，自信心也就越强。而对于那些缺乏信心的人来说，最重要的是寻求成功的机会，并确保首次努力的成功。一个人在事业上的每一次较大的成功，往往会留下深刻的印象，这些成功的经历是建立自信心的基础，如作家第一部作品的问世，研究人员第一篇论文的发表，员工因成绩显著所荣获的第一次晋升，等等。

2. 客观的期望和评价往往是一股强大的动力，可以强化人们的自信心

尤其是当厚望和较高的评价来自领导、师长和所崇敬的人时，一个人的自信心会提高到极大值。这种情况下，一个成熟的中层领导就应该冷静地思考人们对自己的期望和评价是否客观，是否有根据。否则，就有可能出现盲

目乐观的情绪，甚至会达到忘乎所以的程度。对中层领导者来说，正确的态度应该是：把人们的厚望和高度评价视为激励自己继续前进的动力，从而对即将肩负的重任充满责任感和自信心，促进自己积极地完成工作。

3. 恰当地进行自我评价是建立自信心的基础

相信每个有作为的中层领导，都会在自己前进的征途上设立一个又一个目标。眼前的目标一旦实现了，又提出一个新的目标，每个新的目标都应该建立在对自己作出合理评价的基础上。每个人都有自己的优点，也都有自己的缺点，倘若能正确评价自己的优点和短缺点，并把自己的目标建立在扬长避短的基础上，那么他的成功就有更大的希望。这对他的自信心的培养也就进入一个良性循环。

4. 榜样的力量是无穷的

人生活在社会中，不管是自觉的还是不自觉的，事实上都在受周围人们的影响。那些具有高度自觉性的中层领导，可以这样来充实自信心：不妨在熟悉的人中寻找一个优秀的、值得自己仿效的榜样，然后设法赶上他，超过他。进一步相信"他没有做到的，我也要设法做到"，从而真正超过他。

5. 通过心理暗示增强自己的自信心

那些对自身能力抱有信心的人比缺乏这种信心的人更有可能获得成功，哪怕后者很可能比前者更有能力、更加勤奋，重要的是要坚信自己必定会获得最后的成功。

3 展现良好的心理素质

领导者必须具有良好的心理素质，心理素质好，员工跟着你才放心。

不过，领导者的心理素质并不是天生来就有的，要经过长期的训练才能形成，它不以主观意志为转移，而更多地取决于客观方面。所以作为领导者，应该努力在工作中学习，加强以下四个方面的心理素质：

一、保持情绪的稳定、乐观

具有稳定而乐观的情绪，对领导者来说，这不仅有助于自己的心理健康和提高工作效率，而且能有效感染员工，稳定员工的情绪与激励员工的士气。

二、增强意志

领导者的重要任务是实现相应的工作目标，而任务常常伴随着困难，因而实现工作目标总是与克服困难联系在一起的，领导者只有克服了困难，工作才会有所前进。

因此，坚强的意志，是优秀领导者的一个关键的非智力因素方面的心理素质。坚强的意志可使领导者能够保持充沛的精力和坚忍的毅力，为实现目标而努力奋斗，不达目的，誓不罢休。

三、宽容为怀

宽容才更得人心，它是品德方面的一个重要心理素质，是一种对人关怀、爱护与体谅的高尚品质。具有宽容态度的领导者，在处理人与人关系的时候，往往更善于同别人实行"心理位置交换"，即能站在对方的立场上，设身处地为他人考虑问题。领导者的宽容能给予员工以良好的心理影响，使员工感到亲切、温暖、友好，获得心理上的安全感。

领导者只有具备了宽容，才能调动一切可以调动的积极因素，化消极因素为积极因素，才能团结可以团结的力量，为实现工作目标而奋斗。

四、谦逊与谨慎

作为领导者，待人接物应该特别谦逊谨慎。要有自知之明，正确对待自己，既能明己之所长，也要知己所短，从而做到扬长避短。既要力戒骄傲自满，言过其实，同时也要防止畏首畏尾，自卑盲从。在成绩面前不居功，在错误面前也不文过饰非，主动承担责任，这样，工作才能顺利开展下去。

要做到上述四点，领导者不妨从以下几个方面着手：

一、收敛自己的不良脾气

有些领导脾气不好，容易失去情绪控制，事无大小，都喜欢以大发脾气来压人，他们总以为大发脾气可以形成一种威慑力。其实不然，脾气发得过多，会让员工见惯不怪，其效用也就逐渐失去，而且聪明的员工还会形成一套自我保护的办法，上有政策，下有对策。

二、切勿专权独裁

有的领导特别喜欢把员工管得严严实实，喜欢看到一员工对自己唯唯诺诺。在具体事情上，干预过多，甚至干涉员工的私事，这是非常不明智的做法。久而久之，员工会对领导采取抵制、敌视的态度。

正确的做法应该是：给员工一定的自由空间，不要试图把他们套在自己的小圈子里。在分派任务时，应该多强调目的、结果，而具体完成任务的方法、手段，则应该由员工自己决定。

三、勇于认错、改错

人非圣人，领导也难免犯错。但若故意掩盖，欲盖弥彰，反而会影响到自己的形象和威信。领导者勇敢地把错误承担下来，或者公开道个歉，对他来说，这未必是件坏事，说不定还会带来意想不到的效果。

勇于认错、改错并不是把污点扩大，适当地认错可以把污点变为亮点，这就是所谓"小过不掩大德"的道理。认个错，当即改正它，这实际上是在展现领导者本人的德操，也在无形中为大家树立了榜样。

领导者为什么要有健康的心理素质呢？因为员工总是会更多地信任那些敢于挺身而出、承担重大责任和艰巨任务的领导者。那些油滑谄媚、善拍马屁的领导也许会获得上一级的宠信，但员工决不会信赖他们。

某大商场预备开设自己的千兆网站，建立千兆网需要克服很多技术上的困难，而具体到网站的设置，又牵涉到许多商业问题。负责这项工作的副处长满脸疑问，到哪里找既懂计算机、又懂销售的人来负责呢？找了好几个人，都被推辞了，因为他们深知责任非常重大，自己又有许多不懂的业务而不能胜任。于是商场的这项计划就一直拖延下来。

科长小张是计算机专业毕业的，他一直在商场从事计算机联网的工作，对商业销售也不太懂。他看到副处长一筹莫展的样子，便自告奋勇说："让我试试吧。"副处长也是抱着试试看的心理同意了。小张接手以后，一边向商场专业人员请教，积极地学习商业、销售知识；一边着手解决技术问题，项目推进得虽然不是很快，但却在稳步前进。副处长对他的信任也在不断增加，并且不断放手给他更大的权力。最后，他终于胜利完成了任务，自己也成为了该网站的经理。没过多久，小张也被升为副处长，因为大家觉得他坚强、心理素质好。

从以上案例我们可以看出，心理素质强，才能提升领导者的凝聚力，才能让大家放心。

第四节　员工有权知道现实

员工也是团队中的成员，他们也有团队荣誉感和主人翁意识，他们也关心团队的发展状况和出现的新问题。领导者若不将团队发展状况和遇到的一些新情况告诉员工，会让员工产生被排斥的感觉，从而形成逆反心理。

1　员工具有知情权

不管公司发展是好还是坏，员工都有知情权。当公司出现危机时，领导者更应该让员工们知道事情发展的真相，而不应采取掩盖危机的办法。要赢得员工的支持，唯一的办法就是向员工说明实际情况。

领导者不向自己的员工说明真相，不让员工了解工作的背景会有很多风险，这也是领导者很容易忽视的。因为一般来说，员工们不知道真相可能就不会给员工的日常工作带来阻碍。只有当公司的危机迫在眉睫、员工们不得不当场作出关键的决策时，让员工了解公司的实际情况才显得非常重要。

领导者在向员工传达信息时，要保证它的完整性。一般来说，就应该向员工们传递与他们有关的各个经营领域的全面信息，这对公司来说是最有好处的。对大多数员工而言，知道公司际情况总要比不知道的好——哪怕听到的是坏消息。消息一旦公布，每个员工就能根据实际情况而不是根据自己的想法来处理问题。消息公布得越早，员工们就有更长时间的心理准备，就能越快适应新的环境。让员工了解公司的实际情况，可从以下几个方面着手：

一、让所有的员工了解公司的基本情况

假如公司有现成的介绍，可以拿过来用。要是没有，可以去找一些资料，这些资料里有公司的总体目标及任务、经营项目、生产地点、生产规模和其他的一般信息。领导者不要以为员工只要知道自己的一小部分工作就可，而没有机会(或兴趣)了解整个公司的整体规划。

二、安排其他部门的员工进行工作介绍

定期或不定期地邀请一些与自己的工作群体相关的部门经理或代表，同这些经理与自己的员工一起探讨哪些工作会给对方造成影响，探讨自己的工作群体如何才能使部门间的工作联系更加顺利。一起找出可能存在问题的领域，找出避免这些问题的有效办法。

三、关心员工的工作

由于许多原因，领导者需要了解员工最新的工作进展情况。知道发生了什么，就能使领导者及时地提出建设、提供帮助，观察到项目的及时进行，并且能够向员工传递重要的公司信息，同时也使领导者留意对员工非常重要的信息，并过滤掉不相关的东西。

四、对听到的重要信息做记录

领导者得到的大多数重要信息都不是书面形式存在的。相反，这些信

息会从片言只语、会议或餐桌上的偶闻中得到。要是没有立即将这些信息记录下来，过一段时间很容易忘记。

五、养成将重要的信息与文章转发给员工的习惯

领导者应该建立一个集中的通信文档，让办公室里的每一个人都能进行查询，做到每个月都能把更为重要的信息转发给每个员工。

让员工知道公司的信息非常重要。特别是公司出现困难时，更应该让员工们知道真相，而不应采取掩盖真相的办法。要赢得员工的同情与支持，并上下一心共同渡过难关，唯一的出路就是让所有员工知道真相，让所有人齐心协力解决问题。

领导者的任何指令，最终都得由员工去执行，所以只有员工清楚地知道实情，其行动才不会不背离公司的整体目标。

2 公道办事

领导者在实际工作生活中，会经常为团队成员调解纠纷，解决矛盾。在这些事情的处理中，公平与否是团队成员判断领导水平是否高低的唯一标准，而是否出于公心，处理得是否合情合理，都能够反映领导者的管理水平，也能影响领导者的自身形象和威信。

满足员工的对公平的需要，领导者才能赢得员工的信赖。上下级之间是一种相互依赖、相互制约的关系。这种关系处于良好的状态中，上下级各自的需要才能得到很好地满足。

一般来说，领导者需要员工对本职工作尽职尽责勤奋努力，圆满地、创造性地完成任务。而员工则希望领导者对自己在工作上加以重用，在成就上给予认可，在待遇上做到合理分配，在生活上给予关心。

对员工伤害最大的，往往是当员工工作取得成绩时受表扬的是领导者；当领导者工作发生失误时，挨批受罚的是员工，这样容易造成员工心理失衡。

因此，领导者要善于发现和研究哪些是员工关注的中心，并抓住这些

中心问题，最大限度地满足员工最迫切的需要，从而调动员工的积极性。

领导在在员工关系的处理上，要做到一视同仁，同等对待，不分彼此，不分亲疏，不能因外界或个人情绪的影响，表现得时冷时热。

有时，有的领导者并无厚此薄彼之意，但在实际工作中，习惯性地愿意接触与自己爱好相似、脾气相近的员工，无形中冷落了另一部分员工。因此，领导要适当地调整情绪，增加与自己性格爱好不同的员工的交往，尤其对那些曾反对过自己且反对错了的员工，更需要经常交流感情，防止造成不必要的误会和隔阂的可能性发生。

一、一碗水要端平

要想赢得员工的信任，还要做到"一碗水端平"。假如你真端一碗水，不用别人说你也会把它端平，否则水就会流出来。这是很自然的事，不需要什么解释，更不需要深入探讨。不过这里讲的"一碗水要端平"可与之不同，假如端不平将会有一定的后果，这其中也有一些方法值得一提。

一个领导者脑子中必须时刻存在着"公平"两个字，这就是说对所有的员工都要一视同仁，决不能"厚此薄彼"。在工作问题上，要把私交搁置一边，公就是公，私就是私。每个员工心中都有一架天平，衡量自己的付出和所得。假如不是出于私心，这架天平不会永久失衡。作为一个领导者，你要注意保护员工心中天平的平衡。

员工不仅关心自己的付出和所得，更关心他和同事之间劳动和报酬之间的差别，"同工同酬"是不言而喻之理。如果领导马马虎虎，不关心这一点，将会失去员工对你的信任。试想和一群不信任你的人工作，你的事业会有好"天气"吗？对员工一视同仁，公平合理，是领导者处理与员工关系的重要原则，也是赢得员工信任的重中之重。

员工发现领导者能公平公正地对对待他，定会心情舒畅，工作起来也必是斗志昂扬，一句话：肯卖命。

反之，如果发现领导者"偏心眼儿"，被偏向的一方获得好处，似无怨言。但另一方将可能是怨声载道，旁观的第三者也会站在这一方，那么领导者最后会众叛亲离。而所偏袒的一方，也会因此与别人"格格不入"。

这样，作为一个整体就分裂了。人们常说，整体功能大于局部功能之和，后果将是这个分裂的整体最后"元气大伤"。在竞争如此激烈的社会中，"窝里斗"必将置团队于死地。

作为一个领导者，员工由于领导者的不公而不团结，这是一种悲哀。领导者本该在中间起到调和与纽带的作用，促进他们之间的团结。为此，建议领导者最好实行"等距外交"。

"等距外交"就是要求领导者一视同仁，不能与一部分人或个别人过分亲密，而同时过分疏远另一方。在工作问题上，做到一律公平，工作上一样支持，一样看待，不要戴"有色眼镜"看人，也不能因人而异，"看人下菜"。

领导者还要时刻坚持客观公正的态度，不为流言蜚语所左右，力戒以主观想法付诸实践。要是领导者的行为带有明显的主观色彩，很容易失去公平。与此同时，也容易失去自己的威信。

二、人人平等，机会均等

领导者对待员工不存偏见，同时也不另眼相待，是立领导之威的一个重要原则。大部分有偏见的领导，其威望都不会高。

"有偏见当然不好，我们对工作努力的员工另眼相待难道也有错？"有的领导不明白了。

回答是：另眼相待同样有害无益。

对于干得出色的员工当然应该表扬，但是，该表扬的时候表扬，该评功的评功，平时还是应该与其他员工一视同仁。

这就是说，他靠工作出色赢得了他应该得到的东西，而在其他方面，还是同别人一样。别人若像他一样工作，也能赢得他本来应该得到的东西。这里强调的是工作，但突出的是公平。

如果领导把一切特权都交给了他，甚至对他做错的事也睁一眼、闭一眼，那么，让别的员工怎么向他学习？

另眼相待所造成的特殊化，使员工之间有了差距和隔膜，别人反而无法也不想向出色员工学习了。人们会因为嫉妒、仇恨而消极怠工："他既然这么得宠，那为什么不将所有的工作都给他去做呢？我们忙个什么劲儿！"

一定要给员工一种公平合理的印象，让他们觉得人人都是平等的，机会也是均等的，这样他们才会奋发努力。这样，对作出成绩的人也有好处，能促使这些人戒骄戒躁，不断上进。

对女性职员和体弱的职员也不应该另眼相待。确实不适合女性工作的岗位，干脆就不要安排女性。既然安排了女性，就要做到同工同酬。

对体弱的职工也是一样，可以明确规定半休，在规定的时间内也要和其他职员一样工作。团队是一个集体场合，要有一种工作气氛，弄几个闲散的人在一边是会影响士气的。

千万不要以为好心一定能办好事，像另眼看待这种"好事"，对本人、旁人来说，都是有害无益的。

3 激发员工的主人翁意识

假如一个企业希望获得可持续发展，在市场上具有持久的竞争力，那它就必须培养员工的主人翁意识，而这种意识最容易塑造的阶段发生在新员工即将或刚加入企业的时候。这就像父母培养孩子一样，从孩子刚出生时不断强化对孩子性格的培养相对比较容易，而当孩子长大成人再去塑造或改变其行为和意识，在很大程度上是徒劳，而且往往还会产生新的矛盾与隔阂，从而使培养与管理的过程越来越复杂，越来越遥不可及。要激发员工的主人翁意识，要注意以下几点：

一、新员工心理特征

新员工进入企业都需要经过一段时间来适应。在此期间，由于新员工处于和企业相互熟悉、磨合、适应的阶段，或多或少地会面临一些问题和困惑。由于招聘过程中信息不对称，新员工往往在工作之初就能发现企业并不像心中期望的，容易出现心理落差进而产生离职倾向。因此，领导者应站在新员工的角度关注并分析其入职心理，这对于成功激发新员工的主人翁意识，是十分必要的。

1. 能被同事接纳吗？

得到别人，尤其是与自己接触频繁的领导者和同事们的认可、接受和重视是人的基本需要之一。尤其对于刚进入一个陌生的环境的新员工，对此往往特别敏感。能否与同事友好相处，能否在一个比较融洽的环境中工作，已成为大多数新员工，尤其是没有工作经验的毕业生最感到困扰的问题之一。因此，如何才能满足新员工被尊重的需要，以此培养他们对团队的归属感是引导其具有主人翁意识的根本。

2. 这份工作达到我的期望了吗？我能不能胜任？在企业里我的发展前景如何？能学到更多的知识和得到提高吗？

新员工刚入企业时，通常对工作、对未来充满了干劲和憧憬，这就需要企业为他们搭建良好的平台，既能使他们发挥自己的特长和兴趣，通过实践合理地定位自己的职业规划，也能在激发员工主人翁意识的过程中，使企业获得持续发展的竞争力和战斗力。

3. 企业的价值观和我一样吗？

大部分企业里新招聘的员工都具有独特的个性。企业聘用的大部分员工是上个世纪七八十年代出生的，他们大多是受过一定教育的知识型员工，有独立的价值观，不喜欢受约束。他们强调在工作过程中获得自我实现。正因为他们有知识、较独立，所以流动的意愿和能力也比较强。他们在接受企业的价值观和管理理念之前，往往会与自我价值观相比较，从而考虑这个企业是否值得自己为之效力。

二、激发新员工的主人翁意识

企业要想规避新员工的离职风险，企业就应在短时间内让他们尽快进入角色、融入企业，从局外人转变成为企业内部人。这需要通过规范系统的方法使其感到受尊重、被关注，从而让他形成归属感，激发其主人翁意识，并使其对自己在企业中的职业发展充满自信。

1. 告诉新员工真实信息

如实告诉新员工有关工作的真实信息，以真诚的态度欢迎他们，这样更容易使新员工的心态保持平衡，为激发其主人翁意识打下良好的心理基础。

很多企业急需招聘到优秀员工，往往为新员工提供与实际情况不完全相符的职位描述以及相关的信息，使得新员工入职后对企业的信誉产生怀疑，进而影响他们对企业文化的认同甚至尊重。

新员工刚到一个陌生的环境，总会存在一些顾虑：待遇与承诺能否相符，会不会得到领导的重视，升迁机制对自己是否有利等。所以公司首先与新成员应该就其关心的问题进行有效的沟通，并把企业的相关情况，如团队结构、专业技术与优势、发展与激励机制等如实地告诉他们，让他们在迅速、客观地了解企业地同时，尽快消除担心与顾虑，让他们做到心里有底。

不仅如此，企业还可通过帮助新员工制订职业发展计划，帮助员工树立对职业发展的信心，找到合适的职业定位，在工作中获得成长和自我价值的实现。

2. 鼓励新员工说出心里话

在进入企业的开始，即使新员工已经能以平和的心态面对企业和新工作，但这并不代表他们对眼前的现状就是满意和欣然接受，企业领导者应当鼓励他们在了解企业以后，勇敢地说出自己地真实想法，并对他们所提出的问题有针对性地加以解决，为激发他们的主人翁意识创造条件。

有时，新员工提出的一些建议和意见确实非常有意义，往往会使企业收到意想不到的效果，甚至一些可以应用的新方法、新技术给企业带来新的活力，并可贯穿到企业的内部培训课程中。新方法的使用能够让新员工产生成功的经历，这有利于树立他们的工作信心，并使他们对企业产生认同感,同时也让其他同事对新员工的工作能力更有信心。

而多数企业在这方面做得不够,刚毕业的大学生来到企业后,对所受到的待遇与招聘时承诺不太相符,产生不满时,他们试图与企业进行沟通,并希望得到改善。这种不满情绪不过是员工刚到时的反应,并不算什么大事。但是有的企业领导者却没能及时消除他们的不满,反而造成其情绪激化,导致企业辛苦招来的人才,在员工入职没有几天就流失了,这无疑造成了招聘重置成本的增加和管理成本的浪费。

第五节 一起面对现实

现实是无法回避的,但不同的人面对的方式不一样。聪明的领导者会把当前的现实如实地告诉他的团队,结果往往能激励团队成员的责任心,使大家一起面对现实,同心协力解决问题。

1 优胜劣汰

世界是发展的,发展意味着旧事物灭亡,新事物产生;发展意味着落后就要淘汰。优胜劣汰是自然法则,这就要求领导者以及他的整个团队要具有忧患意识和危机感。

具有一种强烈的忧患意识和时不我待的紧迫感和危机感,及时把握创新的机会的能力是一个成功企业应必备的条件。这些企业时刻都有这样一种危机意识:与其让别人迫使自己的产品淘汰,还不如自己通过创新来淘汰自己的产品,通过主动适应市场的变化而获得市场的主导权。

企业只能依靠创新以获得的短期优势所带来的高额的"创新"利润,而不是试图维持原有的技术或产品优势,才能获得更大发展。

坐落在硅谷的太阳微系统公司是一家以不断淘汰自己产品并不断创新取胜的公司。公司以企业的运作速度为核心,成功地确立了自己的整个竞争战略。自公司从 1982 年创立以来,公司通过一系列的火速创新以及雷厉风行的企业运作机制逐渐发展壮大。如今，该公司的年销售额已达 50 亿美元。在高性能工程工作站这一生产领域，产品的换代周期通常是 3～5 年，而太阳微系统为自己订下了他人难以企及的目标：每 1 年就能使它的工作站的性能提高一倍。公司在年度报告中公开向自己的员工及竞争对手提出了这个巨大的挑战。太阳微系统公司时刻准备淘汰旧产品，推出自己的新产品，并以其有竞争力的产品价格和性能上的优势打乱竞争对手的阵脚。他们的理论是：与其让别人来迫使你的产品淘汰，不如自己淘汰自己的产品，主动出击。太阳微系统公司是首先尝到了"自我淘汰"的甜头的企业之一。在速度竞争非常激烈的行业，淘汰自己的产品是不可避免的。而这种法则的优势是就是可以审时度势，在竞争中占据主动位置。

　　显然，太阳微系统公司绝不是硅谷中唯一一家认识到只有不断淘汰自己的产品才能获得长远发展的公司。而太阳微系统公司的与众不同之处是它将认识付诸实践的能力。而这种能力，反过来，是由企业竞争战略的核心认识所决定的。在计算机这一发展速度快、学科交叉的高科技领域，没有公司能在所有相关的技术方面都占尽优势。用该公司的一位创立者比尔·乔伊的话说："在计算机行业，技术呈加速度发展。任何企业都不可能在所有的技术创新方面都保持优势地位，那些企图包揽所有技术创新专利的人注定要失败。"因此，太阳微系统公司只把主要精力放在自己最具优势的项目上——为高性能工作平台设计软、硬件——而把其他的项目干净利落地转让给那些专业厂家，他们往往能在那些方面做得更加出色。太阳微系统公司自己几乎不生产任何产品，集成电路板、驱动器、记忆储存芯片、键盘等都是从外部供应商那买来的，甚至各部件的组装也承包给别人。这种把主要精力集中在少数关键项目上的法则所产生的效果就是极大地提高了企业的生产能力和获利能力。太阳微系统公司的 13 000 名员工，平均每个员工就能创造 30 万美元的销售额，这一指标几乎是 IBM 公司的 2 倍。

　　很多太阳微系统公司的批评者不无挑剔地说，太阳微系统公司都采用别人的部件，是难以抵挡那些低成本的模仿者的进攻的。为了加快自己淘汰旧产品的速度，太阳微系统公司又采用了另一条与众不同的法则：一开发出新技术就马上转让给别人，获得转让收入。这种反垄断法则有三大优点：

第一，通过转让自己研发的技术给像东芝这样的伙伴公司，太阳微系统可以使自己的技术以更快的速度、在更广泛的范围内传播，从而增加了确立自己行业标准地位的机会。

第二，这种转让进一步提高了技术的价值，太阳微系统从而获得了技术上、经济上的巨大利益。

第三，太阳微系统运用这种转让法则激励自己不断创新，使其保持了领先的地位。考虑到竞争对手将很快掌握自己的最新技术，太阳微系统有更大的动力和紧迫感、更快的速度创新以确保自己的优势地位。

太阳微系统公司是不断创新的，它绝不会墨守成规。因为它的传统根据地——工作站市场的发展速度变得缓慢了，其市场份额正受到上挤下压：上有价格更低、性能更高的 HP 和硅谷公司的产品，下有奔腾 PC 机。于是，总裁斯科特·迈克尼利断然决定进军他认为是计算机行业的下一个战场的 PC 互联网。麦克尼里明智地认为，在目前的两股行业潮流中存在着一个交汇点，而这里正是潜在的巨大机会所在。这两股潮流分别是：小机器网络和重量级 PC 系统。一方面，很多大公司改变了过去生产数百万美元的主机系统的传统做法，转向生产低价格、方便灵活的小机器网络。与此同时，那些生产专项产品的小厂家却走的是另一条路：追求重量级 PC 系统。麦克尼里就是期望等在这两股潮流的交汇口，为它们同时解决问题：低价格的工作站，中等规模的 PC 网络服务设备。

没有公司敢低估太阳微系统公司最新挑战的难度，当然，也没有公司敢低估它的优势。斯科特·迈克尼利更明白自己的处境：一方面，新的战略需要公司在客户支持与服务方面获得重大改进，而这从不是太阳微系统的强项。即使像太阳微系统公司这样适应性强的公司，要改变企业文化的一个重要方面也绝不是一件易事。另一方面，太阳微系统公司也同时具备两大优势：

第一，太阳微系统公司依旧占据着 100 亿美元工作站市场的 37% 的份额，它拥有雄厚的资金实力做后盾。

第二，也是最重要的，没有任何迹象表明这家硅谷发展速度最快的企业放慢了前进的步伐。

2 在残酷现实中寻发展

现实是残酷的，但这不是说公司就要因此逃避现实，而应在残酷的现实中，积极寻找发展的新思路和新途径。

可以说，与客户、供应商、雇员、股东等利益关联方建立良好的关系，是每一个公司成功的先决条件。但是，当经济环境发生变化时，过去所建立的良好关系很有可能会变成桎梏，限制公司应对市场的灵活性和弹性，成为导致公司经营失误的行为惯性。即一味地为了保持与客户所建立的良好关系，公司可能会不愿意放弃现在的已经衰落的市场而去拓展新兴的市场。

公司的价值观将公司的员工紧密团结起来，并时刻感召着每位员工，是根植于每位员工内心深处的信仰。价值观决定了员工如何看待他们自己，以及如何看待公司，还是将公司上下凝聚在一起的纽带。

成功公司的价值观很有可能会凝固为一成不变的教条或规则一旦这样的情况发生，公司的价值观就失去了感召的作用，也不再激发员工的灵感和创造性，而是蜕化为一层坚硬的外壳，将公司完完全全地封闭起来。于是，公司又落入行为惯性的怪圈之中。

劳拉·阿什雷公司是一家在 1953 年建立的以创始人的名字命名的生产女性装饰用品的公司。在公司刚开始时，该公司的产品唤起了那些曾经有着英国生活经历的美国女性的浪漫情怀，特别是在 20 世纪 70 年代人们普通怀旧的情结下，通过其怀旧产品该公司很快由一家小作坊发展到一个超过 50 家专卖店的大公司，劳拉·阿什雷也成了国际知名品牌。与怀旧情结紧密相连的产品风格是劳拉·阿什雷公司在初期就取得成功的关键因素。

劳拉死后，她的丈夫伯纳德依旧沿着劳拉所设立的经营方向继续发展该公司。然而，潮流已经改变，越来越多的女性开始走出家庭谋求工作，女性装饰市场逐步倾向于职业饰物，而不是劳拉·阿什雷公司所生产的浪漫性饰物。以前，劳拉·阿什雷公司的竞争者都视公司的产品为榜样，争相效仿，但到了 20 世纪 80 年代，它的竞争者们甚至开始公开嘲笑说劳拉·阿什雷公司的产品只适合农村妇女，而不是城市白领女性。此时的女性装饰行业已经发生了巨大的变化。伴随着关税壁垒的逐步瓦解，精品店大多都将生产基地设到海外以降低成本，或者甚至将生产全部外包。但劳拉·阿什雷公司却相反，该公司依旧继续沿着过去曾为其带来成功的老路，仍然生产着现在看起来已经陈旧不堪的老式饰物，并且仍然以昂贵的方式自己生产，公司的竞争力也因此衰弱。

在日益变化的市场环境面前，劳拉·阿什雷公司并没有麻痹，而是想再展雄风。20 世纪 80 年代末期，一家著名管理咨询机构曾经清楚地指出了该公司所面临的挑战，并提出了一系列相应的应对措施。在认识到需要适应变化而采取措施来改变形势以后，劳拉·阿什雷公司的董事会物色了好几位总经理，并且要求他们中的每一位都必须清晰地提出对公司进行改组和改造的方案，以提高销售和降低成本。几乎所有的改革方案都被应用和实践了，却都没能够改变公司的战略方向。劳拉·阿什雷公司到底是一家怎样的公司？它是一家制造商、一个品牌、一个零售商，还是一家综合型的饰品专卖店？在这个方向性的战略问题上，公司一直没有能够确定。而且，所有的改革方案也没有能按照市场的特点改变公司的传统价值观。虽然劳拉·阿什雷公司历经七任总经理，但仍未能抑制住公司业绩下滑的趋势，公司最后吞食了其行为惯性的苦果。

通常，知名公司过去的成功与辉煌会使得经理人相信，只要按照过去的方式和方法制定一系列明确的战略、流程、建立和强化多方面的关系，以及发展公司今天的文化和价值理念，公司也就可以和过去一样再次成功。公司不断地成功发展，使得领导者更加坚信，只要按照这样的方式继续运行，公司的客户仍会成倍增加、众多人才仍会对公司趋之若鹜、投资者们也仍会对公司的股票不断追捧、竞争对手也依旧会以最阴险的恭维方式不断模仿公司的一切经营方法。

正当领导者们洋洋得意、陶醉于其过去的成功秘方时，现实却在无意中发生改变。当经理人从失败的阴影中苏醒过来后，才发现，失败的原因正在于一味沉浸在过去的成功和辉煌中。过去加点战略、加点文化、加点流程、再加点关系就可以成功的菜谱，现在却是导致公司失败的毒方。过去为公司带来成功的战略已经成为挡住领导者视线的眼罩，流程成为一成不变的陈规。关系网成为束缚公司发展的桎梏，价值观最终也只是教条。

劳拉·阿什雷公司的失败也正源自于沉浸其过去的成功。在残酷的现实面前，该公司没有发现自身的位置，没有寻找到发展的新思路和新方法。

公司过去的成功发展非常容易产生行为惯性，行为惯性又会导致公司的失败。但对于成功公司而言，失败还是能够避免的，要有效地避免和战胜行为惯性。公司必须首先认识到，竞争对手面对变化的市场环境必然会采取应变的措施。公司的领导者还必须认识到，仅仅采取行动还远远不够，还必须明白："我们该怎样应对市场环境变化？"以及"会有什么阻碍我们的行动？领导者必须审慎地研究和决定公司的战略、流程、关系和价值观，这样才能使公司的运作按设定目标进行，少走弯路。"

过去的辉煌已是历史，成功的企业必须勇敢面对今天残酷的现实，在现实中寻找和发现新的途径，公司才可能会取得一个又一个的突破和成功。

性格维度三 ｜ 追求结果

结果的获得简单地说就是"预备、瞄准、开火"三部曲。"预备"就是不打无准备之战，为获得结果酝酿力量，包括正确评估事态发展以及能力上的准备。"瞄准"就是明确目标，集中精力和资源为"开火"做最后准备。"开火"就是抓住战机，果断射击，不拖泥带水，为成功铺平道路。

第一节　工作是为了追求最好结果

工作是为了追求最好的结果，一旦确立了目标，就要专注目标。同时在追求目标的过程中，把工作做好，努力让鲜花结为果实。

1　做好工作，收获结果

许多领导者往往过分注重自己的权威，希望员工对自己言听计从。但是，聪明的领导者清楚：只要能够把工作做好，能不能施展手中的权力倒是次要的。结果才是最重要的，在别人心目中是否有权威，也是次要的。

一家大型广播出版集团的一位部门主管负责的那个部门，是该公司比较有影响力的一个部门，有 100 多个作家、编辑和画家。这些人都非常聪明、有创造性并且富有经验，不过他们也经常稍有不满就大发脾气。要想管理好这些人，领导者首先必须要有耐性，还要有一定的伎俩和战术——而后者则不是这位主管所擅长的。而且由于他刚刚被调入该公司领导阶层不久，所以，一开始，他还不便于对公司事务指指点点。

几个月以后，他发现有一个编辑经常在一个重要的编辑方案上磨磨蹭蹭。于是他提出要求在近期内看到一些这个人所编辑的文字。但出人意料的是，这位编辑耸了耸肩，说了一个不能称之为借口的借口。

首次出击就遭受了挫折，这位主管决定要压一压这个编辑的锐气，于是以势压人地说："你必须按照我所说的去做，因为你是在为我工作！"

出人意料，这位编辑回答说："你想得倒美，我根本就不是在为你工作，我是在为公司工作。你不也是为公司工作吗，只不过是凑巧被公司安排过来，成了我的上司而已。"

这位编辑也许只是在咬文嚼字而已。但是事后，这位主管对编辑的话再三品味，终于发现了问题。

如果一个领导者的权威，是以员工忠诚地为他工作为基础的，那么反过来，假如员工不是在忠诚为他工作，这就说明他在那个员工的心目中没有权威，所以也就谈不上对这个员工使用权威。作为一个领导者，你不可能让所有的人都拥护你，总会有人恨你，有人怀疑你，不管他们到底出于什么原因。即使有员工一开始对你忠心耿耿，到后来他们也可能会收回他们对你的忠心和支持。就这些人来说，假如他们不对你表示支持的话，那么他们就会对你表示反对。这位主管是一个十分聪明的领导者，他最终设法使自己从这种对抗中走了出来。

这位主管是如何处理这个问题的呢？后来，他解释说："如果有人明确地告诉你说他不是在为你工作，那么他就是在告诉你，你在他心目中根本就没有任何位置，其实他这是在你和他之间划了一条界线。因为在他看来，和你在一起工作是很令人不愉快的。这根本就不是什么主观臆测的小摩擦，搞不好还可能会演变成一场战争。"

显然，那位编辑对这位主管的提升心怀嫉妒，并且已经是溢于言表了。

这位主管说："这也不能说是什么坏事""从另一个角度来看，这也是一件好事。也就是说，那位编辑在告诉我应该用我的智慧或者别的什么东西来对付他。情况是很微妙的。由于工作上的关系，我不可能不和他打交道，因为他是编辑，我总得要他做些工作。假如我对他直接提出要求，他总会找到借口来对抗我。假如我以权力压他，那么他可以阳奉阴违，因为我在他那里并没有什么权威可言。我应该怎么办呢？后来，我终于找到了一个办法。自那时以后，假如我有什么事情需要那位编辑来做，我就不会直接向他提出来，当然我也不会让别人告诉他我希望他做些什么。我会找一个关系跟他比较要好或者是他十分敬重的人，由这个人来向他提出建议或者暗示他应该怎么做，让他认为，这其实都是这个中间人的主意。通过这种办法，我就可以毫不费力地达到我的目的。不管怎样，我来这个部门不是为了来跟别人闹矛盾的，而是来工作的。只要能够把工作做好，至于能不能施展手中的权力倒是次要的。在别人心目中是否有权威，也是次要的。毕竟工作才是最重要的，工作的结果的实现才更让人感觉欣喜。"

2　让鲜花结为果实

我们所努力的一切都是为了达到我们期望的目标，获得期望的结果，让鲜花结为果实才是我们最希望看到的结果。

在一个畜栏里，主人把绵羊、山羊和小猪关在了一起。有一天，主人捉住了小猪，小猪拼命地挣扎，大声嚎叫，吵得绵羊和山羊很不耐烦。于是它们俩议论："有什么好叫的，主人经常捉我们，我们从不叫，小猪未免太小题大做了吧！"猪听了一边挣扎一边哭道："这根本是两码事，他抓你们只是为了剪羊毛、挤羊奶，可是抓住我，却是想要结束我的命啊！"

事不关己，自然无关痛痒，而当事人才会有切身的体会感受，甘苦自知。就算是类似的经历，对于处于不同立场、不同情况的人来说，结果也是不一样的。就如一次创伤，对于老人儿童来说，很可能是致命的，而对于年轻人，也许很快就能康复，没什么大事。所以得出这样一个结论：对待别人的不幸，要多一分关心和理解同情，而不是冷嘲热讽，甚至是幸灾乐祸。

现在企业管理中，首先是确定目标，对目标的完成很重要，至于员工用什么具体的方法解决，不要探究其过程。领导者不可能事事关心，对一些细小的事情，完全可以不管，要求员工去完成，只要有一个很好的结果，这就达到了领导的目的。

这里还有必要介绍葛洛夫的"结果导向",所谓的"结果导向",就是设定可评量的目标,依设定的时间表提出阶段性的结果。葛洛夫不仅要求英特尔公司的每一位成员必须严守这项务实的原则,对他自己的要求更为严格。他还曾写过一本书《高效率管理》(High Output Management),于1983年由蓝灯书屋(Random House)出版,讨论的主要是在如何令组织达成可预期的目标。

这种以结果为导向的思考模式让英特尔务实而创新,不管在产品、制程或是服务都能为客户带来最大的利益。创新的想法,往往在设定目标的过程中就能产生。

结果导向表明英特尔所肯定的价值在于积极的目标、具体的结论与成果。要让每个成员了解团队的方向,必须设定高目标,还要以量化的方式,务实地制定能够展现进度和成果的指标,这样一来,每个成员就都能够站在自己的岗位尽一己之力。英特尔是以"计划式管理"来推动结果导向的理念。大到每一个事业部、每一部门,小到每一个人,都必须为自己设定一季的目标,并且为完成度设立具体的标的,而且所有的目标设定都以公司的方向为指导原则。每一季结束之时,公司每个人都为自己的成果评分。同时,也需要在经由相同的步骤设定下一季的目标。

为了使所有成员了解公司的方向,每一季英特尔都为所有的员工举行公司的营运会议。在会议中,英特尔都会公布公司营运以及市场上的竞争状况,还有当季事业计划的完成度等。然后英特尔在会中讨论公司下一季的主要目标。这样的会议无非是希望每个人不至局限于自己的个人工作范围,而能够着眼公司整体的状况,并对未来的方向有一致的脚步。这样,才有可能凝聚每一分力量,完成公司整体的目标。

英特尔习惯于为各个小团队设定那种乍看之下让人觉得无法达成的"高目标"。然后,葛洛夫再和相关的小组团队密切讨论,找出合理的标的,并且对市场的需求和公司的资源进行合理的评估。1993年,英特尔订立 PCI 晶片组的业绩目标就是一个典型的例子。葛洛夫认为英特尔能够把晶片组的业务提升到 100 万套，但是部门的总经理依照他的经验，预估当年的业绩最多只能达到 20 万套。葛洛夫向他指出，PCI 将会广泛地被业界接受，所以 100 万套的业绩并非是不可实现的。但是他提出了不同的看法，认为 PCI 的市场还需要一些时间才能从总体上架构起来。最后，一致同意，60 万套是一个可接受的目标。经过一年的奋斗，在不停推动 PCI 规格与新产品之后，终于在年底完成了预定的目标。每个人都洋洋得意。

第二年，同一个经理人、还是同样的团队，他们自发地提出了 500 万套的销售目标，这可是大大地超过葛洛夫的预期。而且，他们再次做到了！小组积极而自发地设定了高目标，令人吃惊的是他们都已实现了。

"看板式管理"是驱动所有组员往同一个目标前进的最好的工具。一个具体的例子是在 1994 年，600 万颗 Pentium 微处理器的产销故事。英特尔把进度张贴在会议室。每天每个成员都为各种进度而雀跃不已，英特尔也终于在年底达到了这个目标。对生产部门而言，进度十分明确，产量、库存量、成本等是最具体的指标。而对业务部门而言，接单、出货还有即将敲定的案子，同样是清晰可见的标的。

除了生产与业务之外，团队的产值就没有那么容易评估了。一般情况下，大部分的公司都不去评估市场行销部门的产值，因为市场行销的成果很难量化。早期，英特尔采取"用以设计"来判定市场行销的成果。一旦一家公司投入资源，以英特尔微处理器展开设计，比如购买英特尔的开发系统，英特尔就认定这是一个"用以设计"，由于是客户投入资金和人员，相当于对英特尔的一种承诺。一旦厂商采用英特尔的系统来设计，那么在产品量产之后自然会转化为订单，变成可见的业绩。在 80 年代推动"致胜"计划时，公司每周检讨"用以设计"的状况，随着数量节节上升，英特尔知道"致胜"计划奏效了。后来在英特尔推动"Intel Inside"媒体计划时，英特尔采用市场的曝光率和使用者的喜好度作为成果的指标。并且直接搜集世界各地使用者的意见，这是使用者对英特尔最直接的评分。随着指数步步上升，葛洛夫相信"Inte11nside"逐步达到了原先期望的市场效果。

对开发产品的设计部门来说，产品是否能即时上市，就是最好的指标。评估的标准可以是从制定规格到量产的各个阶段，或者是由送样到出货一百万颗所需的时间。英特尔最早期的成果是 486D2X 晶片，这项成果在常人看来简直就是奇迹，因为从完成样品到 100 万个晶片出货，只用了 52 周的时间。后来，英特尔更是一次接着一次打破这个纪录。

可见，好结果是鲜花绽放的，作为领导者，就要想方设法让鲜花结为果实。

3 专注目标，直至胜利

要是你想具有领袖的气质，不能只专注于你想完成的工作，还要显示出你对员工的专注。

要想显示领导者对自己目标的专注，有很多切实可行的方法，诸如坚持对目标的追求、无论花费的时间多久、自我牺牲，甚至愿意冒险以及尽量使用本身资源等。

乔伊·柯斯曼是一位美国亿万富翁。但他出身贫寒，在第二次世界大战后，柯斯曼自军中退役，在匹兹堡的一家出口公司做推销工作。他不是大学毕业生，又没有什么专门技术，每周只能赚 35 美元的薪水。每天晚餐后，他就在厨房的桌子上，写信和全世界他所认识的人联系和交流，因为他急着想自己做生意。他发出了几百封信，但是由于地址错误等原因，有很多投递无门，这就耗尽了他所有的休闲时间。显然，他这种执著显出他对目标的专注。

有一天，他在《纽约时报》上阅读到一幅卖洗衣肥皂的广告，这类肥皂当时还很稀少，他通过电话证实了这项广告后，又开始对国外的客户发信。

就在几个星期之后，银行通知他，有一封 18 万美元的信用状给他。这表示只要他能将肥皂运上海运船，这张信用状就可以兑现。信用状的有效期间只有 30 天，假如他在 30 天内不能装上船，信用状就作废。

柯斯曼于是赶紧联系肥皂批发商，肥皂批发商告诉他在纽约可能有货。他所要做的事只是亲自到纽约去安排肥皂装船事宜，当然还要处理一些财务上的问题。于是柯斯曼找到他出口公司的领导者，申请几个星期的假。但领导者不准。柯斯曼只得找到一些匹兹堡的朋友，说要是愿意到纽约去办这件事，就可得到这项交易的一半利润。但是没有一个人愿意去。

没有办法，柯斯曼最后又去找领导者，声明假若不准他假，他只有辞职，领导者见他如此专注，只有让步。柯斯曼和妻子在银行里只存了 300 美元，但妻子也关注到他的专注，她对他充满信心。他们取出这仅有的 300 美元，让柯斯曼带着上纽约去。

住进旅馆后，柯斯曼又打电话给批发商。结果这位批发商告知存货不够，不能满足这批订单。但柯斯曼仍然坚持不放弃。

然后他跑到图书馆查阅到一份肥皂公司的名录。回到旅馆后，他又接着打电话联系业务，仅电话费就花费了 800 美元，最后他找到一家在亚拉巴马的肥皂公司有这种肥皂，但要求由他自己去亚拉巴马提货。

货物找到了，但海运又是个难题。柯斯曼找遍了纽约所有的货运公司，只找到了一家愿以赊账方式来海运 3 000 吨肥皂的公司。这时候他又有了另一件麻烦，时间已经浪费了很多，30 天的期限快到了，他是否还有时间将肥皂运到纽约上船？

但柯斯曼依旧显示出对目标的专注。那些借钱给他的人事后都说，在他身上似乎有着某种力量使他们信任他会成功，所以才愿意将钱借给他。

他将所有的肥皂运到纽约后，只剩下一天多的装船时间。柯斯曼也亲自动手帮忙装船，整整装了一夜。到第二天中午，事情非常明显，他们在银行关门以前无法装完货。在银行关门前的几小时，柯斯曼无奈只得离开装货码头，前去找轮船公司的总裁。

后来柯斯曼回忆说："当时我已经一星期没洗澡，由于帮忙将肥皂装船，整夜没有睡。我满脸胡子都没有刮，早饭钱还是向货车司机借的。肥皂公司的人追着我要肥皂的货款，货车公司也在催不停地讨我欠他们的钱。旅馆等着我要钱，但我还不知道我的下一步去处，就连我妻子也不知道我在什么地方。我的外表和我的感觉，仿佛我自己也需要一箱肥皂来清洗。"

就在这种状况下，他到船公司总裁办公室，向他说出全部事情的经过。这位总裁注视着他感慨道："柯斯曼，事情已做到这种程度，你不会失去这笔生意了。"

然后他交给柯斯曼装货凭单——虽然肥皂未装完，这表示轮船公司愿意负责，假如货装不够，要由它赔偿损失——并且还派私人轿车将柯斯曼送到银行去。

这项交易的成功，使柯斯曼赚了 3 万美元，这对一个周薪只有 35 美元的人来说，可说是个不小的数字。

柯斯曼为什么能成功的影响每个和他打交道的人？就是他身上所表现出专注追求目标的热忱。曾经接触过他的人都视这为一种领导所必需的气质。

罗杰·艾利斯是一位高级传播媒体咨询顾问，他曾担任过不少公司的总裁和政治竞争选活动的顾问。他曾如此说过："领袖气质的要素就是能展现你对一项理想或目标的专注。如果你想表现有领袖气质，就要设法显示出你的专注。"

仅有远大理想和目标显然还不够。你必须实际向目标前进，不顾一切艰难危险，不断迈进。你得明白你是领导者，你不带头行动，别人也就不会行动。当你实现一个远大的理想时，对员工造成的影响会是神奇的。支持你的人也会感到高兴，他们会自豪地告诉别人："你看，我早就对你说过了。"他们会支持你，但他们不见得会跟你一起走。他们可能会说："我们早知道他会做的。"然后会来一批阻挡你理想的人，他们会说你的理想不可能达到。他们不会当你的面反驳你，只是在后面咕哝："我们要跟着就倒霉了。"这时候，你的领袖气质更为重要了。

向目标前进比设定目标要难得多。首先，你得有一个前进的计划，然后还得设定一些中间目标。谁都无法一上来就建成罗马，这是最终目标，在完成这项目标以前需要完成很多的中间目标。因为每一个远大的目标一定会包括一系列的较小、较近的中间目标，而每个小目标又要求了很多项任务，这些任务、目标必须先完成。

领导者应让员工明白远大的终极目标，让他们知道前进的方向；然后让他们清楚中间目标，领导他们一个一个完成。要将任务分别赋予每个人，并且订出你希望完成的最后期限，然后定期检查工作成果。在走向终极目标的过程中，每项成功都应加以表扬。当员工遇到困难时，应协助解决，才不致影响整个工作的进行。绝不能在中途停下来，更不能放弃。一旦订好了目标，就应不断向前迈进。最后，就像柯斯曼一样，谁也无法抗拒你的魅力，员工就会信服你的领袖才能。

第二节　用目标指导工作

当一个人的行动有明确的方向，并且把自己的行动与目标不断地加以对照，这样他可以清楚地了解自己行进的速度，并不断缩小达到目标的距离，而且他们的行动动机就会得到维持和加强，这会促使他自觉地克服一切困难，努力达到目标。

1　确定共同目标

每个团队都需要有一个共同的目标，因为这是他们的行动方向，就像一颗指南针一样。缺少共同的目标，各自为要，只会让团队变得杂乱无章，让团队走向涣散和失败。

对于领导者来说，要让员工干什么，应该心里有底。只是有些领导者懒得以通俗易懂的方式把底和盘托出给员工们，这就使员工们对自己行动的目标糊里糊涂。所以，领导者们应当为员工们确定目标，并把自己的意图明明白白地传达给他们，这种方式是令人鼓舞的，是协调工作的基础。

盛田昭夫是日本著名企业索尼的创始人，他在国际上的盛誉与索尼公司相得益彰，是日本声望最高的企业领导人之一。早在学生时代，盛田昭夫就知道有一个名牌电子厂商，在一所院校建起了规模庞大的实验室，并采用了最先进的设备，并且提供给科学家安逸舒适的工作环境，指望他们做出些令人震惊的成就。但是很失望，科学家们连一项发明都没搞出来。

后来盛田昭夫创立了索尼之后，逐渐了解，在产业界除了理论背景和前瞻性的研究开发之外，最重要的是树立一个集中全力追求的伟大目标。

结果索尼公司在盛田昭夫的管理和带领下，巧妙地将基础科学和应用科学紧密有机地结合起来，共同为实际开发服务。例如，井深大决定"造一部录音机"时，公司研究开发人员甚至对录音带的制造、录音机的结构一无所知，有的连录音机都没有见过，听起来简直有点"荒唐"。

但令人惊奇的是索尼公司这些开发人员硬是研制出来了。他们通过把基础物理、基础化学这些基础科学和应用物理、应用化学这些具体知识联系在一起，由基础研究走向应用研究，从每一个部件着手，进行了潜心研究和细致开发，最后终于取得成功。

由于从来没有接触过，这些研究看起来好像无从下手，甚至显得很盲目，但这项研究和其他的盲目研究是不同的。其本质区别就是后者毫无目标，而前者却是目标明确，因此哪怕一步步地慢慢接近目标，而不至于像无目标研究开发那样"云里雾里"。

在开发家用录放像机时也是如此，盛田昭夫先给自己的人才寻找到目标，然后引导他们进行开发。

在美国几家主要的电视台开始运用录像机录制节目时，索尼公司就看好这项新产品，感觉它完全有希望受家庭人士所喜欢。只要从内部结构和外观设计上加以改良，就会受到千家万户的喜爱。一个新的目标就这样确立了，开发人员又有了努力的方向。他们先分析和研究现有的美国产品，这些产品既笨重又昂贵，但这是通过研究开发加以改进的具体主攻方向。在这样的目标下，新的试验样机就这样一台接一台造出来，一台比一台轻盈、小巧，而且离目标也越来越贴近。当然，井深大老还是觉得不够到位。最后，井深大拿出一本厚厚的书，放到开发人员面前，对他们说，这就是卡式录像带的大小厚薄，但录制时间应该在一小时以上。

像这样的目标了算得上是非常具体了。开发人员再一次运用了掌握的基础知识，结合应用科学，运用自己的聪明才智，进一步开发自己的创造力，最后终于成功研制出划时代的 Betamax 录放像机。盛田昭夫强调，企业领导者应该不断地给工程师制定目标，这是作为领导者的首要任务。不过制订的目标应该是切合实际的，它应必须具备三重属性，即科学性、实用性、超前性，这样才能走在对手的前面，使自己立于不败之地。

假如目标不切实际，就会损失惨重，"劳民伤财"，还容易挫伤开发人员的积极性。因此，目标的制定需要仔细地分析和验证，而不能是盲目的，它还要源于实际，符合开发研究的范围，并有一定的成功把握。

2　用蓝图导航

每个领导者都希望自己的团队能够扩大销售，扩展业务，不断发展。然而，随着企业业务的扩展、规模的不断扩大，领导者往往会为企业效率下降而感到苦恼。在遇到此类情况时，领导者可以参考一下松下电器公司的做法。松下电器公司的事业部体制极大地激励了中层领导者的积极性，被人认为是解决企业效率下降的好办法。松下电器公司开始建立事业部的体制，取得了优异的业绩。后来日本商界纷纷效法，韩国、新加坡也在普遍运用，而且美国企业也开始仿效。

松下电器公司最初名为松下电气器具制作所，于 1918 年 3 月创立。在 1933 年 5 月公司进行了大胆的改革，首次实行按专业化分的事业部经营体制。设立 3 个事业部，并且规定各自独立经营，以适应事业的发展并提高经济效益。不过在 1935 年 12 月，松下幸之助在改组股份公司时废除了事业部，实行总公司与分公司的上下级公司体制。1952 年，公司又恢复了事业部体制，重新设立 3 个事业部，1954 年增至 10 个。1975 年，松下电器公司共设立了 53 个按产品划分的事业部。1980 年，公司内部按专业分工的事业部超过 39 个。公司的规模也极为庞大，从业人员超过 10 万，每年的销售额达到 137 亿美元，产品的品种、规格约为 6 万种，国内主要分公司为 27 个，而国外也发展到 70 多个分公司。

在公司规模不断扩大的过程中，由于生产和资本集中程度的提高，公司要求统一地指挥和集权式的管理。但是，由最高层领导者直接包揽一切是有很大困难的，而且也是不现实的。企业的产、供、销变得愈来愈复杂，愈来愈难由一个人集中管理。而且，像松下这样庞大的巨星集团，面对国内外极其激烈的市场竞争，高层领导者若整日忙于复杂的日常业务问题，显然就没有精力研究和处理企业的全局性和战略性问题，在激烈的竞争中就难以发展下去。因此，公司必须把适应市场变化的分权经营和以研究经营目标、经营战略为特点的集权领导联系起来。不过松下公司的事业部在分权与集权上实行得很彻底。

松下公司是一个超大的企业集团，各事业部都有各自的工厂和商店，实行专业化生产。公司主张一品一业，一人一业。各事业部集中主要力量研发产品，发展生产，开拓市场。而且每个事业部都是独立的核算单位，负责产品的试制、生产、销售以及收支。事业部长和独立公司经理权责相当。某一事业部要是对其他事业部提供的产品不满意，可以向外公司采购。公司只对事业部的一年两期(每期半年)的事业计划的五项财务指标进行控制：销售额、资本金、基本利润额，利润率(10%)和上交管理金(销售额的3%)。每个事业部将 60%的税前利润上交总公司。总公司将其中的一部分利润存入"松下银行"。每个事业部根据新业务发展的需要向"松下银行"借款，不过要承担高额的利息，而且还会受到更高的惩罚性利息，用以惩罚因领导者失误而经营不佳的事业部。松下公司每月每季度都要审查各事业部的财务经营成果，这也是总公司进行月度、季度审查的核心。事业部经理必须出席每季度举行一次的各事业部的相互评审会议，汇报本部门的经营业绩。为了形成一种良性激励机制，松下公司将事业部按等级的不同分成 A、B、C、D 四级，A 等最好，D 等最差。在相互评审会议上，先由 A 等的事业部汇报，最后由 D 等的汇报。这是利用人们追求自尊和荣誉的心理形成的激励。这样 D 等的事业部必定想提高等级，以免下次再是最后一个汇报，而受到其他事业部的污辱。而 A 等的事业部也会更加努力，以继续第一个汇报，满足自尊。B 等和 C 等的事业部也会加倍努力，以迈进更高的等级，防止跌入下一个等级。此外，松下公司还坚决反对补贴亏损，要求每个事业部必须在 5 年之内实现赢利。

由于事业部体制的建立，松下的高层领导者能够脱身于具体事务的处理，专注于两件事，即：为公司的发展订出蓝图和确立公司的经营目标和策略。日本在发展过程中逐渐形成了这样一种评价一家公司的观念：对于一家公司来说，应以短期的眼光看它的财务地位，以中期的眼光看它的产品，而以长期的眼光看它的上层管理。假如公司的领导(董事长、经理)是无能的，无论它的财务地位多么稳固、产品多么优良，从长期来看，这家公司一定无法适应竞争环境，难以继续生存和发展。

此外，松下公司通过创建事业部制严格贯彻了"以利润为中心"的经营理念。在过去几十年里，与国内外的竞争对手相比，松下公司年利润增长率一直居于前列，绝不低于竞争对手。在松下人眼里，促进企业发展的投资，最终来自利润，借款要靠利润偿还。而要想发行股票成功，归根结底也必须有高利润作后盾才能对投资形成吸引力。所以，利润和企业的发展是密切相关的，不可孤立地看待它。

现代公司要想在残酷的市场竞争中生存发展下来，就必须适应外部环境的变化并作出积极正确的反应。而把企业与环境联结起来的则是企业的战略计划。战略计划确定企业营销活动的中心、方向、重点、发展模式以及资源的调配。高层领导者要能够脱身于具体事务的处理，专注于结合企业的资源状况，对企业较长期的发展趋势做出合理的规划，制定出一个具有远见而又切实可行的发展战略。

3 有步骤地实现目标

目标必须有步骤地实现，只有先疯狂突破了短期目标，长期目标才能全面征服！

总结十几年的经验和人生的成功之路，深刻地体会到，不论是工作和学习，还是为成功而奋斗，单凭毅力是靠不住的，没有成就感的支撑，人是坚持不了多长时间的，我们必须不断创造成就感，才会变得更有毅力。

就像疯狂英语培训班里，他们每年寒暑假都会汇集外国专家、中国教师、武警指挥官到"疯狂英语集训营"，每天进行 10 几个小时的全封闭强化英语集训。

学员宿舍的墙上贴满了英语，每天一日三餐"过关才能吃饭"和"过关才能睡觉"。身处在这种强大的"全英语环境"攻势下，学员们多年的心理障碍开始突破，多年的聋哑英语也开始被彻底粉碎。

在他们培训班里，尤其令学员永生难忘的是：让你一次"疯"个够的"疯狂英语集训营"，锻造了大家吃苦耐劳的精神以及战胜惰性的品格，学员间尽情激发对方的潜能，成为了许多人一生中最美好的回忆和最辉煌的过程！

学英语虽然是一个长期的、艰巨的劳动，是一场持久战，但是，假如能不断有短期的突破，能不断让自己获得成就感，那长期坚持的动力就自然产生了。

创造了长跑奇迹的马俊仁，最有价值的秘密是"先满足短跑的成就"。马教练给队员们编了形象而有效的"百米口诀表"，他让长跑中的队员每冲进一个百米圈，就想起一件事，比如：

跑第一个百米时：脑袋要冷静，宁可少跑十米，也别犯规。

跑第二个百米时：我比你们都聪明，跑道我占先。

跑第三个百米时：我越来越坚定，我越来越往前。

跑第四个百米时：呼吸困难没关系，要为祖国人民跑最先。

跑第五个百米时：祖国人民看着我。

跑第六个百米时，呼吸困难已经到极点时：江姐竹签扎手都不喊疼，这点困难又算得了什么！

跑到一千米，就要决定胜负了，见有些人已经不行了，这时记住口诀：王成手拿爆破筒，冲啊！

最后只剩二百米时：不成功便成仁，不顾一切往前冲，决战了！什么都别想！

马俊仁教练根据不同的阶段，设计不一样的百米口诀，让队员一上场都只想口诀，心里就不会乱套。他们只会玩命地往前跑，并且心里会不断升起一股无穷的力量。

马教练说："就这个秘诀管了天大的用了！在临上场时，不管谁紧张了，你只要嘱咐她一句，秘诀记好没有？她一想秘诀，其他的什么都忘了，跑起来，心一点不乱。否则，满脑子怎么出成绩，怎么得冠军，还想着破纪录，紧张得七上八下，肯定没办法跑得好。"

要是把中长跑分解成一个个百米短跑的满足，运动员就不会被长距离所吓倒，也难怪连破三项世界纪录的王军霞说："马俊仁教练是我遇到过的最严格的教练，但他非常聪明，性格坚毅，从不服输。他渴望获得成功，总是希望成为胜利者。"

马俊仁教练不只让"马家军"树立远大的理想，而且还把大目标分解成了一个个可以量化、可以突破的小目标，最后使众将们的潜能终于像火山一般爆发了。可见，并不是一步就可以成功的，成功原来来自短期疯狂突破、长期全面征服！

第三节　做好充分准备迎接结果

成功不可能凭空就可以获得的。它要求领导者在工作中，通过展现他的人格魅力和超强的工作能力和素质，还有高瞻远瞩的眼光。例如会赞扬员工的领导者往往更能够获得员工的支持，从而离成功更进一步。

1 赞扬让你获得更多好成绩

相信大部分领导都有过这样的经历：当你的员工工作上取得了一点成绩，跑来向你报喜时，其实你也为他感到自豪。但是，为勉励他继续努力，不要骄傲，你却淡淡地说："成绩只能代表过去，今后你还是要继续努力呀！"结果，他乘兴而来，却败兴而归，一连好几天他都无精打采。

其实，对一个员工来说，没有什么比领导的赞赏更让他激动了。当你的员工取得成绩时，要及时称赞他，让他觉得你从心里为他的成绩而高兴，这样他的工作热情会变得更加高涨。

英雄虎胆的巴顿将军，被誉为是美军的骄傲，但他的成长道路却是艰辛与坎坷的。

幼年时，巴顿就患了"阅读失常症"，因此学习非常吃力，不得不付出比别的孩子加倍的努力。就算这样，他的成绩也还是非常糟糕。他不仅要克服在阅读和拼写上的生理缺陷，而且还要经常忍受同学们的羞辱和嘲笑。有些同学在课堂上模仿他发音不准的朗读，也有同学在黑板上模仿他不规则的拼写，这让巴顿感到十分愤怒。

不过老师非常喜欢这个有韧性的孩子。每当巴顿能够清晰地读出一个单词或正确地写出一句话，老师总会在课堂上表扬他、鼓励他。老师的支持使巴顿并没有气馁，相反，他更加勤奋地学习。

终于，通过刻的苦学习，巴顿考入了他梦想中的西点军校。但由于他有"阅读失常症"，尽管他付出了很大的努力，但成绩并不理想。最终他用了 5 年时间学完了 4 年的课程，以非常优异的成绩从西点军校毕了业。

1915 年，美国与墨西哥展开了战争。在这场战争中，美军的指挥官是潘兴将军。正是因为他，才使巴顿在这场战场中得到了崛起的机会。

那时的巴顿不过一名上尉，由于他脾气火暴，所以得罪了不少人。但是，潘兴将军总是不断安慰和鼓励他，就算是一些小小的成绩，潘兴也会兴高采烈地说："巴顿，好样的，小伙子。"这些鼓励让巴顿备受感动，他决定要利用这次难得的机会来回报潘兴将军。

有一次，巴顿将军奉命向部队驻地附近的农民收购玉米送往司令部。他只带了 15 名士兵，5 人一组分乘 3 辆卡车前去执行任务。不料，途中他们却遭遇了 50 多名匪徒的围攻。但巴顿临危不惧，沉着指挥，他不但将匪首击毙，还指挥美军士兵撤退。

本来这只不过是一次小小的遭遇战，并无特别之处。但是，事后查明，他击毙的匪首竟是当时赫赫有名的大土匪卡德纳斯。于是，潘兴将军决定要重奖巴顿。因为他觉得巴顿是一员难得的虎将，他决定要将巴顿内心那无比强烈的求胜欲望彻底激发出来。

首先，潘兴将军通令全军嘉奖巴顿，接着又召集新闻记者，将巴顿的英勇事迹进述给他们。这样，巴顿的英雄事迹上了美国的各大报纸，成了美利坚民族的英雄，巴顿神话第一次在全国大范围传开了。

从小就受尽冷落、嘲笑的巴顿，第一次享受到这英雄般的礼遇，他内心狂热的求胜信念终于爆发了。在之后的战斗中，尤其在二战时期他以勇往直前著称，最终成为美军中优秀的将领之一。

不过巴顿的后半生，其脾气暴躁人所共知，无论是下属还是他的上司，都惧他三分。唯有潘兴，巴顿对他是毕恭毕敬，从来没有冒犯过他。

潘兴将军无疑是非常成功的。他不但成功地塑造出了一个新的巴顿，而且让他在自己面前永远觉得他是员工。

这便是领导的艺术。当一个人取得成绩时，他渴望得到别人尤其是领导者的承认。如果这时你适当地鼓励一句，他会感到无比快乐。因为自己的成绩终于得到了别人的认可，再辛苦也值得。

所以，当有员工告诉你他工作中所取得的成绩时，即便那是些微不足道的成就你也最好要愉快地对他说："你真是好样的，我为你感到高兴！"

从以上我们可以得出以下经验：

1. 为他人常常感动的人，必能常常感动他人；

2. 为你的员工而高兴，他们会为拥有你而自豪；

3. 快乐是可以感染的，如果我们每个人都把快乐传染给别人，那么人间将是快乐的天堂。

2 高瞻远瞩

一个优秀的领导者要有危机意识，这样才能在公司发生危机时高瞻远瞩，放弃一些即时的眼前利益，为公司的发展铺平道路。平时，公司应采取积极的态度和相应的措施预防危机，老板应使公司的全体员工，上到领导决策层，下至管理、技术人员和各个生产岗位上的员工，都应具有危机感。全员的危机意识能提高公司抵御危机能力，有效地防止危机的产生。即使产生了危机，也会把危机损失降到最低程度并很快得到解决。

1982 年 9 月 30 日，犯罪分子在美国纽约州约翰逊药品公司生产的泰利诺胶囊里放进了氰化物，以致在一夜之间仅在芝加哥地区就毒死了 7 人。这次死亡事件所造成的直接后果是人们对药品的恐慌。也就是说，这一事件除了酿成个人悲剧外，还可能使约翰逊公司面临失去公众信任的威胁，一旦如此，苦心经营了长达 40 年之久的约翰逊公司就将毁于一旦。

在得知芝加哥地区发生药物中毒事件后，公司为了挽救约翰逊公司的形象，马上通知了食品及药物管理局，追回了它在 31 个州里的药品，并当即销毁。并且发出了 45 万封电报请各医疗单位提高警惕，设立了专用电话线，还通知了新闻单位。与此同时，公司还请世界健康组织向各地的药品供应商发出通知，以保护泰利诺的海外市场。仅在事件发生后到 10 月上旬这一个月的时间里，胶囊生产全部停止，几天之内公司损失就高达 10 万美元。

一般情况下，新闻机构对公司的询问每年约有 700～800 次，危机时期仅 10 月份一个月，新闻机构的询问就超过 2 000 多次。在这项危机事件处理过程中，公司坚持对有关新闻报道进行详细地记录。泰利诺事件发生后的前几个月，他们记录了 2 500 个对该事件进行报道以及询问的组织和个人的名字、名称、电话号码、地址和报道和询问的内容。根据这些记录，公司以各种方式与有关方面取得联系并保持密切关系，公司邀请他们出席电视新闻会议，让他们了解这次死亡事件的真相以及公司在处理这一事件所采取的措施和解决这一事件的决心。这就是公司恢复形象的最初过程。

　　事件过后，为了了解泰利诺事件造成的影响程度，约翰逊公司还展开了一次为期 7 周的调查，其中包括 7 000 多次的直接电话询问。调查结果表明，几乎有 90% 的人知道这次事件。值得庆幸的是，知情者中有 90% 的人认为约翰逊公司不应受到公众的指责，因为公司在保护公众利益方面已经采取积极有效的行动。这样公司于 1982 年 11 月初，即在泰利诺事件发生一个月之后，就开始制订并实施了市场恢复策略。

　　事件调查以后，他们举行了一个由 30 多个城市参加、通过卫星转播的电视记者招待会，这一方案是由博雅公关公司提出的。博雅公关公司自 1978 年以来，一直做泰利诺镇痛药的宣传工作。电视记者招待会的主会场在纽约的喜来登中心饭店，直接面对美国 30 多个城市和国内外 500 多名记者。招待会上，约翰逊公司董事长伯克首先发表讲话。他首先感谢新闻媒介公正地对待泰利诺的悲剧，并向记者们展示了重返市场的有抗污染包装的泰利诺新药，然后邀请记者提问。在这次记者招待会现场还播放了这种新式包装药品的录像。从而使这次记者招待会获取巨大的成功，它也因此被人们称为"美国新闻史上难度最大的记者招待会"。

　　自记者招待会开完之后，公司通过报纸分发了大约 800 万张面值 2.5 美元的泰利诺药品折扣优惠券，超过 43 万客户打电话索取折扣优惠券。虽然泰利诺事件刚刚发生不久，但由于公司采取了有力的措施，使其新式包装的泰利诺药品的市场占有率回升到 80%，这的确是一个奇迹。

　　在泰利诺事件发生的起初，约翰逊公司立即追回药品并销毁确是明智之举。试想，假如不立即追回，又有不知多少无辜生命可能中毒而亡。这确是挽回损失的最重要的一步，否则，就会给公司又蒙上一层灰色，那时公司将会无力挽回局面，所以追回并销毁药品不愧是一着好棋。不但向公众表明事件的真正原因并不在公司，而且销毁药品使公司蒙受了巨大的损失唤起了公众的同情心和对公司的大力支持。人们一定会认为约翰逊公司也是受害者，不是罪魁祸首，不会对约翰逊公司妄加指责。当然，事件后为期 7 周的调查结果也说明了这一点。

当然，在这次危机公关活动中，新闻传媒的工作也是很重要的。不管你做了多少工作，要是没有新闻媒介的传播，外界也不会知晓的。因此，约翰逊公司设立了专用电话线，并通知了很多新闻单位，在新闻机构的询问之中，坚持对有关新闻报道进行记录。根据记录，邀请各相关团体和个人出席电视新闻会议，利用新闻媒介的宣传来消除公众心目中对药品的恐惧，给公众留下这种事情以后不会再发生的感觉。

可以说，约翰逊公司对事件的挽救最成功的是记者招待会。因为公司不但在记者招待会上解释了悲剧起因，并对新闻媒介表示了谢意，而且还向公众宣传了有抗污染包装的泰利诺新药，可谓"一石三鸟"。难怪哈佛大学商学院的市场学教授 S.格瑟说道："这是在市场学里见到的最经典的危机公关处理案例。"

当一个公司发生了危机后，对此应怎样处理呢？约翰逊公司处理问题的步骤和方法是颇值得大家借鉴的：

第一，建立临时的专门机构，公司的领导人亲自领导危机的处理工作，这对于保证突发事件能够顺利、有效地处理是非常必要的。

第二，对事件进行调查。通过调查弄清楚事故的基本情况、现状、发展趋势、损失及影响的程度。这样可以把整个事故了然于胸，为下面对事故的挽救工作打下基础。

第三，对事件进行及时挽救。这一步是在调查研究的前提上，根据对危机性质、原因的判断和确定危机公关的目标，制定相应的应对措施并付诸实施。在实施过程中为了便于公众了解企业在事件发生后的态度和措施，增强透明度的层次、多渠道的沟通很有必要的，同时要加强信息反馈，及时修正有关对策。这是最关键的一步，成功与否关系到企业的声誉，并直接影响到企业将来在市场上的生存和发展。对新闻界，公司要事先统一对事故的措辞，尽可能以有利于危机处理的方式向记者公布。

3 用信心迎接成功

领导者怎样才能为这么多人的生活、工作或是一家资本数百亿美元的大公司负起责任呢？领导者怎样才能为国家前途甚至是整个人类的未来负责呢？领导者又怎样领导成千甚至是数百万的员工完成某些事业呢？领导者在从事这些伟大的工作时，似乎毫无恐惧和犹豫，他们是从哪里获得这样坚强的信心呢？

一本有关领导学的管理手册上说："一个不能说服自己相信他能做好所赋予的任务的人，不会有自信心。"

这话说得很经典。要知道你能做好某件事，然后你才有信心去做。但实际上，你也有失败的可能。所以问题就在于：在你还没有尝试做一件事以前，你怎么知道你一定会成功？

李梅将军将美国战略空军打造成一支前所未有的强大武装，后来他又担任过空军参谋长。而在第二次世界大战前，他还只是一位 30 岁的空军上尉，其职务就是 B-17 轰炸机的领航员。正式说来，他领导的只有自己一个人。但在 5 年以后，他就升为少将，领导着数千人。他不但要为这些人的生命和福利负责，同时还要为影响战争结果的重大任务负责。

第二次世界大战初期，他以上校大队长的身份被派到欧洲作战。在他抵达之前，轰炸机作战的状态糟透了，这主要是德军集中火力对付轰炸机的结果。

那些老资格的轰炸机人员对李梅说："你无法直线平飞数秒钟，要是勉强这样做，你很容易被打下来。"而当时的轰炸机必须缓慢地直线平飞，还要精确地选定瞄准点，计算好风向、风速，然后丢下炸弹才能命中目标。而计算时间至少要 15 秒，否则，炸弹就绝不可能击中目标。

李梅了解到飞机的损失，同时也注意到轰炸成果。由于成果不好，轰炸机就不得不为同一个目标来回两三趟。

他观察后没多久，便下达一项新命令："每架飞机在丢炸弹以前，必须直线平飞 10 分钟。"很多专家为此对他提出警告，他这样做也许会使全军覆没。李梅仍然肯定自己是对的。

他的命令执行以后，炸弹果然都能精确地命中目标，尽管平均每次任务损失的飞机数量增加，但摧毁目标和损失飞机的比率却大量减少了(因为不用再为同一目标来回两三趟)。后来，李梅因此升了准将。

两年以后，李梅又以少将的身份被派到太平洋战区，领导 B-29 轰炸机对日本开战。B-29 是值得一谈的机种，与一般的轰炸机不同，它是以"超级空中堡垒"为设计构想，各种角度都有火力可以掩护。而且它的四个马力强大的引擎可以飞到任何防空炮火射击不到的高度，再加上精密的压力舱和供氧系统和其他的设备，可说是当时最理想的高空轰炸机。

性能优越，造价当然昂贵。所以陆军航空队总司令艾诺德将军告诉李梅，对待 B-29 轰炸机切不可像对待其他造价较便宜的飞机一样。艾诺德认为，无论是在作战或平行飞行，只要有一架 B-29 遭到损失，都必须进行一次特别调查。他告诉李梅，处理每架 B-29 损失的态度，要做到像海军处理一艘航空母舰或主力舰的损失一样郑重。

然后李梅开始展开对日本的轰炸作战。起初，轰炸成果糟透了。问题当然不是出在日本的防空炮火上，问题是因为风的切变：B-29 飞行高度的风势和低空飞行时完全不一样。对炸弹至目标的影响时间也比低空要长得多，准确度因此很难控制——他们会击中任何地方，可就是炸不到目标。

于是李梅着手研究这种情形，并听取幕僚人员和实际作战机员的建议，然后自己作出决定。他命令飞行员将机上所有压力舱和氧气设备全部拆除，而且还命令将防护炮拆走，没有炮，当然也就不用带炮手。减少了这些装备和人员以后，轰炸机就可以带更多的炸弹，然后他命令他下属员工的 B-29 飞行高度不得高于 7 000 英尺——而不是原来的 29 000 英尺。

很多专家又警告李梅做错了。他们说这样做会弄得全军覆灭，同时他们解释说，放着花了大笔经费制造的高空设备和防护火力不用，而让这些飞行员去冒生命危险，艾诺德会撤换他的职务。

结果，李梅要飞行员在 7 000 英尺投弹的命令的确有效，对日本所造成的灾难，大得几乎难以形容。他所达成的战果，远超过空军史上任何一个战役。

是什么神奇的东西使李梅敢做这样冒险的决定？为什么他有这么大的勇气和自信呢？前不久，他指挥的不过是一个大队，要往前推溯不久，他所指挥的还只是他自己一个人而已，他哪来这么大的自信心？

毫无疑问，李梅在下达这项命令以前就相信他肯定会成功，是什么想法使他相信自己会成功？

有句谚语："没有比成功更能导致成功。"即成功会制造成功，成功的人会变得更成功。换句话说，假如你过去成功，就会有更大的机会在未来得到成功。

但在你没成功以前，你如何才能达到成功呢？这就像是鸡生蛋、蛋生鸡的问题。没有蛋就不会生鸡，但没有鸡又哪来的蛋呢？

幸运的是，他在一次大成功前，先得到了一些小成功。可不要小看小成功，因为对于培养自信心，这些小成功和大成功同样的重要。因此，要是你能在做某事时先赢得一些小胜利，就会自信能完成更大的事情。

很多领导者就是这样训练出来的。由于他们领导的团体越来越大，得到成功的次数越来越多，也因此培养出自信和自尊。每前进一步，他们相信自己会成功的信心就增加一点。正如大家所见到的，这种认为自己会成功的信心，乃是培养自信的要件；而自信又是成功的先决条件。

一般人都会这样想：这些领导者在工作上有这么高的成绩，是因为他们在每件事上累积的技术经验和生产知识。不过，在当今这种技术专门化的年代，没有人能够在他的工作上样样精通。因此，培养你的自信比专门知识更为重要。

第四节　瞄准目标促成结果

一艘在茫茫无际的大海中行驶轮船要是没有一个明确的方向，则很难到达目的地。领导者也是一样，在带领他的团队时，一定要制定明确的目标，并负责任地实践目标，以获得期望的结果。

1 目标激励

目标激励是管理学中的重要内容，适当地使用目标激励，往往能使领导者以及团队收到意想不到的结果。

司马迁是汉朝太史令司马谈之子，在他年仅 10 岁时，他就开始学习用古文字写书籍。司马迁的父亲在去世前对他说："当前汉朝兴起，海内统一。那些明主、贤君、忠臣以及死于道义的人士的事迹感人，而身为太史的我，却没能把他们记载下来，断绝了天下的历史，这太可怕了。你一定要继承我未竟的事业啊！"司马迁流着泪说："孩儿虽然愚笨，但一定将详述先人所编的史实掌故，不敢有所遗漏。"后来，司马迁便遵守父亲的遗嘱，按照顺序论述，编写他的书。

就这样又过了 7 年，司马迁由于替李陵辩冤而遭遇大祸，被囚于狱中。于是他在监狱中叹息道："这是我的罪过啊！这是我的罪过啊！身体被残毁了，我再也没有用了啊！"然后又退一步深思地说："《诗》《书》之所以意思隐晦、精练简短，是由于作者想要表达他心中的思虑呀！从前周文王被囚于羑里(今河南省汤阴县北)，于是推演了《周易》；孔子被围困于陈国、蔡国之间，于是便有了《春秋》；屈原被流放，才著《离骚》；左丘明两眼失明，乃撰有《国语》；孙膑虽然被处以刖刑，还论述兵法；吕不韦被免相迁蜀郡，于是世传《吕览》；韩非被秦国囚禁，乃有《说难》《孤愤》；《诗》三百篇，这些大多是圣人贤士发泄愤懑的创作。这些能人志士都是因不能实现自己的理想和主张而郁闷愁苦，因而追述往事，思考未来。"他想到了自己，于是决心忍受苦痛，发愤编写从唐尧到汉武帝获得白麟那一年止的历史。

后来，司马迁终于发愤撰写完《史记》。其实不管是司马迁还是孔子、屈原、左丘明、孙膑、韩非等人，与其说他们的作品是悲愤之作，不如说是目标激励使然。试想，假如司马迁没有其父亲临终前的嘱托，假如没有给他树立起远大的目标，他在受了腐刑(宫刑)之后，相信无论如何他也是没有勇气写完《史记》这本鸿篇巨制的。由此可见，目标激励在他的一生中所起的作用是多么巨大呀！

人的需要决定了人们行动的目标。当人们有意识地确定了自己的行动目标，并把自己的行动和目标不断加以对照，就可以知道自己前进的速度和不断缩小达到目标的距离时，他行动的积极性也因此会持续高涨。司马迁发愤写史记，就是目标——《史记》激励的结果，只不过他本人并没有认识到罢了。一个万米赛跑运动员，当人们告诉他只有 1 000 米，再加把劲就可以取得金牌时，即使他身体的某些部位再疼痛，他也会信心百倍，加快速度做完最后的冲刺。

那么，领导者如何通过目标激励员工完成任务呢？

目标是一种能激发和满足人的需要的外在物。目标管理是领导工作最主要的内容，目标激励还是实施目标管理的重要手段。设置适当的目标，能激发人的动机，调动人的积极性和主动性。目标既可以是外在的实体对象，也可以是内在的精神对象。

通常，目标的价值越大，社会意义就越大，目标也就越能激动人心，激励作用也就更明显。

因此，领导者要善于设置正确、恰当的总目标和若干阶段性目标，激发人的积极性。设置总目标，可使员工的工作感到有方向，但达到总目标是一个长期、复杂甚至曲折的过程。假如仅仅有总目标，只会使人感到目标遥远和渺茫，可望而不可即，从而挫伤积极性的充分发挥，因此，领导者最好还要设置若干恰当的阶段性目标，采取"大目标，小步子"的办法，从而把总目标分解为若干经过努力都可实现的阶段性目标，通过逐个实现这些阶段性目标最后实现大目标，这才有利于激发员工的积极性。领导者要善于把近景目标和长远目标有机结合起来，持续地调动员工的积极性，并把这种积极性维持在较高的水平上。

需要注意的是，在目标制定、分解时，目标的难度以中等为宜。目标的难度太大，容易使人失去信心；目标难度过小，又激发不出应有的干劲。像这种"跳一跳，够得着"的目标，积极性才是最高的。因为这样的目标满足个人需求的价值是最大的。

在制定目标时，领导者除了注意上述问题之外，还应注意：

1. 目标必须是明确的，要干什么及达到什么程度，都要非常清晰；

2. 目标必须是具体的，用什么办法去达到，什么时候达到，要非常具体；

3. 目标必须是实在的，看得见，摸得着，达到应该有检验的尺度。

在这些方面，美国人约翰·戈达德的经历就很有说服力。他小的时候就立志当一名探险家。当他 15 岁时，他把这一辈子想干的事列了一张表，即《一生的志愿》，这些事包括到世界各地探险，驾驭野马、大象、鸵鸟，当电影演员、驾驶飞机、作曲、写书、结婚生孩子，甚至还包括直到月球参观等，共 127 个目标。45 年后，他已完成了其中的 106 项，并且获得了一个探险家所能获得的一切荣誉，其中包括成为纽约探险家俱乐部的成员和英国皇家地理协会会员。现在，他仍在向未实现的目标奋进，其中包括游览长城(49 项)和参观月球(12 项)。

他是否能全部达到自己的目标呢？这还很难讲，不过他的经历、成就已经证明了：一个明确、具体、实在的追求目标，对一个人的成长的重要性。试想，要是他 15 岁时仅仅有当探险家的理想，而没有列出那样一张表，也没有制定明确的目标，那么，47 年后的今天，他很可能还是一个碌碌无为的小人物。

由此可见，领导者不但要为员工树立远大的理想，而且应该学会把这个理想和实实在在的工作结合起来，一步一个脚印地前进，一个一个地把预先制定的目标实现。

2 大胆预测，理性决策

在市场上，相信很多企业都在追求高效益，但都没有得其真经。其实高效益不是强求就能收获的，企业要想走在别人前面，不仅要处处留心，更要能够根据市场的发展动向大胆预测未来事务的发展，在必要时还要大胆地作出理性的决策只有这样才可能切合市场发展的需要，达到决胜于千里的目的。

20 世纪初的美国，正处于大变革的时代。科学界、技术领域、产业界都涌现出了无数的杰出人物。

仅在产业界就出现了石油巨头洛克菲勒、化学大王杜邦、银行新贵摩根等众多人物。

那时汽车业还是一个新兴领域，许多人把这一领域看作是发财致富的一块宝地。仅在底特律市就雨后春笋般地成立了几十家汽车制造公司，生产着各式各样的汽车。

在福特汽车公司成立之初，福特特意设计了高、中、低三种级别的汽车以期占领市场。其中高档车主要为富人服务，所以生产高档车带来的利润很大，但顾客数量十分有限。

第一年，福特生产的汽车成了底特律人的抢手货，生产出的汽车很快销售一空。福特公司赚取了丰厚的利润，仅第一年的股息就分发了 10 万美元。股东一下子就相当于收回了所有投资成本。面对巨大的成功，福特清醒地认识到这只是表面的辉煌。因为很多人现在只是对汽车这个新东西感到好奇，一旦他们习惯了使用汽车，就会变得更挑剔。汽车的质量和价格就成了福特公司的生命。

然而，小小的福特公司不可能占据全部汽车市场，必须突出重点。在生产哪种类型的车为主的问题上，福特与合伙人毛肯森产生了严重的分歧。

"公司应该迅速放弃中低汽车的生产而集中全力于高档汽车。"毛肯森振振有词，"我们相对于对手而言，因为具有更强的技术优势。同时，我们的实力却有限。高档车可以为公司创造一个良好的形象和品牌，并且一旦成功，利润会十分丰厚。"

对于毛肯森想法福特自然十分清楚，也觉得有一定道理。但他想得更多：汽车作为一种交通工具，应该是大众化的，不应成为一种奢侈品而停留在上层社会，因为汽车迟早会进入家家户户。可是高档车太昂贵，虽然大家都想坐，但会有多少人买呢？低档车尽管单车利润很低，要是能大批量生产恐怕就不同了。当然这很冒险，要是预测不准，福特公司将在汽车市场上消失。

面对各位股东，福特解释说："美国地域辽阔，生活着上千万的人民，大多数是员工、农民，汽车的真正需要者是他们。我主张多生产低档车，特别是标准化地大批量生产，把便宜实用的汽车销售给这些人。这才是我们公司长期发展的战略！"

"不行，只生产便宜车我们公司可能将无法生存下去了。再说也没有那么多公路供这些汽车跑啊！"毛肯森依旧不同意。

"公路会有的！"福特肯定地说，"还会有数以千计的加油站，汽车的普及是一趋势，无法阻挡。"毛肯森显然怀疑这一战略，太冒险了！福特也清楚这个冒险决策的意义，但别无选择。要是低档车不成功只好结束自己的汽车生涯。

公司于是分成了两派，始终无法达成一致意见。看来只好投票了，最后福特以七比五获胜。毛肯森只得垂头丧气地接受这一事实。

尽管低档车在技术上难度不高，却不得不面临许多新的问题，这着实让福特费了一番脑筋。为了让平民大众都用上这种车，他的车必须简单、轻便、耐用、容易修理，而且还必须能够在崎岖不平的乡间路上快速奔驰。这些都对零件提出了新的要求。还有更重要的一点，这种车必须价格便宜，这样才可能使每个家庭能够买得起。为此，福特只好在设计时更多地考虑经济因素。

这么多的要求几乎让人无所适从，许多种设计方案被一次次地否定了，福特也被搞得筋疲力尽。难道是某些根本的思想没明确？怎样才能提纲挈领地满足所有的要求呢？突然，他想通了，一定要使汽车构造简单化，只有简单汽车才可能轻便，才会容易修理，一旦哪部分出了问题，换个标准零件就够了。而且简单的设计更容易大批量生产。当生产量增大时，生产成本就会相应降低，汽车价格就可以更加低廉！福特把以前的设计图纸全部扔在一旁，找工程师重新开始设计，"标准化，简单化。"设计中福特不时提醒自己。

经过反复多次的修改，福特新的设计定型了。它被命名为福特牌 T 型号汽车。后来这种车型成为汽车历史上最著名的车型，几乎成为汽车的代名词。

终于，一座全现代化的汽车制造厂矗立在底特律。T 型车的生产也步入了正轨。由于社会对 T 型车的需求量极大，很快福特汽车公司的新工厂就开始连夜大批量生产，这样仍然供不应求。为了应急，只好把装配工作放在厂房外进行。同时为了保证质量，福特又急忙扩大了 60 亩厂房做装配车间。

由于福特追求大批量、低成本，生产出来的汽车价格相对便宜，很快迎合了社会的需要。T 型车获得了前所未有的成功，19 年内产量超过了 1 500 多万辆。在其顶峰时期，世界汽车市场的 68% 都被福特牌 T 型车所占有。随着汽车产量的增加，价格却在不断下降，无数美国人拥有了自己的汽车。

3　实践目标

在管理学巨著《理念的力量》中，乔尔·贝克写道："没有行动的理念只是一场梦。没有理念的行动只是虚度光阴，而有行动的理念可以改变世界。"这无疑是放之四海皆准的管理法则。可见，仅制定一个切合实际的目标是远远不够的，还要实践目标。

领导者的管理理念体现在你所在的部门或公司的计划书中。计划书描绘的是公司或部门未来发展的前景，以及未来发展对公司带来的影响与革新。计划书中所刻画的未来不过是一个未知的美好图景，它成了公司或部门员工热切守望的期待，一个憧憬向往的愿景。公司或部门现在所做的一切都是为了实现美好的未来而进行的准备。当然，下属部门的计划书要以公司整体发展蓝图为基础。

理想与使命是不同的，我们不要把理想与使命这两个概念混为一谈。使命包括公司或部门根据自己的价值观所制定的目标，以及为达到目标所采取的方式。发展前景规划书应该简单明了，方便记忆，易于公司员工内部消化与吸收。假如你已经制定了发展前景规划书，那么现在就应该检查一下规划书的内容是否遵循以下原则：

1. 号召所有员工共同参与发展前景规划书的制定。制定发展前景规划书时，最好让全体员工都参加，从而集思广益。做到让公司每一个员工都能积极参与。在制定发展前景目标，考虑每一个细节时，要尽量听取大多数人的建议与意见。在制定发展前景规划书时，不要光看规划书上华丽的词藻与磅礴的气势，规划书的内容既要切实可行，又要有可以实现的远景目标。

2. 当你认真地分析和研究了所有的建议与意见后，要找出那些模糊的反馈信息，并弄清楚这些反馈信息的真正意义，并让所有员工都能正确理解。然后，把所有相似的建议归为一类。最后，否定那些不切实际且难以实施的建议。

3. 对于那些发展前景规划书中最重要的问题，可以让所有员工投票，或者组织一个讨论小组进行集中讨论，力求在这些关键问题上做到统一。

4. 在制定发展前景规划书时，选出最关键的问题，并把这些关键问题按照性质的不同进行分类，然后简洁地概括每一个问题。

5. 用自然的衔接与过渡性词语把这些句子组合在一起，用丰富的语言组织这些句子，最终做成一篇气势磅礴的发展前景规划书。

在公司所有员工理解并接受发展前景规划书后，它就成为了公司前进的指南针，指导着领导者与员工努力的方向，并成为工作的指南。至少一年回顾一次发展前景规划书，考察它所包含的内容是否还适应形势的发展，以及它的实现程度。

第五节　当机立断，获取结果

优秀的领导者和失败的领导者的区别在于，优秀的领导者往往能在关键的时刻客观地判断当前的形势，面对机会，能果断把握住。就算犯了错误，也能当机立断，一旦发现错误能及时改正。

1　及时改正错误

对领导者来说，知道自己有过错并不难，改正就难了；谈论善事不难，可实行起来就难了。改过徒善是人生道路的一座金桥。

领导者在工作中，应该积极寻找过错，杜绝谄媚的行为。喜欢阿谀奉承，耻于听别人指出错误，犯错毕竟是人之常情，不过聪明的领导者会勇敢地听取别人指出自己的过错，进而改正错误。一位领导要是有闻过则喜，有则改之，无则加勉的胸怀，这样他不仅不会失去威信，还会使形象在员工面前更加高大。

被后人称为"一代雄主"的汉武帝刘彻，继景帝之位后，他穷兵黩武，多次发动规模浩大的战争，害得天下百姓叫苦不迭。晚年，汉武帝面对日益严重的社会问题开始意识到劳民伤财的政策和多欲政治的弊害，他公开向群臣检讨："朕即位以来，所为狂悖，使天下愁苦，不可追悔。自今，有伤害百姓，靡费天下者，悉罢之。"然后，他下《轮台诏》说："当务之急，在于禁止各级官吏对百姓的苛刻暴虐，废止擅自增加赋税的法令，鼓励百姓全力务农，恢复所有为国家养马者免其摇役赋税的法令，用以补充战马损失的缺额，不使边塞的防御力量因此而削弱就可。"从此，汉武帝不再派兵东征西讨，封田千秋为富民候，以表示他下决心改正以前犯过的错误，决定使百姓休养生息，希望能增加财富，养育百姓。接着，汉武帝又任命赵过为搜粟都尉，推行"代田法"，推广新农具的使用，以发展农业生产。西汉自文景之治以后，进入了一个鼎盛时代。汉武帝在位的54年中，以其文治武功，高踞于中国历史上伟大皇帝之列。

要是领导者只愿看到奴颜婢膝的员工，只愿听到歌功颂德、唯唯诺诺的言辞，员工中没有一个特立独行的人才，没有一条忤逆冒犯的意见，没有一句举过直谏的言辞，那么就容易走向危险，败亡指日可待！领导者要知道自己犯了哪些过错，希望别人能指出这些过错，就必须听取不同的意见和建议。唐朝陆贽曾说："领导以补过为中心，以求过为最急，以改过为大善，以闻过为明智。要是进言的人为数越多，表明领导能够与大家和睦相处；进言的人言辞直切，表明领导能够包容群言；进言的人狂傲无礼，说明领导能够宽恕别人；进言的人敢于泄露真情，彰示领导能够从谏如流。这便是领导与进言者相互补益的途径。进言的人应该得到表扬嘉奖的好处，领导也会有达到局势稳定的好处。此外，进言的人会博得冷言劝导的名声，领导也会赢得采纳众议的名声。即使这样，进言之人仍然可能有失于中肯的地方，而领导却是无处不尽善尽美。领导唯恐正直的言论还不够殷切，感觉很多事情还未听到。能够如此，领导采纳进言的德行就光大了。"

领导者能采纳别人的意见和建议，就是广开言路。言路宽广，不仅有人指出过失，领导者还能清楚自己在哪些地方存在错误，进而弥补过失，改正错误。众人都乐于直言，乐于提出诚恳的建议，知无不言，言无不尽。这样众人的心态、众人的意见、众人的思想，都一点一滴地展现在领导的面前，领导也因此可以综合分析，择优而用，最后寻找到一个合理的、周全的、精妙的解决问题的方法。

2　果断抓住机遇

机不可失，失不再来。这就要求面对机遇，必须果断抓住。

世界最大的化学公司——杜邦公司，在一战前的 130 年里只限于制造军火和炸药。一直到一战期间，杜邦才开始涉足化学领域，不过一直没什么重大突破。

1928 年，公司一位研究助理无意中让炉火整整烧了一个周末。一直到星期一早晨，负责研究的化学家卡罗瑟斯发现了壶里的东西凝结成纤维。

此后，杜邦又花了很长的时间才找到了制造尼龙的方法。就是在这样的情况下，杜邦公司发现了尼龙的制造方法。

杜邦公司也抓住了制造尼龙纤维的绝好机遇，立即全面出击投入生产，结果在人类服装面料历史上写下了辉煌的一笔，最重要的是自身也因此获得了巨大发展和成功。可见，面对机遇，果断决策十分重要。

还有很多东西，都是在机遇中才发现的，如 20 世界著名的青霉素，就是在长毛的东西上发现的，舍勒发现无意中发现氯气等。

需要的创新机遇是不会从天而降的。作为领导者，要善于顺事而谋，迎合市场的客观需要，然后果断决策，"该出手时就出手"。

在实际工作中，对领导者所作的要求是非常严格的，它必须体现科学性、严肃性。依据实践经验和科学性要求，具体来说应该做到以下几个方面：

一、博采众议，不要主观武断

一个正确决断必须认真听取各方面不同意见，并考虑到各方面因素，既不偏激又不脱离实际和群众，这样才能作出正确判断和决定。因此切忌主观武断，听不进客观合理意见，由个人随意地专断。这种作风和博采众议的民主作风是根本对立的，必须反对。所以科学决断是充分发扬民主为基础和前提的，离开了发扬民主，就要脱离实际和群众。这样既不能正确决定问题，也不利于调动群众的积极性和主动性。所以主观武断是正确决断的一大忌，应力求避免。

二、权衡利弊，不要好大喜功

决断时对利弊得失要综合分析："两利相较取其大，两弊相较取其小，做到不以小利害大利，不以小局害大局，不以眼前利益牺牲长远利益。"只有兼顾利害两个方面，把小利与大利、局部利益与整体利益、眼前利益与长远利益统一起来，才能防患于未然。如曹操所说"在利思害，在害思利"。这里所说的不要好大喜功是说，在做决断时应保持头脑清醒，不做主观决断与客观事实不相符合的事情，以免造成不良的后果。只有在情况明确、决心大的情况下才是对的。如果对客观情况还没有弄清楚，就断然下决定或决断是没有不吃苦头的。

三、顺势而断，不要逆理而为

古人常说："顺势而谋""因势而动"。这种"势"，即指事物发展的趋势和客观变化。领导者对重要事件进行决断时，一定要考虑到事物发展的趋势和客观情况的变化，顺应事物发展规律作决定。例如，学校在改革开放中对重要问题的决断，不但有观念更新、形势发展的超前意识，还要有从实际出发、逐步提高的求实精神；在市场经济条件下办学还要关注到群众的心理状态。由此顺势而断，才能收到预期的社会经济效果。不要"逆理而为"，就是指决断不要违背事物发展规律，否则是很难有所成效的。就像办学，既要遵循教育规律又要遵循经济规律，因为人才劳务市场讲供求状况，所以教育领导者在决断问题时，既要注重人才的质量，又要在不断提高教育质量的前提下尊重价值规律、供求规律和竞争规律。违背了客观规律的客观要求，其决断措施是不会收到好的效果的。

3 把握机会

对于公司领导者来说，把握机会的能力是非常重要的，这是夺得事业成功的必不可少的因素。能否抓住这样难逢的时机，是一个人一生事业成败的关键。缺少机会，纵然才华横溢的人，也未必能够登上成功之巅；因错过千载难逢的好时机而遗憾终生的也大有人在。善于抓住时机，是公司领导者成功的奥秘，学会抓住时机，是公司领导者自我训练的精华所在。想要尽可能地抓住时机应从以下五个方面作出努力：

一、认识时机

知名国际管理学家哈洛尔德·康茨和西里尔·奥登纳尔在其颇具影响的著作《管理学精华》中特别强调要"认识机会"，并表明："认识机会是规划的真正出发点"，只有认清机会，才能"建立起现实主义的目标"，提出切实可行的方案。在同一时代、同样条件下，不同的人发挥的作用有时可能会有天壤之别，除了其他条件之外，关键在于能否认清时代，把握住机会。只有当人们不失时机地认识和利用当时的条件，才能取得成果。

二、看准时机

看准时机也是非常关键的，有人甚至说它是成功的真谛。美国学者阿瑟·戈森曾问著名演员查尔斯·科伯恩："一个人如果想要在工作和生活中获得成功，需要的是什么？大脑？精力？还是教育？"

查尔斯摇了摇头，说道："这些东西都可以帮助你成功。但是我觉得有一件东西甚至更为重要，那就是：看准时机。"他解释说，演员在舞台上，不管是行动或者按兵不动，还是说话或者缄默不语，都必须看准时机。"在舞台上，每个演员都知道，把握时机是最重要的因素。我认为在生活中它也是个关键。假如你掌握了审时度势的艺术，在你的婚姻、工作以及与他人的关系上，就没必要刻意去追求幸福和成功，因为它们会自动找上门来的！"

阿瑟·戈森还曾一针见血地指出："有多少生活中的不幸和坏运气，只不过是因为没有看准时机！"

三、寻找时机

寻找时机，要求既要敢于冒险，也要有自知之明，要根据自己的条件与可能。

在人的一生，一般总有几个大的转机。大的转机，必有大的变化。没有大变化，也就没有大的发展。而要想获得较大的发展，就要善于抓住时机。哲学家培根也说过："造成一个人幸运的，恰是他自己。"

培根还说过："幸运的机会就好像银河，它们作为个体是不显眼的，但作为整体却光辉灿烂。"只有抓住每个"不显眼"的时机，才能获得光辉灿烂的成功。

四、把握时机

在人生的旅途上，很多是由于一次偶然的机会，导致了伟大而深刻的发展，使科学家因此扬名天下；一个突如其来的机会，使有的人大展才华，干出了一番惊天动地的事业，从此铭记史册；甚至一次意外的事变，竟影响了一个人的整个生涯，对他的发展起着转机作用。上述现象在实际生活中都是司空见惯的。

其实，经过个人的努力，时机是可以把握的。"弱者等候机会，而强者创造它们。"尽管时机受各种因素的综合影响，但不管怎样，有一点是值得肯定的：经过个人的努力，时机是可以把握的。美国有位学者曾通过对奥林匹克运动员、宇航员、总经理、政府首脑以及其他获得成功者的多年探访，逐渐认识到成功者绝非因为身处特权环境、高智商、良好教育或异常天赋的结果，同样也不是一时的运气，而是由于他们对自己的所作所为负责；认识自己的才能，追求自己的目标；迎接挑战，适应环境。

五、创造时机

在亚历山大攻克了敌人的一座城市之后，有人问他："倘若有机会，你想不想把第二个城市攻占了？"

"你说什么？"他怒吼出来，"我不需要机会！我自己可以制造机会！"

"没有机会"永远是那些失败者的借口，不信随便问一个失败者，他们大多数的人会告诉你，自己之所以失败，归因于得不到像别人那样好的机会——因为没有人帮助他们，没有人赏识和提拔他们。他们也会对你说："好的位置已经额满了，高等的职位已被霸占了，所有的好机会都已被他人抢占先机了，所以我们是毫无机会了。"

没有机会就要自己创造机会！

这里有一点十分重要：你是被动地等待、消极地等待机遇，还是主动地去追求？等待机遇不是杂路边等班车，到点儿车就来，机遇要看你的等待状况如何。是不是碰上了机遇，是不是把握住了机遇，是不是失落了机遇，是不是再也没有机遇，这些都是一种现象。而最关键的问题在于你是否在认真地准备着、追求着。

性格维度四 | 解决问题

在企业的年度会议上，领导者的年度报告正在变得务实。不需要漂亮精美的年度简报，不需要花哨的辞藻，不需要慷慨激昂的演讲，因为所有人都在关注——你解决了什么问题。

第一节 客观面对问题

无论做什么事情，都不会一帆风顺，总会遇到这样那样的问题。作为领导者要有面对和解决问题的能力。"解决问题"的性格具有双重含义：一方面，正视它，不回避消极的事物，主动积极地解决它，而不是为不能解决问题寻找理由。另一方面，领导一支团队比单枪匹马更强大，相信你的员工，授权给他们，这是解决问题的明智之举。领导者在面对问题时，应该保持应有的客观态度，不偏不倚，不谦虚也不夸张，保持镇定的心态。即便对待员工所犯的错误，也应该认识和吸取错误所留下的教训。

1 冷眼看烟花

把自己业绩超群的经历经常挂在嘴边大吹大擂，或不断地拿它去炫耀，这就太张扬，应该有所克制。现实表明，那些具备冷眼看眼花心态的领导者更容易获得员工的喜爱和敬重。

尤其是那些刚走上工作岗位的人，他们不懂得这种心理，往往希望从一开始就引人注目，夸耀自己的学历、本事、才能等。就算别人相信，但形成心理定势之后，如果工作稍有差错或失误，往往就被人瞧不起。对刚走上岗位或新的岗位的人说，不应当过早地暴露自己。当你默默无闻的时候，你可能会因一点成绩一鸣惊人，这就是深藏不露的好处。如果交给你一项工作，你保证道："我保证能够做好！"几乎和说"我不会"一样糟糕，甚至更糟糕。你应当谦虚地说："让我试试看。"结果你同样做得很好，可得到的评价却将大不相同。

在某高校，一个系里有两位成果颇丰的青年教师，其中一个爱吹嘘自己的成就，逢人便说自己又发表了几篇文章，学术成就有多高。另一个教师则几乎总是回避关于这个问题的提问，或者轻描淡写地一说。其实他们在各自的学术领域里都已崭露头角，而后者的文章更经常成为学术界评议的对象，不过他从不吹嘘炫耀自己。一次，两个人都抱着一摞杂志到系里申报职称，别人对爱吹嘘地那个教师说："你整天吹嘘炫耀自己发表了多少文章，按数目早说远远超过这些了，怎么就这么点啊。看看人家，平日一声不响，谁能想到他会发表这么多文章呢？"虽然两人发表论文数量差不多，但后来还是第二个人先晋升了。

话说回来，表现拔尖而过分谦虚也不应该。假如你确实在业绩上大有突破，对单位的贡献也是众人公认的，这时候，向企业要求适当的报酬也很正常。借这个机会把自己好好宣传一下，也是应该的，年轻人就要有这么豪放的一面。

不吹牛但也不过分谦虚，表面上看来很简单，其实却不是那么容易掌握好的。

掌握好不吹牛也不过度谦虚的尺度，一是要看时机，绝不要逢人就说自己如何如何行，当然也不要遇事就往后缩。通常，还是谦虚一点儿好。二是要看场合，同事见面、亲友相逢，都不应该自吹自擂，但在总结汇报、自我评定时，则一点也不要客气。三要看事实，无论何时何地都不能无中生有，凭空生事，也不能敷衍夸张，有什么讲什么，实事求是。四是要有气魄，凡是认定应该属于自己的东西，就要毫不谦虚，大力争取。但又不必为蝇头小利斤斤计较，就算是比较重大的事情，例如同事中确有与自己同等条件的人，但名额有限，只有一个，大度地放弃也不能算是什么坏事。所谓气魄，正表现在，敢争世人所不敢争，同时又敢不争世人之所争。

2 稳步前进

以太快的速度冲刺前进，虽可暂时领先，但终究会缓慢下来，搞不好还会心脏麻痹而死，不如脚踏实地，一步一步稳健走。作为一个领导者，就应该具备这样成熟和稳健的气质。

不管什么事物，都有"过犹不及"的情形，进步太快也会存在问题。

所谓"经济速度"，就像飞机也是以经济速度飞行，假如要快速些，汽油的消耗就更多，不合经济原则。所以各项事务的实施，均必须考虑到经济速度这个原则。

以此类推，在同样的进步过程中，社会更需要所谓经济速度和安定感的速度，一旦超过这个速度，就会发生毛病。经济方面若是发展过分迅速，就会造成消化不良。比如营养食品，过分进食营养品，就会产生营养过多症，不但无法吸收营养，反而损害了身体。

其实赚钱也是这样，赚钱不要太多，应在自己本分范围内赚钱，以这种渐进方式，稳定地赚钱最好。

3 客观评价员工

在一个大的公司中，需要领导者的英明领导以及全体员工的共同努力。不要因为你是领导者就我行我素，目空一切。你要时刻关注员工的思想波动，注意倾听他们的牢骚，不要忽视任何一个员工。因为就算一只小蚂蚁也可以蛀倒一棵大树。同样，一名最普通的员工采取什么样的态度和做法也会影响到全公司的工作全局，他甚至可以迫使你这个领导者睡不了安稳觉，甚至可以让你下台。的确，一个人的力量尤其是反面力量的作用是无法估算的。

为了避免这类尴尬的事件发生，你应该如何做呢？

首先，不要因为员工最近犯了一次错误而抹杀他这几个月来的工作成绩，也不要图省事便给员工过高的评价。最好给他们一份发展计划，告诉他们下次会谈时你将谈哪些方面。调查发现，员工们倾向于过高评价自己的表现，如果领导者的评价低于他们的估计，他们就会失望、不满。员工无视领导者的信息反馈，坚持高估自己的原因有二：一是反馈信息不够详细具体；二是隐瞒或不愿接受消极的反馈信息。因此，当领导者的评价不高时，要及时解释清楚，缓和会谈气氛。有时这种解释也是难以接受的。员工们习惯于把表现不好归咎于客观原因，如工作条件、工具以及各种不合理的限制等。如果双方不能就原因达成一致意见，员工就会拒不接受领导者的评价。

研究表明，员工们对评价的反应是他们总以为这次评估和提升、加薪有关系，因而做得比较拘谨、保守。即使这之间没有什么正式联系，他们也容易这么猜测，对一些消极评价极力辩护，不愿承认错误和缺点，他们担心这些缺点和错误会影响到自己的发展。领导者应当明确地指出这次评价和加薪晋级没有什么关系，以便顺利开展会谈。

另外，由于文化的差异，也会影响到会谈的开放性、坦率性。俗话说："逢人且说三分话，未可全抛一片心"，阿拉伯流传这样一句俗话："说话前把你的舌头在嘴里翻转七次"。可见保守性的文化传统是广泛存在着的。在中国，假如要学习西方的管理经验，模仿他们的坦率与开诚布公，就需要克服文化上的差距。

其次，要肯定员工的工作成绩。通过制定目标，领导者能让员工知道对他们的期望是什么，怎样才能获得奖赏，从而促进员工的工作愿望，激发他们的工作热情。由于工作出色受到奖励，员工们还能认识到整个团队的行动方针，认识到领导者注意着他们的任何工作成绩，心里会形成被承认的满足感和被重视的激励感，并进而保持高昂的工作热情和责任心。这种奖励机制对于维持整个组织系统的高水平运作是十分重要的。

假如工资只和工作时间及生活费用的增长有关，和个人行为表现关系甚小，员工的经济动力就会减小，不求有功，但求无过。许多奖励如额外休假、加薪、提升、发奖金等，都会增加公司的开支负担。在经费紧张的时候，领导者也可以采取另外一些奖励方法，如表扬，加重其责任心，当着别人的面给予肯定和表扬，增进私人关系等，这些都是很有效的刺激。至于加重其责任心，不只意味着给他更多的工作和责任，还要给他更多的自决权。在工作中，减少监督以示信任，这也是一种奖励。它给予员工以发展的机会和个人价值被承认的满足，员工越值得信任，你的监督就越少。

在许多企业中，要是评价过松，几乎每个人都获得过不同程度的表扬，而优秀的员工就不能脱颖而出，被埋没在普通员工之中，"优秀"的评价也失去了原有的含义。还有，评价优秀的员工如果没有获得一定的实际利益，如提升，调动到其他更喜欢的岗位上，那么这种评价也同样毫无意义，员工的工作热情就会消退。

领导者必须区别每个员工工作的好坏，以给不同的员工不同的评价和物质待遇。你可以要求员工们互相注意各自的表现，判断各自获得的评价是否公正。不公正的评价，不论评论过高还是偏低，都会打击员工的士气，降低领导者的信誉。作为领导者，必须保持自己的一贯信誉，否则你的各种评价都会为员工们所不屑，也将失去影响他们的力量，你应该使你做出的行为评估能够永远留在员工们的个人档案里。

假如你确实很想给某个员工的出色工作以一定的回报，可以给你的上级写一封信专门介绍这个人，同时将副本给本人。如果你给所有的员工以很高的评价，那么你自己的行为评估将受到很大的影响。当然，给出的评价是很容易的，尤其是新上任的领导者，很难写下不好的评语。但是一定不要使好评语泛滥，而应该敢于实事求是，褒奖得宜。

第二节　主动求变

领导者应该具有坦然面对现实的胸怀，在现实和错误面前多找方法，少找理由。一旦找到突破口，就要主动求变，扭转形势。

一家公司能否长期生存和发展下去，关键在于它的适应能力。而适应是多层次的，它表现在公司本身即产品的转变上。为了迈向成功之途，企业必须主动进行修正、改革与改良，这些都是企业为能在今天激烈竞争的环境下继续生存而必须采取的行动。

实际上，要做到一次性的改革并不难，而贵在坚持。企业要坚持进行一点一滴、有步骤地变化，绝不能回头。假如不能改变自己，也就不能改变任何事情。这一切都不可能在一夜之间就改变完成，而坚定的意志则是成功的关键。

1993 年，韩国三星公司的会长李健熙带领各个分公司社长到达美国洛杉矶，一起目睹三星的产品在国外的境遇：绝大部分电子卖场和大百货商店，把三星的电子产品放在不起眼的角落，无人问津，甚至落满灰尘。国际市场把三星产品定为二流货，这无疑给三星领导层以强烈的刺激。李健熙断然决定，一定在三星进行一次天翻地覆的彻底变革。

对于三星公司来说，1993 年是改革之年。李健熙提出了一系列的改革方案，人们称之为"三星新经营"。

1993 年 2 月 18 日，凡是三星集团电子部门副总经理以上干部都得到通知：立即到李健熙会长那里开会。会上，向来沉默寡言的李健熙一反常态，侃侃而谈："在美国，一支高尔夫球棒都能卖到 150～250 美元，是我们三星 13 英寸彩电的价格！可大家应该清楚，我们的彩电是由 1 000 多个零部件组成的。一支好的高尔夫球棒在那里卖到 500 美元，而我们品牌的 27 英寸的彩电才卖 400 美元。即使如此，我们的产品在那里仍然灰尘满面。难道这样的产品还能贴上 SAMSUNG 的商标摆在柜台上吗？"李健熙愤怒了。

"这样生产，这样管理……难道你们还没意识到问题的严重性吗？这是对股东、对 18 万三星人的欺骗！是对韩国国民和祖国的亵渎！"

那次会议整整持续了 8 个小时。会后，又用了整整一天时间在现场就世界 78 种产品与三星公司生产的电子产品逐一进行了比较和分析，从而使三星人切实地认识到其电子产品在国际上所处的位置。6 月 7 日，李健熙又阐述了一个独特的观点，他坚决地要求管理层和员工："除了老婆和孩子不能变，其他一切都要变。"

从此三星公司里任人唯贤，几乎每年都有近百名怀揣 MBA 背景的年轻人被提拔为高级主管。公司鼓励和追求创新，尊重员工个性，有才能的员工感受到了工作的快乐。最值得关注的是，李健熙大力将公司建成网络化、扁平式企业，实现内部管理的科学化。在三星公司内部，决策和实施过程是公开、透明的，各种信息由下而上，通过网络广泛传递，管理层和被管理层都能积极参与，甚至最基层员工都可以直接通过电子邮件向总裁提建议。

三星公司的管理革命让很多韩国人看不懂，于是有些人就送给三星公司一个"最不像韩国企业的企业"称号。然而，当亚洲金融危机入侵之时，人们才意识到三星公司的未雨绸缪是多么的明智。

金融危机入侵时，三星公司一开始也陷入了混乱之中，但企业和员工的适应能力显然远远强于韩国其他企业。如在裁员问题上，三星公司几乎没有碰到什么大的阻力，很多员工平静地接受了被裁减的事实。

仅在 1997—1999 年的 2 年时间里，三星公司对 231 个企业进行了产权调整，多达 1.5 万名员工变更了劳动隶属关系，员工总数减少了 32%：从 1997 年的 16.7 万人减少到 1999 年 11.3 万人。裁员是三星公司成本大大减少，并使其顺利挺过金融危机的颠覆。

在裁员的问题上，三星公司是风平浪静的，这让李健熙更加应对有方。金融危机一发生，他指挥三星公司大量出售存货，积极回收赊销账款，甚至不惜变卖了 19 亿美元的资产，公司还放弃了无线寻呼机、洗碗机等 16 个利润较低的产品。此举使三星公司现金收入大增，同时也使得债务降到了正常的 50%，资产结构明显改善，三星公司实现了最初的解冻。

在这危难关头，李健熙更显大家风范，他在危机中没有回避危机，而是在危机中对三星公司的整个产业结构进行了大刀阔斧的调整，大做"减法"，将原来的 65 个公司减少到 40 个，并且着重发展了四个核心领域中的三个：电子、金融和贸易，其他业务全部被清理。1999 年，三星公司又将汽车项目出售给雷诺公司，仅此一项就损失几十亿美元。这在韩国引起了一阵的轰动，三星公司这种壮士断臂的举动充分证明了其专注于核心产业发展的决心。

在"新经营"目标推动下，三星在 10 年中建起了一个世界级的跨国企业，步入了依靠品质取胜的良性发展轨道，打造了三星崭新的企业文化。如今，在纽约最繁华的时代广场上，总是能看到三星公司产品的巨型广告在夜空中闪耀。2003 年 1 月美国举办的"国际电子博览会"上，阵容强大、性价比高的三星产品与各国一流产品一争高下。

也就在仅仅 10 年时间里，三星集团发展成为韩国第一大企业集团，旗下有三家公司占据世界 500 强，年营业额增长了 3.4 倍，利润增长了 28 倍。2002 年，三星出口商品价值共计 312 亿美元，营业额超过 1 190 亿美元，在 2002 年世界经济不景气的状况下，三星电子却名列全球 IT 企业纯利润第二，为世界所瞩目。

第三节　激活团队力量

一个高效的员工需要领导者的信任和鼓励。如果领导者相信员工的能力、为人等，他们就会表现最佳，那么领导者就应该以激发和激励员工精神的方式行事。

1　团队激励

团队激励是团队管理的重要手段。激励是一个将个人动力导向企业团队目标的过程，每个员工都需要有效的激励。在资源一定的条件下，评价团队激励政策有效性的标准就是——是否使核心人员满意。

有的放矢——了解团队员工的心理需求和工作动机按照内容激励理论，激励的本质是通过满足员工的需要，从而激发员工的工作动机。所以要想调动团队员工的积极性，就要满足团队员工的正当的、合理需要。在制定激励措施前，要进行充分的调查研究，以确实掌握团队员工的基本需要是什么？满足的程度如何？哪些需要的满足最能调动团队员工的积极性？这样才能有的放矢，起到较好的效果。

团队员工的工作动机的强度，不仅取决于他从工作或劳动中获取什么，而且还取决于团队员工对领导者的工作安排和外在报酬的心理需求的满足感。研究材料表明，团队员工努力工作可能取决于下列因素：

1. 自己作出的努力能否达到或超出管理目标的可能性；

2. 假如达到目标，获得奖偿的可能性；

3. 外在报酬满足需求的可能性；

4. 工作中满足心理需求的可能性；

5. 对这些需求的满足程度所做的评价。

种瓜得瓜，种豆得豆——公平原则。为了做到公平，实行按劳分配。按劳分配是制定激励措施的重要原则，这既能克服平均主义，避免挫伤贡献较大的人员的积极性；又能体现脑力与体力劳动、熟练与非熟练劳动、复杂与简单劳动、繁重与非繁重劳动之间的差异。

如果无论何时，你都给每个员工相同的奖励，我们称之为"优劣不分"。这种好坏不分的管理方法听起来似乎还不错，但是你错了。再没有比"公平"地对待表现不同的员工更不公平的事了。

看似简单，实际不然，奖励员工大有文章你或许认为你奖励的是那些完成了任务的员工，可是，事实是否真的如此呢？

看一看下面这个例子：有甲与乙两名员工，甲能力非凡，乙则表现平庸。你给了二人完全相同的任务，甲不仅提前完成了任务，而且干得非常出色。由于他完成了任务，于是你又分配给他两份额外的任务。与之相反，乙由于不能按时完成，而且错误百出，并且由于时间紧迫，领导者只好接受下来，并亲自修改这些错误。

你看出这个例子的问题来了吗？谁应该真正得到奖励，甲还是乙？

如果你的答案是乙，那么你就对了。他会这样认为：布置下来的任务就算没按时完成，再推回去是正常的，无所谓的事情。这对于一个不称职的人来说的确是不错的奖励(你被雇员乙耍了)。

相反，对勤奋优秀的甲，领导者所做的就是给他更多的工作，这实际是一种真正的惩罚。可能领导者认为这无关紧要，但他并不是个笨蛋。当甲发觉勤奋换来的只不过是"鞭打快牛"的结果时(乙干得可少得多了！)，一定不会再卖力工作了。如果你给这两人基本相同的待遇，情况将变得更糟。

假如这样继续下去，你所有的优秀员工将最终认识到他们的付出没有得到回报，他们必将离你而去，重新寻找能真正实现自身价值的地方。或者他们干脆消极怠工，不求上进。

2　共创高效团队

团队属于所有团队成员，要打造高效的团队，就要激发所有团队成员(包括员工和领导者)的潜能和智慧，提高团队或公司的竞争力。

公司的竞争力虽然关系到各方面的因素，但从根本上说，对人力资源的有效利用才是最终的决定因素，高效的团队才能获得企业管理的高绩效。在一个高效团队中，不同的成员所起的着作用也不同：领导者指出方向，追随者实施完成，反对者进行阻止，而旁观者则提出他自己全面看法。

20世纪70年代以来，世界著名汽车公司克莱斯勒屡遭不幸，而李•艾柯卡在克莱斯勒财源告罄、负债累累的状况下毅然出任公司总裁。艾柯卡在进克莱斯勒时，随身带了他以前在福特公司用的笔记本，笔记本上记载了几百名福特高级负责人的经历。

后来当他发现克莱斯勒迫切需要第一流的财务管理人员时，艾柯卡立刻就想到了福特的那些人，于是他从笔记本上找到了杰勒德•格林沃尔德的名字。格林沃尔德是那种能够分析问题、进而通过实践解决问题的天才企业家。艾柯卡见过他很多次，对他的才能很是赏识。最后艾柯卡终于说服了格林沃尔德来到克莱斯勒工作，他要求格林沃尔德为克莱斯勒建立一套完善的财务管理制度。果然，格林沃尔德不负艾柯卡的重托，很快使克来斯勒的财务变得井然有序，不到两年的时间里，他就升任为克莱斯勒公司的第二把手。

在艾柯卡的这个新团队里，哈尔·施佩利希是在艾柯卡到达克莱斯勒之前就已经在克莱斯勒工作的。他了解克莱斯勒的实际情况，十分明白事情有多糟。施佩利希就像一个先遣人员，只有他真正知道财务报表上的关键问题所在。施佩利希是既富幻想又极讲实际的人。他懂得如何利用现金记录，但是他不在小事浪费时间。于是艾柯卡很快就把施佩利希提升为负责生产计划的副总裁。不久，又提升他掌管整个北美的业务。从一开始，格林沃尔德和施佩利希就是令人叹服的专家能手。但是艾柯卡清楚两个人并不能形成一个坚实的团队，他仍然急于需要更多的助手。

于是艾柯卡又想起了加尔·劳克斯。他在福特公司做过推销和销售两个方面的工作，在"野马"上市的时候，他正任福特部的销售经理。劳克斯后来离开福特去当达拉斯商会的会长。没过几年，他又成为北卡罗来纳州经销"卡迪拉克"车的阿诺德·帕尔默公司的合伙人。艾柯卡对劳克斯感兴趣的不仅是他的经历，还有他的个性，他是那种人人喜欢同他讲知心话的人。艾柯卡相信在和经销商建立良好的关系方面，劳克斯一定是一位杰出的人才。后来劳克斯进入克莱斯勒，在他的影响下，公司与经销商之间不再充满谩骂和诘难，大家都开始倾听双方的话。在这个岗位上劳克斯做出了非常大的贡献。

不过克莱斯勒生产的汽车质量总是达不到标准，这一问题令艾柯卡头痛，于是他想起了已退休的汉斯·马赛厄斯。为了使他在汽车质量方面帮克莱斯勒一把，艾柯卡把他鼓动起来，郑重邀请他当克莱斯勒的技术顾问。马赛厄斯曾是福特的总工程师，后来又负责整个福特公司的汽车制造工作。他的专业就是质量控制，退休后，进入克莱斯勒工作了两年。在这两年时间里，他在改进克莱斯勒汽车的质量方面做了很多贡献。

不仅是从外部挖掘人才，充分利用克莱斯勒原有的人才，也是艾柯卡重组团队工作的重点之一。史蒂夫·沙夫就是克莱斯勒原有的员工，但多年被埋没在底层，直到艾柯卡来到后方给他足够的信任和责任，最后他成为整个制造方面的主要负责人。

而迪克·道赫，他以前是在通用公司和大众汽车公司工作，之后才进入克莱斯勒的，他为克莱斯勒工作期间，从他那两个母公司引进了 15 名高级人员。至此，艾柯卡把他所了解的福特汽车公司的销售、财务和采购部门的高级人才都请了过来，而在制造优质汽车方面，他找到了通用公司以及大众汽车公司的最优秀人才。所以艾柯卡手下有老人也有新人，在生产线上，还有退休员工，艾柯卡把他们集中到了一起，形成了无与伦比的互补型团队。正靠这样一支高效的强大团队，才得以把克莱斯勒的惨淡局面迅速地扭转过来。

真正优秀的领导者，能够将才干学识不同的人聚集在身边，使他们在工作中取长补短，从而产生强大的合力，组成一支强大的团队。

3 让团队更具战斗力

作为团队领导者，要想让团队更具战斗力，就应该注意以下事项：

一、明确合理的经营目标

团队共同目标是把人们凝聚在一起的重要基础，对目标的认同和共识才会形成具有战斗力的团队，才能鼓舞人们团结奋进的斗志。为此，要做好：

1. 有导向明确、科学合理的团队目标。有的公司提出"以质量取得顾客信赖，以满足顾客需要去占领市场，努力提高市场占有率，通过扩大市场份额来追求公司的效益和发展"。与那种单纯提销售额增加多少、利润增加多少的目标相比，就更加明确、更加具体，使团队成员知道劲往哪里使。

2. 把团队经营目标、经营观念、战略，融入到每个成员头脑之中，成为员工的共识。

3. 对团队目标进行分解，使每一部门、每一个成员都知道自己所应承担的责任和应做出的贡献，把每一部门、每一个成员的工作与团队目标紧密结合为一体。

二、增强领导者自身的影响力

领导是团队的核心，一个富有魅力和威望的领导者，自然会把全体员工紧紧团结在自己的周围。否则，就会人心涣散，更谈不上团队精神了。领导者由于其地位和责任而被赋予一定权力，但领导者仅凭权力发号施令、以权压人是形不成凝聚力的，更重要的是靠其威望、影响力来让人从心里信服，才会形成一股魅力和吸引力。这种威望，一是取决于领导者的人格、品德以及思想修养；二是取决于领导者的知识、胆略、经验、才干和能力状况；三是取决于领导者是否能做到严于律己，以身作则，率先垂范，能否全身心地投入事业；四是取决于领导者待人能否做到公平、公正，能否与员工同甘共苦、同舟共济等。

三、建立系统科学的管理制度

团队应该建立与人本管理相适应的一整套科学制度，使管理工作和人的行为制度化、规范化、程序化，这是生产经营活动有序、协调、高效运行的重要保证。没有有效的制度和规范，就容易出现无序和混乱，就难以产生井然有序、纪律严明、战斗力很强的团队。

四、良好的沟通和协调

良好的沟通和协调往往使团队更加团结。沟通主要是通过信息和思想上的交流达到认识上的一致，而协调是取得行动的一致，二者都是形成团队的前提条件。上下级之间、各部门之间、员工与员工之间，由于认识和意见不同是经常的事，所以彼此产生误会、猜疑甚至成见也是时有所见，因而沟通工作就是经常的、大量的、必要的。

五、强化激励，形成利益共同体

强化激励，形成利益共同体涉及到工资、福利待遇、奖励、晋升等各方面，即通过建立有效的物质激励体系，从而形成一种荣辱与共、休戚相关的企业命运共同体。

六、引导全体员工参与管理

每个员工都是团队中的一员，假如他们都像董事长、总经理那样操心尽力，时刻关切着公司成长，领导者与员工都能心往一处想，劲往一处使，领导者客体目标协凋，这样的公司肯定会成为具有战斗力的团队。全员参与式管理这种形式，吸引着员工直接参与各种管理活动，不仅能使全体员工贡献劳动，而且能贡献智慧，直接为公司发展出谋划策，则会形成更强大的战斗力。

七、开发人的潜能，促进每一成员的成长

领导者必须考虑如何使员工与企业共生共长，怎样帮助他们规划人生的道路，发挥他们的才干，开发每个员工的潜能，使他们明确人生的目标和意义，引导他们去创造辉煌，实现人生的价值。当每个员工的成长与公司命运紧紧相连时，当每个员工都可以从公司的事业发展进程中创造自己亮丽的一生时，那么这个团队将坚不可摧，团队精神将得到最大发挥。为此，领导者需要认真研究每个员工的才能、潜力、专长、志向，帮助他们规划设计人生之路，并用其所长，使人尽其才。还要为不断提高员工的素质、开发他们的潜在能力作出积极努力。

八、建立和谐的人际关系

人是生活在社会中的人，每一个人在工作和生活中会与许多人交往、打交道，必然有人际关系问题。由于一个人每天8小时甚至更多时间是在工作单位度过的，因而公司内的人际关系尤为重要。假如同事之间能友好、融洽地相处，创造一种和谐的良好的人际关系，会使人整天心情舒畅、精神焕发，也能使公司融合为一个友好、和睦的大家庭和团队。

九、树立全局观念和整体意识

任何团队、任何系统最终追求的都是整体的合力、凝聚力和最佳的整体效益，所以每个团队成员都必须树立以大局为重的全局观念，不斤斤计较个人利益和局部利益，所有成员都应该自觉地为增强团队整体效益做出贡献。

作为领导者，要是能做到以上九点，相信要使他的团队降低战斗力，都不是一件困难的事情。

第四节　有效授权

一个优秀的领导要做到有所为，有所不为。要解决问题，领导就要学会授权，授权能有效地发挥团队群策群力的力量，是员工归属感的体现，是破解一切问题障碍的主要动力。

1　授权魅力

授权是领导者能力的体现，一个成功的领导者不是整天忙得团团转的人，而是一切尽在掌握、运筹帷幄、悠然自得的人。只有一个充分授权的公司才会充满活力与竞争力。

宝洁公司始创于 1837 年，是世界最大的日用消费品公司之一。2005年，在《财富》杂志评选出的全球 500 家最大企业中，排名第 60 位。宝洁公司的雇员超过 11 万，在全球 70 多个国家设有工厂和分公司，所经营的 300 多个品牌的产品畅销 140 多个国家和地区。如此辉煌的成就不是靠一个领导者来实现的，他们靠的是充分授权于员工，充分调动每一位员工的积极性、主动性、创造性。在宝洁公司，员工拥有着很大的自由度，不需要领导的督促与指挥。

保洁公司之所以成功就在于它的充分授权。但在一些公司，我们经常会看到这样的场景，领导者每天准时出现在办公室，紧盯着员工的一举一动，稍有些风吹草动，领导马上要过问，弄得员工很反感。其结果不是领导看这员工，反倒是员工看着领导。一旦领导不在，员工就不认真工作，耗时间下班，没有一点工作热情，员工与领导之间就像在打游击。

成功的领导者不是管家婆，凡事都要过问，而是要抓住管理的重点、懂得授权的艺术，把自己抽身出来，处理重大事情。这既能减少领导者的工作压力，又能让员工以主人翁的姿态管理公司，从而激发员工的积极性，发挥员工的最大能量。当然，企业的效益才会更好。

授权是一门学问，领导者应该好好学习，因为授权不仅是一种管理方法，更是领导者魅力的体现。授权是成就一番事业的关键，无论到什么时候，授权都是立业之本，这道理知易而行难。有了授权，善用授权，企业就会有一切；没有授权，不善用授权，企业就会失去一切。作为一个领导者不能犯下面的授权错误：

一、授权还不忘参与

由于很多企业没有授权的习惯，整个管理环境中没有一个授权的氛围，所以经常造成下列情况：有些领导者表面上将工作交由员工全权处理，可是心里却很不放心。于是，他们在以后的过程中便横加干涉，或者干脆给予员工过多的建议或想法。如此一来，员工仅获得形式上的授权，而事实上则是创意处处受限，无法发挥主观能动性，心里肯定不好受。那样，仍然达不到授权的目的。这种授权就只是一种参与性的行为。授权的关键就是决策权力的下放，接受授权的员工是全程的决策人，不是参与者。

二、授权又把它收回

授权的时候，不但不放心还会横加干涉。在授权的过程中总是担心出这样或那样的问题，对每一个过程、每一个环节进行干涉，导致给员工的授权不能达到完全的授权。在实际的操作当中，往往是授予的权力又被收回。从而造成了无效的授权，或者说是有限的、被扭曲的授权。例如领导向会计说，2 万元以下的费用店长就可以批，2 万元以上的则由我批。后来领导发现这名店长批了一个 2 万零 5 元。于是领导做了一个决定，告诉会计，从今以后 2 万元以下的也是我批。领导就因为会计多批了 5 元钱而收回了这个权力。

三、授权不明确

该做什么，不该做什么，在什么时限内完成，要明明白白、清清楚楚，切不可雾里看花。不然只会让你的员工无所适从，无法果断地处理事务。所以授权要明确，一定不能模糊。

四、害怕员工犯错误

员工工作中难免会犯错误，这个时候作为领导者应该鼓励他们的信心，给他们勇气，让他们不要在困难和失败中退缩。年轻人有失败的资本，失败可以让他们走向成熟，年轻人应该犯年轻人应该犯的错误。

向员工授权时，实际上是围绕负责人的职务，而很多非常重要的权限是不可替代、是不能授予出去的。授权并不是代理，所以，管理专家们认为通过完全授权的方式，不仅可以提高员工处理问题时的应变能力，同时，在处理过程中也能将员工的创意、潜能激发出来。此外，授权也是一种基于对员工信赖的表现，这种做法会使员工感受到领导的尊重及重视，并有助于建立起系统内上下的信赖关系。作为领导，还要为授权做好充分准备：

一、选择授权对象

授权的任务必须和员工的特质相符。要把任务分配给最适合的员工，领导必须对所有员工的技能以及他们对工作内容的好恶有所了解，才能选出具有能力及愿意出色完成任务的员工。

二、解释授权内容

领导要确定员工了解授权的内容、任务在公司中所扮演的角色(包括重要性及急迫性)，并警告员工他们可能会面对的问题(例如，机密信息可能难以取得)。还要向员工说明授权的原因和对任务结果的预期等，帮助员工全面地了解任务的意义，避免员工只是单纯被赋予任务。告知员工任务内容后，领导应该要求员工复述，以确认他了解工作内容，只是询问员工是否了解，然后对方点头称是，并不代表员工真正了解。有时候成功授权所需花费的时间和精力，不亚于领导亲自执行，因而领导必须有心理准备。

三、因地制宜授权

领导者在授权时必须因时、因地、因事、因条件不同而确定授权的方法、权限大小、内容等。比如对刚进公司缺乏工作经验的新员工，可采用制约授权方式，交给他们最基本的事务性工作，同时对他们的行为进行随时监督检查，促使他们尽快熟悉工作过程和技能。主管这时是指导者身份，只需对员工进行详细指教即可，而当员工有了一定工作经验，但技能欠缺时，就可以采取弹性授权制，不定时交给员工一些具有挑战性工作，同时给他们相当的工作支持。主管充当教练的角色，把员工"扶上马"，言传身教，让员工尽快成长起来。"扶上马"之后，自然要送一程，当员工具有相当经验和技能时，主管可采用不充分授权的方法，将非常重要的工作交给他做。主管此时就摆脱了具体指导阶段，成了员工的坚强支持者，这类员工通常是公司的中层骨干。

做到真正授权。授予员工权力和授予责任一样重要。领导应该相信员工能够作出正确决定，给予员工完成任务所需的弹性和自由，不要处处插手。员工是不同于领导的个体，所以领导不要预期员工会采用和自己一模一样的做事方式。

对于员工，尽量少"管"多"理"。因为领导者管得越多，员工就会丧失越多发挥创意的机会。同时，领导者专制、强势的作风，势必导致员工心里产生负面情绪，进而影响工作质量。领导者也会因为终日被琐事所困，反而决定不了大事。反之，领导者多对员工员工进行疏导性工作，员工的积极性就能够更充分地发挥出来。

2 授权有方法

领导在对员工授权，是为了完成工作计划，所以授权工作不能偏离最终的目标，授权要根据实际情况，具体问题具体分析，决定采取哪种授权方法，一般情况下，有以下几种授权方法：

一、完全授权

这种方法既适用于工作重要性低、工作完成与否不会直接影响全盘工作的部门，也适用于系统管理水平高、各系统协调配合等情况较好的部门。领导在完全授权时，允许下级决定方案，并将完成任务所必需的人、财、物等权力充分交给员工，准许他们自己创造条件，克服困难，完成任务。完全授权能最大限度地发挥员工的积极性、主动性和创造性。

二、不完全授权

这种授权方法，领导应当参与员工的工作，要求员工在进行调查研究的基础上，提出解决问题的方案，或提出一整套完整的行动计划。经过领导的选择审核后，再批准执行，并将执行中的部分权力授予员工。采用不完全授权时，领导和员工应当在方案执行之前，就有关事项达成明确一致的要求，统一认识，保证授权的有效性。

三、弹性授权

领导面对困难的工作任务或对员工的能力把握不充分时，宜采用弹性授权法。在运用这种方法一定要掌握授权的范围和时间，并依据实际需要对所授的权力予以变动，也就是领导者要有随时收回授权的权利。这种方法有很大的灵活性。

四、目标授权

这是领导根据员工所要达到的目标而授予权力的方法。领导授权的目的是让员工实现目标。这是因为领导不可能完成所有的任务，就需要把任务细分，然后由员工逐一完成，这样便于目标的实现。

五、指导授权

在给员工授权时，领导在鼓励员工优点或长处的同时，也要指出其缺点或不足，尽量避免在工作中出现错误，并要进行适当指导。但并不是横加干涉，而是支持下级工作，帮助解决问题，特别是在员工工作失误时，领导更应当善于引导。如果领导发现员工确实不能履行权力时，就要采取果断措施，或收回权力，或派人接管。

六、制约授权

制约授权是在领导授权以后，员工个人之间或组织之间相互制约的授权方式。一般是中层领导将任务的职权分解成若干部分并分别授权，使它们之间起到相互制约、互相牵制的作用，从而防止工作中出现疏漏。例如，财务工作中的会计、出纳人员相互之间的权力制约，就是属于制约授权。

七、逐渐授权

当领导对员工的能力不完全了解，或者对完成某项工作所需的权力无先例参考时，就应该采取逐步授权的方法。如先让某人用非授权形式，试用一段时间，当适合授权的条件时，领导才授予权力。领导这种授权方法比较稳妥，避免造成失误。

不管领导者采用哪种授权方法，其授权的内容一定要合理。领导者必须明白，自己授出权利的内容要合理。不要授予员工不该授予的权力，大的权力还是要独揽，否则会导致失控。另外，不要授予超越员工能力的权力，否则不仅任务完不成，还会导致员工失去信心。领导者要确定员工真正了解授权的内容、任务的重要性及急迫性。

授权是工作过量的一个有效解决办法。授权就是通过员工去达成工作目标，就是把做这件事情的权力特别是做决策的权力交给别人，这个过程就是授权的过程。要授权，就必须知人善任，清楚各人的长处和短处，让每个人从事他最能发挥水平的工作。授权别人，同时也要给他们完成任务所需的条件与资源。授权他们去干好，这样每个人都是赢家。

3 授权不等于弃权

授权不等于放弃一切，领导者授权是换一种管理方式，而不是对工作撒手不管，任由员工自由发挥。授权实际上是集中智慧的体现。

古代刘邦实际上只是一个小亭长，不认识字，却能够打败贵族出身、受过正规教育的项羽而统一天下。之所以能战胜项羽主要是因为他重用了张良、萧何和韩信等人。

刘邦虽然没有专长，但他能够用三人之长，也就等同于他同时具备了他们三人的能力，又因为他同时拥有并能够合理整合与调度三人不同的能力，科学授权他们权力。他才能自豪地说："此三者皆人杰也，吾能用之，此吾所以取天下也。"他还不忘嘲笑项羽："项羽有一范增，而不能用，此其所以为我擒也。"

那么如何才能向刘邦一样，做一个成功的领导者呢？授权之后，又该做些什么呢？

一、定时追踪

成功的授权并非在交代完员工的时候便结束了，领导需要定时追踪员工的进度，给予员工应得的赞赏与具有建设性的回馈。追踪有两种方式：第一，领导在发布授权指令后的一定时期，亲自观察执行的状况；第二，领导在发布授权指令的同时与员工商定，员工应当定期呈报命令执行状况的说明。

定时追踪的目的不是领导者直接参与工作，而是从全局把握工作，有利于控制员工是否按原定的计划执行，及时发现意外情况，考核员工执行命令的效率，反思、检讨本人下达命令的技巧，以便下次改进命令下达的方式。

二、及时进行检查监控

授权使控制发生了微变化，因为授权，领导者对工作及局面的控制实际上是退后了，这反而使控制在授权中的地位得以凸显，就必须使自己的控制技巧更加高明，才不至于使工作陷处于失控状态。

诸葛亮分配关云长守荆州，最后关云长大意失荆州，这与诸葛亮对荆州的信息了解不够是分不开的。所以领导者必须对工作进行监督。监督包括：

1. 监督工作进展，但不干涉具体工作；

2. 以适当的方式提出意见或建议；

3. 确定奖惩制度，对于出色的工作要给予充分的鼓励，对于不足提出意见。

此外，还必须及时进行调控。若被授权者因为主观不努力没有完成工作任务时，必须及时纠正，并承担相应的责任。调换不能胜任工作的员工，对滥用职权、严重违法乱纪的员工及管理人员，要及时收回权力。

三、授权后要适当的支持

领导者可以告诉员工，若遇到问题可以向谁求助，并且提供需要的工具或场所。当领导者把工作分配给对方时，确定也把权力一起转交。例如，告诉客户，自己已经授权给某位员工负责某项工作，请他以后直接和该员工协助。

四、有效的反馈

领导者要要求员工及时反馈信息，了解具体情况，反馈中要把握几点原则：

1. 用数据说话

要求员工用数据说话，不要按照自己想的发表看法，否则会失去对工作的针对评判标准。也许员工认为做得很好的事情，在自己开始却很糟糕。

2. 反馈应具体化

对员工一般化的笼统评价会缺乏说服力，如果确实要评价员工的工作态度，应拿到考勤单，说明员工过于散漫，而且这种工作态度对工作业绩产生了不良后果。

3. 反馈是确定的、清楚的

许多领导习惯把反馈变成抱怨，包括员工工作的许多方面，而每个方面又很模糊，员工努力听清领导说的每一个词，却并不理解领导的真实意思。

4. 反馈要针对事件

作为领导，当发现把一件重要的工作交给员工去负责，而其把事件弄得很糟糕时，领导的气愤可想而知。但是对于工作来说，责备人于事无补。应冷静地想一下，或许把全部过错归在员工头上并非完全地公平，或许事情还没到不可挽回的地步。就事件本身把领导的不满告知员工，共同探讨补救的措施。

作为一名领导者，必须学会授权。员工的协助是提高效率的最大潜力。许多领导者总是想事必躬亲一手包揽，这不是一名成功的管理者、领导者。成功者总是想办法把工作委托别人，授权员工去干。

4 授权有道

对领导者来说，授权也是一门学问。所谓给员工授权，是指将分内的若干工作交托给员工去做，授权行为本身是由三种要素组成的：指派工作、授予权力、创造责任。

一、指派工作

在领导者的授权过程中，工作的指派向来非常重要。不过，一般领导者在指派工作时，往往只做到令员工获悉工作性质与工作范围，而未能令员工了解他所要求的工作成效。这一点可以被视为管理过程中的一大败笔，因为一旦员工对领导者所期待的工作成效不甚了解，则其工作成果很难达到水准。即使超过水准，从人力资源有效运用的观点来看，这两种情况都是不可取的。

其次，并非领导者分内的所有工作均能指派给员工履行。例如目标的确立、政策的研拟、员工的考核以及奖惩等工作，都是领导者维持控制所不可缺少的。因此，它们均需领导者躬亲为之，而不得假手他人。

二、授予权力

在指派工作的同时，领导者应对员工授予履行工作所需的权力，这就是"授权"两个字的由来。领道者所授予的权力应以刚好能够完成指派的工作为限度，倘若授予的权力过大，超过执行工作需要，则势将导致员工滥用权力。

根据当代管理学者哈维·施而曼的观点，授予的权力大小可以分为六个层次：

第一层次：审视这个问题，告诉领导者一切有关的实况，领导者将自行制定决策。

第二层次：审视这个问题，让领导者了解含正反意见的各种可行途径，并建议其中的一个途径供领导者取舍。

第三层次：审视这个问题，让领导者了解你希望怎么做，在领导者同意之前不要自行采取行动。

第四层次：审视这个问题，让领导者了解你希望怎么做，除非领导者表示不同意，否则你可照你的意思去做。

第五层次：你可采取行动，但事后应让领导者知道你的所作所为。

第六层次：你可采取行动，而不需要与领导者做进一步的联系。

在以上六个层次中，第一个层次所授予的权力最小，但是它所期待履行的任务也最轻。相反，第六个层次所授予的权力虽然大到令员工可以独断独行，但这并不排除领导者对所授的权力进行必要的追踪、修正，或收回权力的可能性。

三、创造责任

领导者从事工作指派与授权后，仍然对员工所履行的工作的成效负全部责任。即当员工无法做好指派的工作时，领导者将要承担其后果，因为前者的缺陷将被视同后者的缺陷。可是，有些领导者在员工无法做好指派的工作时，均企图将责任推卸在员工身上，这种做法显然是不对的。每一位领导者应保持这样的一种态度："权力固可授予，但责任却无可旁贷。"当然，为确保指派的工作顺利完成，领导者在授权时必须为承受权力的员工订下完成工作的责任。员工若无法圆满地执行任务，则授予权力的领导者将唯他是问。

授权不仅足以令领导者跨越时间误区，而且也是一种可以令员工边做边学的在职训练。通过这种在职训练，员工的归属感与满足感均可因此而提高。领导者大致都能了解授权的好处，但很多领导者却多半视授权为畏途，其原因不外是：

1. 担心员工做错事；

2. 担心员工工作表现太好；

3. 担心丧失对员工的控制；

4. 不愿意放弃得心应手的工作；

5. 找不到适当的员工授权。

从管理学的角度考虑，以上五个理由都难以成立，循序分析如下：

第一种原因担心员工做错事的领导者，内心里所真正担心的，恐怕不是员工做错事的本身，而是怕被员工做错事所连累。这一类领导者一方面对员工欠缺信心；另一方面又不愿意为员工受过，所以有如唱独角戏那样凡事皆亲力亲为。固然员工难免做错事，但若领导者能给予适当的训练与培养，做错事的可能性一定大大减少。授权既然是一种在职训练，领导者就不能因怕员工做错事而不予训练，相反，更应该提供充分的训练机会以避免员工做错事。

至于第二种原因，不可否认，有些领导者因担心员工锋芒太露，或"声威震主"而不愿授权。但是从另一角度看，员工良好的工作表现可以反映领导者的知人善任与领导有方，所以领导者功不可没。

　　至于第三种原因，只有领导力薄弱的领导者在授权之后才会丧失控制。在授权时，要是领导者划定明确的授权范围、注意权责的相称，并建立健全的追踪制度，就不会担心丧失控制。

　　第四种原因是由于基于惯性或惰性，许多领导者往往不愿将得心应手的工作授权员工履行。另外，有许多领导者基于"自己做比费唇舌去教导员工做更省事"的理由而拒绝授权。这两类领导者的共同缺陷就是他们将有限的时间与精力，浪费在他们本来可以不必理会的工作上，结果往往使需要经由他们处理的事务无法获得应有的重视。任何一位领导者管辖的工作，大体上可分为五个层次：

　　第一层次：领导者必须躬亲履行的工作；

　　第二层次：领导者必须躬亲履行，但可借员工帮忙的工作；

　　第三层次：领导者可以履行，但员工若有机会亦可代行的工作；

　　第四层次：必须由员工履行，但在紧急关头可获得领导者协助的工作；

　　第五层次：必须由员工履行的工作。在正常情况下，领导者对第三层次以下的工作应授权员工履行。

　　第五种原因中所谓的"找不到适当的员工授权"，常被一些领导者当成不愿授权的借口。事实上，任何员工都具有某一程度的可塑性，因此均可借权予以塑造。就算真的找不到适当的员工可授权的，那么这也是领导者的过失，因为倘若员工的招聘、培训与考核工作做得不差，又岂会出现"蜀中无大将"之情况？

　　由上可知，在授权问题上根本不是"能不能"的问题，而是"愿不愿"的问题。

四、授权的要领

　　下面是值得每一位领导者参考的授权要领，相信这对领导者的授权、团队管理会有很大的帮助：

　　1. 在允许的范围内应尽量将工作交托给员工执行；

2. 领导者对员工可能犯错有心理准备并应接受；

3. 授权后领导者强调员工的工作成效，而不应斤斤计较其执行工作的手段；

4. 授权应公开进行；

5. 领导者不应将授权范围仅仅限定在例行性工作上，而应将它扩大到需要运用心思的工作；

6. 授权者应鼎力支持被授权者所制定的措施，并为其承担必要的责任；

7. 除非事先已经获得协调，否则领导者不应将两位或两位以上的员工共同履行的工作交托单独一位员工去履行；

8. 领导着切忌从事重复授权；

9. 领导者应由简而繁，循序渐进地进行授权；

10. 当被授权者发生疑难时，领导者不应只告诉他解决的办法，而应帮他寻找解决方法；

11. 领导者不能姑息被授权者的"反授权"行为——即允许被授权者在所授权的工作未做妥之前将工作掷回；

12. 领导者在授权后应对被授权者进行追踪。

第五节　团队观念铭记于心

团队协作的精神，已成为世界上许多知名公司成功之圭臬。可以说，那些最早、最持久开展团队建设的公司，绝大部分仍在潮起潮落的全球市场中坚如磐石，蓬勃发展。

1　塑造凝聚力

塑造凝聚力就是在塑造一个优秀的团队。所谓凝聚力，是指成员愿意留在团队中并对它承诺的一种引力。凝聚力受团队目标和个人目标相融程度的共同影响。那些非常愿意留在团队中并真心接纳团队目标的成员构成高凝聚力团队。

　　凝聚力和一致性(遵守)之间的关系其实并不是像想象得那么简单。低的凝聚力和低的遵守相联系，然而高的凝聚力并不仅仅存在于那些高遵守团队中。高效团队有高度的成员承诺感和在一起工作的强烈愿望，同时他们之间彼此尊敬和鼓励个体差异。当凝聚力产生于信任的人际关系并对行动目标作出共同承诺时，高效团队就有可能发展起来。

　　一个优秀的团队表现出色，成员有奉献精神，它通常是小型的，它的成员往往被令人兴奋和富于挑战的目标所激励。优秀的团队能使成员完全专注于团队目标。对其成员来说，一个优秀团队的特征是相同的：重要、吸引人、充满争论和笑声、工作勤奋。而且这样的团队是为了处理主要的变化、挑战、革新、复杂的项目或危机而建立的。例如，为了开发波音777飞机，就产生了若干个优秀团队。

　　当决策团队既有一致性又有凝聚力时，一种叫团队思维的现象便产生了。团队思维是一种不惜任何代价保持一致的心理状态，它形成的是无效或拙劣的团队决策。詹尼斯(Janis，1972)曾经指出，意识形态一致，有压力，而且与外界隔绝、缺乏公正的领导，以及缺乏合适决策程序的规则的高凝聚力团队，通常会采用一种思维方式——团队思维，寻求一致的愿望压倒了采用合适的理性决策程序的动机。这种团队往往感到自己是无懈可击的、高度一致的、是绝对正确的。这样的人怀疑矛盾的信息，压制异议者以及对群体团队外熟视无睹。结果产生的是一个蹩脚的、看似近于满意的但却普遍地存在毁灭性结果的决策程序。像这样的团队决策普遍存在于所有类型的团队中，因此这种团队思维可能同时发生在私有和国有团队中。团队体思维的特征体现在以下方面：

　　大多数乃至全体团队成员都产生战无不胜的错觉，它导致过度乐观并鼓励实施极端冒险行为。带有错觉的成员可能会说："现在没有人能阻止我们。""其他团队都不谨慎。"

　　集体理性主义，从而容易忽略那些要求他们在进行主要的政策决策之前重新考虑设想的警告。比如美国汽车产业主管在20世纪70年代早期就曾声称："我们相信只有一小部分人会买日本车。"

对团队固有道德观念的盲目信任，往往导致员工忽略决策产生的伦理道德后果。

对于竞争者或对手的成见，团队通常将对方看作是毫无诚意的，或者将对方看作是不堪一击的。

那些对团队表示出错觉、成见，产生强烈异议的成员将受到直接的压力，使其他团队成员认为这类行为不是一个忠诚成员应具备的。领导者可能也会问："发生什么事了，你还是不是团队的一员，怎么会对自己的团队提出异议呢？"

团队成员产生这样的想法："如果每个人都那样认为，我的感觉一定是错的。"于是对任何偏离团队一致的自我检测，能表明成员降低自己疑虑的重要性和不再提出反对意见的倾向。

那种一致性错觉部分来自于自我检测，同时"沉默代表同意"的错误观念愈加强化了一致性错觉。

自我任命的"思维卫士"阻碍了那些可能会挫伤关于"成功"决策的自满情绪的信息在团队内部的传递。

缺乏真正的讨论。经常出现一些形式上的讨论，不过采取一些手段可以避免它。例如，领导尽量保持中立、鼓励对话和新观点。而且小型的群体或外部咨询师能帮助引进新观念。此外，还应该鼓励那些持多元观念的人表述出来。

团队绩效和生产力会受到凝聚力的影响。生产力描述的是投入(劳动时间、原材料、钱、机器等)和产出(产品和服务的质量)之间的关系。凝聚力和生产力相互关联，特别是对那些有高行动目标的团队来说。假如团队成功地达到目标，成功的积极反馈能够提高成员的承诺感和满意感。例如，一个获胜的篮球队比另一个失败的队凝聚力更高，其他也如此。反过来，一个凝聚力强的团队更有可能获胜。与之对应的是的凝聚力可能会影响到团队获胜的能力，原因在于团队成员没有进行团队达到目标所需的交流与合作。假如团队目标与组织相冲突，强的团队凝聚力事实上还有可能和低效率相联系。团队成员或许会认为是领导者以为他们会对结果负责而不是他们以为自己会对结果负责。所以，凝聚力、生产力和绩效的关系是难以预料和理解的，除非了解团队的目标和规范。

2 团队在我心

团队工作是英特尔管理思想的重点。格鲁夫认为，某个经理的产出并不是他个人的产出，而是处于他的监督或影响之下整个团队的产出。换句话说，管理是"一种不同的团队以适当方式存在且相互之间有着支持关系的团队游戏"。

在团队成员间，若能保持密切团结和高效沟通，一方面可以减少成员间的矛盾和冲突，促进成员间相互了解、相互帮助和相互交流，从而使各成员的矢量最大化，以实现团队的整体目标，另一方面，也可以实现团队成员间智力资源最大化，以实现团队的整体目标，并且可以实现团队成员间知识资源共享，进而促进知识创新。英特尔这个 1968 年成立的小公司，30 年内就举世闻名，就是凭借其团结的、高效沟通的团队精神。

团队文化在英特尔内部无处不在，整个公司的组织方式便是以任务为中心的功能化集团。它们往往被看作是一些内部的小公司。关于小公司的比喻似乎人们不太理解，但整个英特尔公司 2/3 的员工都在这些功能化单元中工作。格鲁夫指出了它们的极端重要性，并着重强调了它们相对于规模经济价值的优势。

团队的管理也要重视多层面管理。无论从哪个角度来理解，多层面管理都是必要的。格罗夫举出了他本人的实例，作为英特尔公司的董事长，他还是一个战略计划制订小组的一员。在那个位置上，他受小组主席的管理，这位主席是一个部门的控制者，当然最终也由格鲁夫来领导。这种上下级之间关系的转换对老板而言，不但明智而且也是非常有益的。正是由于这种组织的存在，对于每一件都需要格鲁夫来负责的事情，他只要参与就行了。因为格鲁夫根本没有那么多时间，而且在某些时候，他也并不是最佳的决策者。

格鲁夫指出上级领导下级的关系，是必须值得注意的，这几乎是永久性的。而下级领导上级的关系并不是不变的，可能只是暂时性的，因为与小组有关的工作仅会维持有限的一段时间。它也许只是一个为一个特定目的而组建的特别工作组，也可能是一个解决特殊问题的非正式工作组。这些工作组存在的时间和他们组建工作组所要解决的问题存在的时间一样长，但是他们的作用越来越大，因此，成立短期小组的意义非常重要。

在英特尔公司内部，目标管理受到相当的重视。格鲁夫将目标管理作为一种控制机制来评价每一个团队成员的表现值。他们通过制定非常高的目标来驱使员工们做出更好地表现。这样做是基于如下的考虑：即使员工尽了自己最大的努力，他们也只不过有50%的机会取得成功。他认为如果每个人都向着超出自己实际所能达到的目标努力拼搏的话，那么总的产出将大大增加。一个高性能的系统将能够在一家多数员工都拥有不屈不挠和上进精神的公司中运转得非常有效。

"纪律"是英特尔的特质之一，格鲁夫本人也很看着纪律，并认为纪律的价值就是履行并实现对内与对外的种种承诺。

团队协作的精神，已成为英特尔公司成功之关键。可以这样说，英特尔是硅谷百十家半导体厂家中最早也是最持久开展团队建设的公司，这也使得它在潮起潮落的全球计算机市场中始终能坚如磐石，永葆竞争力。

对于管理，看起来复杂，其实非常简单。管理的精髓其实就是使团队成员之间相互了解、相互帮助以及相互交流，用团队精神去实现团队的整体目标。

3 营造团队概念

有些领导者根本没有在团队成员中建立团体这种概念，每个员工都是独立的个体，可能每个员工都是优秀的，但是整体上却是一盘散沙。大多数员工都习惯于在被监管的环境中工作，并且在他们个人努力的基础上被评价。即使他们被告知他们是团队的一部分，他们也依旧倾向于思考个人行为。在这里，领导者的基本工作便是帮助他们将注意力从个人行为转移到整个团队的表现中去。当领导者没有帮助他们完成这一转换，或继续让他们专注于个人行为，这样就会阻碍他们形成一个有效工作的团队。

而正确的方法应该是：把团队召集起来，解释一下每个团队都需要两种基本制度模式：管理模式和关系模式。

管理模式是通过会议产生结果。例如，管理模式之一是所有的超过一个或一个半小时的会议，然后通过团队投票来表决才能决定是否要延长。

公司建立起一个团队组织，目的就是为了发挥每个员工在不必被告知应该做什么的情况下自我管理以及主动工作的能力，进而实现团队目标。但如果领导者仍然按传统的方式管理，那么团队机制就不会发挥好的作用。短期内，团队成员之间会产生冲突；长期内，如果领导者仍然不改变其做法，团队便会逐渐丧失其设立的初衷，从而使可能导致所有的努力都化为泡影。

不要因为管理模式听起来很好，领导者就想当然地以为它一定会对整个团队产生好的作用。下面举个例子：

"我想这是一个非常简单的制度，"维亚说，"我们将准时开会，并且每个人必须承诺准时到达。我们不希望把时间浪费在那些迟到者身上。"

"听起来不错。"希尔说。

但凯勒搔头，说："等一下，我一星期要接受好几个客户的来访，没有办法预计那会议需要多长时间。会议准时开是个不错的主意，但是我不能把我的客户丢下不管呀。"

"这可不行。"希尔回答道，"难道我们不能在早晨先开会，而你把接见客户推迟在会议之后吗？"

"虽然可以这样，但这要求我们每次都必须在会议的时间上取得一致。"

为什么我们对管理模式这么担心呢？因为假如团队成员在小事情上

有与其他成员不同的见解，那么很可能导致成员间摩擦的发生。

一个团队必须具备有效的关系模式，而且每一个团队成员都必须认同该模式。那么，关系模式怎样才能发挥作用呢？团队中的关系模式规定一个团队规定其成员只对建议的内容做出评论，而不是针对提建议的本人。

在团队刚开始实行这种制度时，团队成员可能在相互表达不同见解上比较犹豫。领导者可能在刚开始时需要介入，直到每个人都对遵守团队制度取得一致看法。但作为领导者，应该尽快脱出这个圈子，以便让团队成员自己去施行该制度。

不管对哪个团队，整体效应都是非常关键的，确保每一个人都有这样的概念。因为我们是生活在团队中，我们的每一步工作都可能直接影响团队的下一个环节，我们是息息相关的，缺一不可。这样，你的团队才不至于出现支离破碎的局面。

第六节　预防是最高明的解决方法

天有不测风云，市场更是变幻莫测，一个公司可能就在一夜间宣告破产，这要求领导者以及所有员工都必须时刻保持忧患意识。对风险和困难，宁可相信有也不可信其无，就像某资深管理者所说的，预防是最高明的解决方法。

1　时刻保持危机感

没有危机感，没有防范意识，到真正碰到危机的时候，只能眼睁睁看着自己被危机吞没，毫无还手之策。

青蛙故事与鲶鱼效应几乎人所共知。由于这两则故事非常生动有趣、富有深意，许多企业企业领导者爱把它们讲给员工听，作为教导。

青蛙故事源自美国康奈尔大学的一个试验。开始把一只青蛙投入沸水锅里，青蛙受到强烈刺激后，猛地跳出来。然后又将青蛙放在盛有冷水的锅里，再慢慢加温，青蛙意识不到危机将至，不挣扎也不跳出。到水太烫的时候，青蛙还不跳出去，被活活烫死。

由此我们得出结论：对于青蛙来说，最致命的是"渐变"，而不是"突变"。因为突然面临危机，青蛙能够迅速地作出应变反应，从而逃离危险。但假如让它慢慢地、逐渐地靠近危机，它却悠哉悠哉，感觉不到危机的到来，缺少危机意识，至死也毫无反应。

同样对于企业来说，最致命的也是"渐变"，是那种创出名牌后志得意满、功成名就的安全感。事实上，不管你的牌子有多响，假如在危机四伏的市场竞争中，不时刻保持一种危机感和紧迫感，也是无法保证企业常盛不衰的。

企业这样，其实人也同样如此。工作中，假如已丧失了危机意识和奋发向上的斗志，那就说明你已濒临危险的边缘了。

另一个与青蛙故事相关的故事是鲶鱼效应，这是一则来自挪威的民间传说。在挪威的一个渔村里，渔民都会将捕捞的沙丁鱼放入船上的鱼槽，然后驶回渔港。由于沙丁鱼不容易活，谁能将活的沙丁鱼带回去他就能够卖出高价。渔民们不断努力想做到这一点，但总不成功，沙丁鱼多半都在中途死掉了。可是有一艘船却一直能够让沙丁鱼活着回去。后来一个偶然的机会，人们才得知，其中的秘密在于船主在鱼槽里放了一条鲶鱼。原来，鲶鱼进入鱼槽后，沙丁鱼害怕这个陌生的家伙，觉得大事不妙，一紧张就左冲右突，如此一来，个个活蹦乱跳地回到渔港。于是一条鲶鱼成了打破一群沙丁鱼平衡的动力，而沙丁鱼失去平衡后，却在危机中获得了活力与生命。这就是企业所需要的"鲶鱼效应"。

可以发现，鲶鱼效应对企业的帮助非常大。海尔总裁张瑞敏就善于通过讲故事来启发员工，比如意大利梅洛尼公司的故事。

20多年前，美国 GE 公司把意大利梅洛尼公司的负责人梅洛尼先生叫过去说："我们决定兼并你的公司，你回去准备一下。"梅洛尼先生很生气地答道："我还没有决定要卖掉我的公司。"美国人撂下一句话："那你就回去等着瞧吧！"

　　然而 20 多年后，梅洛尼公司依然存在，品牌还是自己的，并且家电产品已在欧洲占有很大的份额。梅洛尼老先生这 20 多年的日子是怎么过来的呢？

　　"这 20 年来，我拼命地东奔西跑，不敢喘气。只有这样，我的公司才避免了被别的大公司吞并的厄运。"

　　这是梅洛尼先生在博览会上亲自讲给张瑞敏的真实故事。这样的故事在上万员工圈内很快成为议论的话题。做洗衣机的戚生说，拼命地东奔西跑，首先要战胜自己的惰性。驻外人员远离集团大本营，那么日常行为主要就只能靠自身素质的约束。我们在北京时，商场就这样评价说，"在所有外地驻北京人员中，没有时间玩棋的只有海尔"。能源公司的学锋说："拼命地跑，我想也应该是要有目标的，没有目标盲目地跑，也同样会被吞并。我想我们的目标不仅要'人人面对一个市场，人人面对一个对手'，而且还要'人人吃掉一个对手，人人赢得一个市场'。要是人人都做到这一点，我们海尔才能创出世界名牌。"

　　其实，保持危机意识的企业又何止梅洛尼公司、海尔公司两家？国内经营得好的企业一般都会唱两支歌，一支是国歌，另一只是国际歌。正因为"中华民族到了最危险的时候"，所以"每个人都被迫发出最后的吼声"。对于企业，最可怕的是"渐变"，是那种创出名牌后志得意满、功成名就，缺乏危机感的安全感。

　　张瑞敏对风华的领导说："你们的优势是你们的技术力量强，劣势是你们的技术力量太强，强大到几乎不知市场在哪里。"

2　心存忧患

　　孟子说：生于忧患，死于安乐。

　　的确，正像英特尔公司总裁葛洛夫是的那样，唯有忧患意识，才能永远长存。据调查，世界百家成功企业的经营管理者，在企业危机面前，没有一个自我感觉良好的。

对我国企业的经营者来说，尤其要特别清醒地认识到当前所面临的严峻形势，勇敢面对企业面临的四大危机：

一、我国加入 WTO 所带来的挑战

"入世"就意味着我国在关税税率和产品价格上，在激烈的竞争中降低，这对部分质量差、价格高的国货将产生强烈冲击。国内企业除了降低成本、提高质量、完善售后服务，没有其他的办法。只有这样才能占领一席之地，因为任何一个企业无法永远靠保护长大。

二、经济全球化与跨国公司的长驱直入

西方著名企业纷纷进攻中国市场，这是一场无硝烟的战争。截至 2001 年底，中国的外资企业超过 40 多万家，注册资金达 2 000 多亿美元，其中排在前 20 名的全球 500 强几乎都在中国占有一席之地。医药、冰箱、彩电、洗涤、化妆品行业里，我国稍大一点的公司几乎全部成了中外合资企业。这必定会给我国企业造成巨大冲击，假如没有危机意识，就不会有好的对策。

三、人才的影响

据专门机构预测，今后每 10 年将发生一次全面的职业大革命，其中重大变化平均每两年就有一次。21 世纪职业的变革对个人素质的挑战，决定了企业更欢迎那些受过更高程度的教育、获得各种技能、涉猎各种领域、具备各国语言沟通能力以及适应新技术发展的员工。迎接这一挑战的对策就是加大人力资源开发的投入，超前培养人才，把 21 世纪的人才作为企业关键因素来抓，这恰恰是国内企业所忽视的。此外，国内企业仅有的人才还在源源不断地流向外资企业。

四、企业管理机制

一个企业的兴衰依赖于企业领导者的素质，但我们忽视了从观念上、制

度上调动企业领导者和员工的积极性，使企业内部权力失去监控，民主管理制度变得不健全，缺少科学的管理以及创新的观念。即使企业创造了辉煌，那也常常是暂时的。国内企业这种与市场经济不相适应的不科学的管理体制，在外资企业先进的管理理念和科学的管理机制面前显得不堪一击。

所以，中国企业应该摆正自己的位置，树立危机意识，勇敢地接受来自国际企业的挑战。一个民族只有看到自己的弱点和不足，不断突破创新，不断否定自己，不断超越自我，才能永远走在历史的最前沿。企业就像球队、军队一样，其衰败的原因之一，就是因为在管理指挥上出问题。企业家只有不断否定自我，不断总结教训才能不断进步，才能站在时代的最高峰，使企业长盛不衰，永葆活力，在竞争中才能扑灭对手的气焰。

逆水行舟，不进则退，生意场上又何尝不是这样呢。特别是小公司，由于竞争力弱，受市场和外部冲击的影响巨大。稍一不慎，就有可能面临破产倒闭的危险。

这就要求小公司能居安思危，千万不可沉醉于自己的"十几个人七八条枪"的局面。小公司应该时刻警告自己，作为市场竞争中的弱者，随时都有可能被别人蚕食鲸吞。

要真正做到居安思危，就必须不断地找出自己公司的缺点，不断改进自己的产品。有一个企业领导者说："我的公司总是不断地淘汰自己的产品，因为我知道，假如我们自己不淘汰，别人会帮我们淘汰的，那时候我们就完了。"作为竞争力小的小公司，由于生产的产品种类比较单一，假如这种产品在市场上被淘汰，那么立刻就会面临灭顶之灾。面对这种局面，每一个小公司领导者必须有清醒的认识。

郭东，这个有"百货大王"之称的上海永安百货公司创始人，16岁时为谋生到澳洲去打工。在他23岁那年，找了几个同乡在悉尼开了一家小型水果店，店名叫"永安果栏"，主要经营水果以及中国的特产，郭东担任经理。很快郭东就发现，当地水果市场竞争非常激烈，怎样才能使本小利薄的小店生存和发展，郭东挖空了心思。后来，他终于说服了当地另外两家华人果栏和"永安"联合起来，一致对外。联盟后的水果店，资金更加雄厚了。在郭东的成功经营下，在相当程度上占领了市场。

在"永安"占领了悉尼水果市场后，郭东并没有因此而感到满足。他清醒地看到水果的销售市场毕竟十分有限，前景并不看好。在经过几番详细调查和缜密思考后，郭东向同事们分析了形势，告诉他们公司要是不向别的方向发展，可能会保不注目前的情况。在经过股东们一致同意后，"永安"开始向利大货畅的百货业投资。这样，永安公司就迅速兴旺发达起来了。

性格维度五 | 不断成长

曾经赫赫战功的领导者正在面临"成长的烦恼"。对于领导者而言，不只是要自身成长，而且要让团队成长起来。通过团队成长，进而带来公司业务长足的进步。如何摆脱"成长的烦恼"？

第一节　不断成长是生存法则

不断发展变化的现实需要我们不断增强自己的能力，追求成长是当今社会的一种生存法则。具有这种性格的人会激发内心潜在的动力，不断学习各方面的技能，不断创新并善于抓住自己的优势，成为有"个性"的人才，快速成长。一个团队、一个公司若停滞不前、原地踏步，是无法成长的，这样的团队或公司早晚会在竞争中被淘汰。领导者也是一样，不追求成长的领导者，也是无法在竞争中生存的。

1　为成长作准备

彼得斯说："世人常误以为'肥大'了便是'成长'。实际上情况往往是这样的，一个企业丢开了某些不再有贡献的业务，其实也是成长。企业中的不再有贡献的业务，将只是一项漏洞，只能阻碍企业真正的成长。"一个事业为了成长，必须有一套清晰的策略。而事业的成长，必须先有成长的准备。

在美国的企业史上，几乎找不出其他的公司能像 IBM 那样为成长而妥善准备的。自从公司成立时起，IBM 公司就似乎已经打定主意要在资料处理方面成长了。

早在第一次世界大战之后，IBM 创始人沃森就已经购下了打孔卡的专利，后来又取得了一项定时钟的专利。不过直到第二次世界大战爆发后，IBM 也不过还是一家仍在艰苦奋斗的小公司，在事务机构方面只不过一个微不足道的角色。但沃森已开始为公司作成长的准备了。首先，沃森为公司取了一个响当当的名称：国际商业机器公司(IBM)。但在当时 IBM 既谈不上什么"商业机器"，更谈不上"国际"二字。但早在别家美国公司做梦也没有想到这项问题之前，IBM 便已经为公司精心设计了一个标志，以创造公司的形象，印在公司各项产品上，如用于其公司内外的各项出版品以及通讯上。此外，沃森还发明了他那句"三思"的口号，并印制了很多的"三思"标语，分送给公司上下的员工和顾客。

从公司发展的早期开始，沃森便已替公司建立了一套以人为本的组织，使人人均以中坚分子自居，使人人均为将来经营一个大型企业作准备。因此，他特别训练了一群优秀人才，准备来作为 IBM 扩大时的领导者。

更重要的是，沃森特别关注训练。他要求 IBM 的所有员工，都必须在工作中不断接受训练。特别是那些对外代表公司的员工——例如推销员、服务员、销售员等，更应视不断训练为生活方式之一。

沃森似乎早就看准了 IBM 的美好将来，早就认为 IBM 的将来应该是一个当时他称为"资料处理"的公司。他坚信将来总有这么一天，可以用机器来处理有关大量资料方面的繁琐工作，而且必将更加的快速、可靠和低廉。

因此，沃森也看到了一个当时谁都没注意到的可能性：电脑市场必将发展为一门事业。他认为电脑事业的关键，将不在于技术，而在于市场宣传和推销。他认为电脑的市场推销，重要的不在于电脑能做些什么，而应该在于使用者能从电脑身上获得些什么。IBM 之所以后来能独霸电脑市场，可以说正是得益于这几项基本认识。

为了事业的成长，必须先有成长的准备。事业的成长，必须先建立一套理想，然后集中力量去实现该理想。

2 向优秀学习

假如员工甲一小时能生产 50 个产品，而员工乙每小时只能生产 30 个，你如何才能提高员工乙的效率，让他赶上员工甲呢？难道员工甲天生就比别人好？是不是因为他(她)懂得更多？更有经验？

然而，主张用优秀员工的工作方法去培训其他员工的领导者却不这样认为。因为他们认为员工甲这位优秀员工，之所以表现出众，不一定是由于他(她)懂得比别人多；而是因为他(她)的工作方法与众不同。假如你能找出像员工甲这样的一流员工，并且弄清他们行之有效的工作方法，就可传授给那些表现平平或者比较差劲的员工，从而提高他们的工作效率。

以优秀员工为榜样达到改进工作状况的目的，这一主张已经提出很多年了，主要是人力资源开发行业的"工作方法"派提倡的，似乎已为许多大公司所接受。

在你的公司，假设表现出色的人会受到奖励，而且体制不会妨碍员工发挥作用，那么你应该怎样采用优秀员工模式呢？首先，你必须界定什么样的人才称得上是优秀员工，并且把这些人找出来。如何做好这一步，不同人有不同看法。

著名管理学家哈莱斯提出了一个最严密的方法，他认为企业领导者应该弄清楚企业或公司的目标是什么，以及员工的目标(具体做出的东西或成绩)对公司的目标所起的作用。

这时你才可以确定哪一个人或哪一组员工任务完成得最好。从而选出优秀人员，之后，就要从他们身上找到答案：他们靠什么能力或做法，获得了比同事更好的成绩？你可以直接进行观察、采访或听取其同事和经理的介绍和意见。

从 1985—1992 年，美国卡内基梅隆大学的教授凯利和明尼阿波利斯的顾问卡普兰一起，在贝尔试验室的一个经营单位进行了指导优秀员工研究。不过在选择优秀员工时，凯利和卡普兰并没有完全按照哈莱斯那套复杂的办法来进行公司目标与员工目标的分析。他们花很长的时间，试图找到一种测量知识工人生产率的定量手段。

最后他们发现，自己面临一个难题。凯利说："我们发现，许多人都曾想通过一个合适的生产率从而定量的解决这个问题，但是没有人获得成功。"他们的结论是：优秀员工的定义是主观的。

在评选优秀员工的时候，他们先开始采用经理考评员工的结果，但是发现，那些科学家和工程师同事与经理的看法分歧很大。实际上，同是提名的优秀员工与经理考评的结果只有一半是一致的。凯利和卡普兰最后确定双方都提名的那部分人即为优秀员工，成为研究对象。

在选出一些优秀员工之后(哈莱斯倾向于只选一个人)，接下来的问题就是如何从他们那里找到工作突出的真正原因。对于收集这方面材料的方法，人们也有不同见解。

但对此，哈莱斯解释说，工作出色的人自己也往往说不清为什么会比别人强。其原因为：

1. 他们对工作做了一系列调整，但是并没有写下来；

2. 关键的做法往往在他们的脑海中一闪而过(哈莱斯称其为"隐秘行为")，他们不可能一边操作一边分析其中的道理；

3. 这些想法可能是一闪念之间的，是有意无意的，而且优秀员工不想让别人知道他的秘密。

为了解决这些困难，哈莱斯又回过头来先看工作人员的成绩(总体成绩)，然后看总的成绩可以具体分成哪些元素(阶段性成绩)，再看为了创造各阶段的成绩，优秀员工到底采用了哪些做法和规则，最后，看看他们掌握的哪些信息直接影响工作方法以及规则。由于优秀员工往往自己也不清楚成功的秘诀，哈莱斯就提出很多假设，然后让优秀员工挑出那些不符合情况的假设，所以剩下的就是促成他们表现出色的因素。

确定了优秀员工，区分出了他们的工作方法和能力，这些都是在为下一步做准备：按照优秀员工的方法训练普通员工。

贝尔试验室给普通员工办了一个班，每周一次，共 10 周。后来又精简为 6 周。前后共有 600 位工程师参加这个学习班。先是通过自我评估考察生产效率的提高：所有参加学习班的人汇报说，培训结束时，效率提高了 10%，6 个月后提高 20%，而一年以后竟然提高了 25%。

不过凯利和卡普兰也指出，多数培训计划往往是在刚结束时效果最好，假如在一年后你再向员工提起，他往往会问："哪个培训？"

为了更好地评价这个培训班的效果，凯利和卡普兰向受训工程师的领导征求意见，他们发现，8 个月后受训人员比对照组成员的效率提高了一倍。

主要表现在以下 7 个方面：

1. 发现并及时解决问题；

2. 按时并高质量地完成工作；

3. 令客户愉快；

4. 及时让领导者了解情况；

5. 与其他部门合作得很好；

6. 注重竞争；

7. 理解领导者所作的决策。

可见，向优秀学习对一个团队、对一个公司来说，具有重要的意义。

3 教育促进成长

一个孩子偶然从同学那里偷拿了一本课本，拿回家给母亲看，他妈妈不但没有责罚他，反而夸奖了儿子。儿子感觉受到了鼓励，又去偷了一件斗篷向母亲请功，母亲果然很高兴。

慢慢地，这孩子的胆子越来越大，从此不断偷人家的东西，而且赃物越来越贵重。后来他由于盗窃罪被抓住了，被人反绑着双手押到刑场处死。他的母亲赶到了现场，看到儿子不禁大哭，非常悲痛。这时小偷向法官请求在母亲耳边说几句话，当母亲靠近他前，小偷一下将母亲的耳朵咬了下来。母亲还以为儿子失去了理智，于是痛骂他不孝。

小偷却咬牙切齿地回答："我恨死你了，当年我第一次偷人家课本时，你若是能像现在这样骂我，而不是鼓励的话，我也不至于落得今天被处死的下场。"

这个故事留给人的教训是深刻的，为人父母者与为人子女者都应牢牢记住，不要忘记。"勿以恶小而为之，勿以善小而不为"，千万不要以为事情小就忽视。尤其是孩子做坏事时，不加制止教育，反而纵容，这样做到头来只能害了他。

一个企业在管理上不能忽视培训的作用。除了要进行培训新员工的岗前教育和员工基本业务技能训练之外，还要建立一套符合公司自己发展的课程。要是资金允许，还应该有培训奖励制度，以激发员工的上进心。下面是卡内基训练员工的六条秘密：

1. 给予员工真正的赞扬。领导者应学会在 15 秒钟的时间内说出对一个人的欣赏之处，而又绝非奉承。

2. 真诚地关心和帮助他人。受训者应该像迪斯尼乐园的员工那样，必须记住每个人的名字，经常鼓励他人多发表意见，并采取行动。

3. 不批评，不责备，少抱怨。受训者应该学会避免批评、责备和抱怨。在卡内基看来，批评往往劳而无功，因为批评会逼人辩解，为自己找理由辩护。

4. 帮助领导者进行管理。受训者应学会突破自己的外壳，帮助领导者不断改进业务，清除部门障碍。

5. 学会站在别人的角度思考问题，受训者要将心比心，站在他人的位置去考虑问题。

6. 培养决断力，无论是领导者还是员工，都需要决断力，所以受训者需要在各种模拟的条件下，作出自己的判断和处理。

除此之外，在西方公司中，还存在这样一些值得借鉴的方法，如：

阅读材料，即让受训人阅读一些有关的材料；

讨论案例，以小组形式对实地或假设案例进行分析和讨论；

会议或讲座，组织小组对某些专门问题进行讨论并邀请专人讲述有关题材方面的内容；

在职培训，由有经验的人作指导，在工作中不断提高；

自学，即有目的地编写公司的讲义让其自学；

敏感性训练，重视进行互相尊重、社交联络和对小组工作了解等方面的训练。

对于领导者而言，培养出有才干的员工乃是他所期望的事，也是身为领导者的职责所在。其实，公司之所以要教育新进人员，最终的目标在于多培养出所需的专业人才。

可见，对员工进行自始至终的培训对公司的发展是非常关键的，没有培训就没有高素质的员工，从而缺少高质量的技术，最后无法生产出高质量的产品，没有这些，企业就谈不上竞争力，别说发展，就连生存可能也是问题。

第二节 学习是一种武器

领导者需要丰富的知识来满足他解决工作中遇到的各种事项的需要，而知识的获得需要领导者不断地学习。可见，学习是一种帮助领导者获得知识、解决问题的武器。

1 善于学习与思考

组建学习型团队。强调"团队学习"也就是不但要重视个人学习和个人智力的开发，更要关注团队成员的合作学习和群体智力的开发。

团队是由工作群体发展而来的，团队学习在学习型团队中的作用主要体现在：是学习型团队的基本构建单位，也是学习型团队的基本学习方式，更是构建学习型团队的基本过程。从另一个角度看，学习型团队也是对团队思想的一种引申，或者说它是团队运行的基石。

团队学习主要有以下几种方式：

1. 信息交换会议，它是团队学习经常采用的方式；

2. 特别会议制度，这种方式是对信息交换会议的有效改造；

3. 深度会谈以及讨论。

因此可以发现，团队学习是一种组织内部的学习，同时还是团队的活动内容，以及检视心智模式、建立共同愿景的载体和重要方式。

与群体技术相比，团队学习具有很大的进步性，主要表现在：团队学习能够培养出高于个人的团队智力，促使组织成员发挥创造性，同时还可以协调员工之间不一致的行动。这种学习成果会随着成员的流动而扩散到其他的团体中去，进而在团队中形成一种不断学习的气氛。

系统思考是创建学习型团队织的核心工作。所谓系统，其本质上是处于一定环境中的、相互发生关系的各组成部分的总体。系统思考的管理观念需要管理主体自觉地运用系统理论和系统方法，对管理组织、管理要素、管理过程进行系统分析，旨在提高管理的整体功能，从而取得较好的管理效果。

学习型组织系统思考的基础是系统动力学。系统动力学强调的是相互作用，系统动力学研究对象是社会经济系统，而社会经济系统本身是千变万化的，其构成要素生产力、人力、财力、物力、技术等方面，都体现了系统动力学的相互作用的本质。

学习型团队系统思考的层次主要有以下三个：

第一层次，事件层次上的思考。采取反应式的行为，往往导致专注于个别的事件，局限思考，或归罪于外部因素等。

第二层次，行为变化层次的思考。能顺应变化中的趋势，但常常造成学习障碍，如从经验中学习或学而不做等。

第三层次，系统结构层次的思考。可以改造行为的变化形态，超越了事件层次和行为层次的局限，专注于解释造成行为的变化的原因。例如，对于制造和销售为一体的企业，系统结构层次的观点要求必须反映发出的定单、出货、库存的变动，从中寻找存货不稳定的解决办法。

系统思考是学习型团队的灵魂。它为团队提供了一个健全的"大脑"，一种完善的思维方式。由于有了系统思考的存在，个人学习、团体学习、检机心智模式、建立愿景从而才关联在一起，成为整个健全大脑必需的部分。因此，系统思考在学习型团队中具有重要的位置。

在系统思考的指导下，个人学习将会在诸如对环境的认同感、对整体的使命感等几个方面有所超越。当然，系统思考对于团队学习也是至关重要的一环。

在团队学习中，要想使讨论有一定的深度，让会谈能够持续下去，就必须克服许多障碍。系统思考的方法使我们能够从团队发展的全局去认识出现的这些障碍，从而知道应该如何去克服。

系统思考是以共同愿景基础之上的。共同愿景描述的是未来的情形，系统思考则是实现这种情形的必经之路。领导者必须学会如何去反思他们现存的心智模式，因为大多的现存心智模式将会影响系统思考的产生。反之，系统思考对于有效改进心智模式也是非常重要的。

有了系统思考，人们便可以清楚地认识到怎样通过现有的策略和资源去改变现状，从而把握启动现实的杠杆。

2　让团队互动起来

在知识更新速度加快的今天，企业已无法承受停止学习所带来的灾难性后果。而发掘每个人的学习潜能是企业走向成功的必经之路。

在剧烈竞争的状态中，比对手学得更快意味着拥有最稳定的竞争优势。通用电气公司的前总裁杰克·韦尔奇认为，一个企业学习的能力高低，以及把学问迅速转化为行动的能力的高低，决定了其最终的竞争力。

学习型团队对所处环境极其敏感，造就了公司创新与适应的能力，尤其是在全球化加速的当今，特别需要这种能力。

1998 年，海尔 CEO 张瑞敏把"建设互动的学习型团队"作为海尔的重要工作方针，并以此为重点，致力于把整个公司的员工转变成学习型团队。

在张瑞敏看来，互动是形势发展的需要，也是市场竞争的需要。每个企业员工的"心智"都是一个独立的"能量体"，而他的潜意识则是一种磁体，当一个人去实践时，磁力就产生了，并将财富吸引过来。要是一个人的心智与更多的"磁力"相同的人结合在一起，就能够形成一个强大的"磁场"，而这个"磁场"的创造力量将会是非常强大的。这就是"互动"的意义所在。

如果早 10 年，张瑞敏肯定不会提出这样的要求，当时的员工素质远远达不到现在的水平，管理基本上还处于无序状态。那时，唯一的选择是通过严格的制度来进行管理，员工也只能被动地接受。如今，海尔员工已基本上从被动接受管理走向主动接受管理和自主管理，严格的管理制度已不能使员工有更大的提高。同时，市场竞争也要求互动。计划经济条件下，企业好坏与个人没有直接的利害关系。而在市场经济条件下，个人利益好坏与企业安危是一致的。

海尔的目标是进入世界百强，创中国的世界名牌。只有全体员工都认同这个目标，才能产生充满活力的员工和有合力的组织，从而实现大家的目标。缺少了互动，是不可能实现既定目标的。什么是互动的学习团队呢？有人这样说：就算你是"天才"，凭借自己的想像力，也许可以获得一定的财富。但假如你懂得让自己的想像力与其他人的想像力相结合，就一定会产生大得多的成就。

海尔的实践表明，互动的关键在于领导者。没思路的领导者不能互动；没控制力的领导者不敢互动。团体学习效果不好的原因，是因为大部分的领导者害怕在团体中互相追根究底地质疑求真所带来的威胁。所以，领导者必须破除"真理在我手中"的思想，因为学习型团队的根本特点是整个团队的所有层次都在进行思考，而不是只有高层领导思考。互动的主体是员工。而每一个班组、每一个车间、每一个企业要是都能建成小的互动的学习型团队，那么海尔就会形成一个强大的互动的学习型团队。只有每个员工都"动"起来，每一个班组、车间才能变大变强，整个企业的竞争力才能变大，才能创造出"由小到大的美"。互动的目的就是让海尔的每一个"细胞"都动起来，在不断学习中，促进所有员工的潜能发挥到最大极限。

为了让公司成为一个充满活力的互动整体，公司尽最大努力聘用最优秀的员工，投入资金培养他们的专长和技能，让员工持续不断地增强身心素质，提高和拓宽自身能力。世界上，很多优秀的企业都有自己的大学。比如，英特尔公司就办有大学，在大学里开设足够多的课程，供员工随时报名进修。有闻名于世的克罗顿学院，还有与之相仿的摩托罗拉大学都是企业大学的典范，它们都是企业的一种投资，但目的是创造一个有学习能力的团队，一个对求知欲旺盛的员工进行培养的团队。它们标志着这些公司为其员工的继续发展创造了有利的条件。

1999 年 12 月 26 日，海尔大学校部落成，该学校按专业分类设有基础管理、技术研究、海外推进、市场营销、企业文化五个学院，可同时容纳500 多人培训，海尔力图把它办成培育国际化人才的摇篮。

3　阅读改变一生

"阅读是一种用另一个人的大脑来思维的方式，它强迫你把自己的思维向外延伸。" 查理斯·思科瑞宾那如是说。

阅读能给你希望，能为你打开一扇迈向外界的窗口，从而改变你的人生。

阅读是求知，可以改变人生，善于读书，就会如阿尔多斯·赫胥黎所说："借书籍的力量来壮大自己，倍增自己的价值，使自己的生活变得更充实、有意义和多姿多彩。"

正如古谚语说的那样："有志者，事竟成。"有几个意志坚定的先驱者，如亚伯拉罕·林肯以及那些精力充沛的奴隶们，如福德里克·道格拉斯都超越了自己身处的几乎不可改变的逆境，掌握了如何从书中获取改变命运的方法。读书不仅改变了美国人的生活，而且改变了美国的历史进程。

读书可以把那些出身卑微的人转变成世界级的领导人，历史上有众多这类伟人的故事，他的故事之所以特别令人感动，是由于他们在学习读书的过程中所遇到的困难，在今天是难以想像的。现在，我们很多人无须再像他们那样，为了读书而付出巨大的努力。我们只需利用好我们现在所拥有的有力条件，而不要对它视而不见就行了。

谁也不会料到，哈利·杜鲁门能成为美国历史上有名的总统之一。他虽然没有上过大学，经历过多次生意也遭遇失败，先是经营农场，后来经营一间布店，在他最终担任政府职务时，已年过五旬。但常年的阅读使杜鲁门的知识变得非常渊博，并拥有坚如磐石般的价值观。在他14岁之前，他就从头到尾通读了好几遍《圣经》，他还一卷一卷地细读了《大英百科全书》，而且还阅读了所有查理斯·狄更斯和维克多·雨果的小说。此外，他还认真读过威廉·莎士比亚的所有戏剧和十四行诗等。

由于杜鲁门的广泛阅读，使他得到了丰富知识，最终使他能带领美国顺利渡过第二次世界大战结束后经济萧条时期，并使这个国家很快进入战后的繁荣。他懂得读书是成为一流领导人的基础。阅读还使杜鲁门在面对各种有争议的、棘手的问题时，能迅速作出合理的决定。例如，在 20 世纪 50 年代初，他顶住巨大压力把人们敬佩的二战英雄道格拉斯·麦克阿瑟将军解职。

他相信："不是所有的读书人都是一名领袖，然而每一位领袖必须是读书人。"

年过 89 岁高龄的彼得·德鲁克比许多 25 岁的年轻人都还活跃，他做过几个世界 500 强的大集团(如索尼、通用汽车公司、通用电气公司)总裁的特别顾问，他经常周游世界，此外，他还不断写书。至今为止，他已出版了几十部专著，而且大多数都成为畅销书。尽管很忙，他每天仍然挤出 3～5 个小时阅读，涉猎的领域极广。这是他年轻时就已经养成的习惯。

"每隔几年，我都会选择一个新的主攻课题，每日攻读，连续 3 年。"德鲁克率直地说，"虽然那样不能使我成为专家，可是足以使我基本了解那个领域，我已经这么做了 60 年。"

只要简单地推算一下，我们就能明白德鲁克先生为什么在 20 个不同领域都拥有极渊博的学问，从经济、英国文学到中国古代史等。德鲁克是"知识员工"的缩影，他用这个词创造性地描述了新经济中最具价值的资源——脑力资源。

"你的知识以及你的经验都是你的新财富。"德鲁克解释道，"那属于你，不属于你的公司。当你离开一个团队，你就带走了那份财富。"

"在我们这个新知识经济时代，要是你没有学会如何学习，你就会举步维艰。懂得如何学习，一半要靠你的好奇心，另一半则靠自律。"德鲁克的一生证明，保持阅读的自律在信息时代将会得到最好的回馈。

贝克·哈吉斯说："读书，比其他任何方式更能够在一瞬间改变你的生活；而且你从来不知可能是哪本书，在你生命的某个时候，能够敲开你的心灵，并激励你去尝试看起来不可能的事情。"

阅读可以通过洞察力产生力量，并立即转变你的人生，它还可以积聚使人生发生改变的知识。无论采用哪种方式，阅读都能扩大你的视野，并且以各种你所不能预测的方式使你成长。

阅读是如此有力量，哪怕是单独一本书，甚至一个简单的句子，都可能重新书写你的一生。阅读是如此有力量，它能让你停止走向死路，完全改变你一生的前进方向。

4 知识带来效益

这是一个知识经济时代，很明显，活化的知识能带来效益。

那么什么是活化的知识，什么是僵化的知识？其标准在于能否应用到实践中去。就算再高深的理论，再优秀的才识，只有能够在应用中为你带来效益，才是最有用的。

本田宗一郎说过："独特的发明创造，假如不能及时地提供给社会，将毫无价值。科技人员为什么如此受人敬重？因为社会需要他们。假如他们对社会没有任何贡献，就没有存在的价值。"

知识也是一样。假如不能为社会做出贡献，它也就没有任何存在的意义。

　　身处在经济生活的风头浪尖上的领导者，他更应该具备渊博的知识，这是实际工作中迫切需要的。更应该让活化的知识为所领导的团队带来巨大的效益。否则，将很难胜任当代的领导工作。

　　在摄取知识的时候，领导者不能不考虑其实用性、功效，应时时把社会生活中的各种难题、挑战记在心中，并与自己的知识储存结合起来，发挥其作用。

　　2002 年，三元化工宣告成立。这个由药厂与液糖厂合并而来的企业一诞生就问题成堆。每年需向国家上交利税 100 万元，多挣的才可以留成。所以，公司上下一门心思抓产量。结果产量上去了，发现质量水平太差，马上转攻质量关。于是聘专家，请顾问，改善工艺流程，加强科学管理，最后成本下降，质量提高，并在法国第 12 次化工产品博览会上获得了金奖。

　　可是下面的问题更严峻：由于市场基本已被其他品牌所瓜分、垄断，三元化工的"三元"系列产品很难挤进去，销售问题卡住了脖子。

　　而且有些地方为了保护当地产品在市场的垄断，根本不让商店购进三元化工的产品，有的地方甚至明目张胆地贴出告示：禁止出售外地产品。

　　营销成了关键。常见的营销只需通过各种媒体的宣传赢得商家的注意力，从而获得订单，然后依此向商家供货即可。可是三元化工的遭遇却使得领导者不能不摆脱常规的思维定式，通过运用全部的知识来谋划解开这个"死结"的方法。

　　查书籍，访名家，开会大讨论，私下做调查，三元化工的领导者费尽心机，终于豁然开朗：商家虽然是推销的对象，可消费者才最具有发言权。绕过森严壁垒的商家，只要赢得消费者的首肯，那就不愁没有市场！

　　就这样，三元化工放下大公司的架子，在当地租下几间房子作仓库，每天在闹市区做免费推销，并把"三元"系列产品与当地的系列产品的同样产品放在一起，写明两种产品的各种检验指标。由于"三元"产品的质量好，而且价格略低，获得广大消费者的肯定。

　　不怕不识货，就怕货比货。化工产品的竞争，归根结底要在质量、价格上见一比高下。经过比较，一传十，十传百，消费者迅速地认可并喜爱上了"三元"这个品牌，市场需求猛烈扩张。

商店的路走不通，就走批发商的路。许多批发商发现"三元"卖得那么快，纷纷进货。

原来密不透风、水泼不进的市场垄断，就这样土崩瓦解了。

假如没有正常销售渠道的阻隔，领导者就不会想到走其他的路子。面对困难，要是不善于调动自己的知识和经验积累，自然也就想不到这样的好点子。可见，有时一种特殊的经历，一个困难的境遇，更能让领导者从中得到有益的启示，更能让知识从思维的宝库中释放出来。

加速器可以使一粒很普通的带电粒子在运动中不断加快，达到可与光速差不多的高速度，获得几千亿电子伏特的能量，从而创造出各种奇迹。

其实，领导者的知识也需要这样的加速器来撞出它，激活它。而生活的挑战、困难的刺激，往往就是这样的加速器。

活化知识，就要求领导者们时刻把眼光投注到现实生活和工作当中。活化知识，将会让领导者如虎添翼。

第三节　创新是为了成长

创新是对传统的扬弃，是一种敢为人先、不断进取、求新求异的心理状态和思想意识。创新，才能打破腐朽的束缚；创新，才能及时把握和抓住机遇，审时度势。归根结底，创新是为了成长，这要求领导者具备一定的创新精神和创新意识。

1　创新促进成长

创新，是一个民族进步的不竭动力，是一个公司发展的源泉，是领导者必备的素质。

一、创新能力是新时期领导者的核心素质

"素质"是人从事一定活动必备的主体条件，包括生理素质、知识素质、心理素质、能力素质和思想政治素质等。由于社会阅历和个人修养不同，各方面素质有高低和大小之别，其中创新能力居于主导地位，成为核心素质。

由于领导者的活动具有综合性、复杂性、多变性的特点，所以，领导者的工作是一种创造性的活动。这种创造性的活动就需要领导者具有不断进取的创新开拓能力。尤其是在现代科学技术日新月异、市场信息瞬息万变的时代，工作的多变性和动态性尤其显著，形势复杂多变，机会转眼即逝。领导者如果不善于提出新问题，开拓新领域，就无法跟上形势的变化的节拍，只能使自己的工作处于被动。

因此，在新时期领导者的整体素质中，创新能力成为最重要的核心因素。而单纯的"有知识""能力强""会管理"等，已经明显不能适应现代经济和社会发展的需要，已经不是有效领导的关键。"有知识"，更要会创新，不能创新，知识再多也没有意义；"会管理"也要会创新，因为只有不断创新，才能实现有效的管理；在知识经济时代，"能力"主要表现为创新能力，假如不会创新、不善创新，就不能说是"能力强"。在不断发展变化的新世纪，开拓创新能力是领导者的首要素质，也成为一流领导者与一般领导者的最重要区别。

二、从五个方面培养创新能力

领导者应该从以下五个方面培养创新能力：

1. 培养科学的探索精神与批判精神

创新其实是对传统的扬弃。假如把传统视为绝对完善和神圣不可违反的东西，不敢越雷池半步，那就永远不会获得创新。现实中，传统往往是与"权威""上级""书本""经验"等紧密联系的。要创新，就要解放思想、实事求是，就要有怀疑精神和批判精神，并且做到不迷信权威、不

固守经验、不拘泥教条，"不惟书、不惟上，只惟实"。这里的"怀疑"，不是怀疑一切，而是遇事多问个为什么，不盲目相信和一味崇拜；这里的"批判"，也不是否定一切，而是指对事物采取客观分析的态度。有创新精神和创新能力的领导者，尊重知识，尊重上级，珍视经验，尊重人才，依靠专家，但又不迷信他们。当这些与实践发生矛盾时，他们又会真正从客观实际出发，尝试用新思想和新方法来解决遇到的问题，这就是创新。

2. 丰富的知识积累和较强的学习能力

知识与创新是密切相关的，不存在离开知识的创新能力。知识是能力的基础，一个人缺少某方面的知识，就不可能获得这方面的能力。创新是建立在既有认识成果(知识)基础上的。丰富的知识以及开阔的视野是创新的材料、基础和背景。知识越多，经验(经验广义上也是知识)往往就越丰富，产生创新的可能性就越大。缺乏最基本的知识，很难有创新。在知识经济社会，人类的知识朝着两个方向发展，一是爆炸性地积累和增长，二是急剧地更新和老化。工业经济时代，一个人在 4 年大学里所学到的知识基本可以受用终生，只有很少一部分会过时和老化。知识经济时代则不然，假如以现在公认的知识半衰期 6 年计算，一个大学生毕业时，其 4 年所学知识可能有大半已经老化。知识渊博的人要是不再学习，很快就会变成一个知识贫乏、孤陋寡闻的人。知识经济时代是一个学习型时代。领导者只有站在时代前列，善于学习和不断学习，掌握所需要的知识和专业技能，才能跟上时代步伐，不断进行观念创新和实践创新，要不然，就会被不断变化的时代所淘汰。

3. 强烈的创新意识和多维的创新思维

创新精神与创新意识是一种敢为人先、不断进取、求新求异的心理状态与思想意识，它们是创新活动的前提。具备了创新精神和创新意识，才能主动研究新情况，解决新问题，开拓创新；才能及时发现和抓住机遇，审时度势、推动创新；才能自觉克服思维定势的消极影响；才会自觉地把国家政策和上级指示与本地区本单位的具体实际相结合，在"结合"中创新。有些人虽然学富五车、满腹经纶，却不曾有丝毫创见，一个很重要的原因就在于他们缺乏创新精神和创新意识。

当然，具备创新精神和创新意识并不一定就能创新。要创新还必须具备创新思维。创新思维是在一定知识、经验和智力的基础上，灵活运用各种思维方法，是一种创造新的思维成果的思维活动。创新思维是求异性思维，它不满足于常规的思维方式和方法，不满足跟在别人后面亦步亦趋，而是在求异求新中发现新的思想火花，抓住改变现状的契机和机遇；创新思维又是整合性思维，它运用新的思路和方法，对已有知识和经验进行融合、迁移和应用，从而创造出前所未有的新成果；创新思维还是联想性思维，它通过横向、纵向、逆向以及超时空联想等多种形式，加以引申或移植，产生新的思想，找到解决问题的新举措。领导者要不断进行观念创新和推动实践创新，就要不断地进行创新思维训练。

4. 健康的个性和独立性

个性是个人比较稳定的心理和行为特征的总和。由于人们在生理素质和生活经历上存在差异，每个人都有不同于他人的独特性。独立性是指主体具有自主性，在思考和行动时自主、自由作出决定，不受他人的干扰和支配。创新与个性和独立性是密切相关的，因为创新虽然是社会和认识发展到一定阶段的必然产物，但开始的创新总是由个别人做出的，需要个人的独立思考和创新思维。没有独立思考，就没有创新。

5. 高瞻远瞩的战略思维能力

就范围和社会影响的不同，创新分为局部性创新和全局性创新、战术性创新以及战略性创新。而全局性和战略性创新是根本性创新，它不能离开对全局的观察、了解和把握。只有站在全局的高度，把握事物的本质、规律和发展趋势，才有可能进行全局性战略创新。

领导者的创新主要是战略性创新。他不同于一般科技人员和普通员工，更不同于文学家和艺术家。他们是管全局的，其主要职责是对整个团队的运转和发展进行战略谋划，提出发展的大思路，制定相应的政策、策略和措施。因而特别需要培养训练驾驭全局、高瞻远瞩的战略思维能力。战略思维能力是一种综合能力，既包括洞察全局、透过现象抓住本质和规律的能力以及运筹帷幄、驾驭全局的宏观把握能力，还包括审时度势、当机立断的决策能力，以及高瞻远瞩的预见能力，又包括发现、把握、利用机遇的能力以及以四两拨千斤、用重点局部推动全局的能力等。

2　锻炼五种创新能力

领导者的创新能力不能局限于一点、一个方面，要具备以下五种创新能力，才能全面提高工作效率。

一、观念创新

领导者的观念是开展工作的指导思想。要持续发展，关键在于观念的开发以及思想革命。观念创新是领导者创新的关键。

观念的创新和转变，要求领导者改变原有的思维模式，而人的思维模式具有相对稳定性，要求必须从根本上对其进行大刀阔斧的变革才能实现观念的创新与转变。在此基础上开展工作，才能创造出前所未有的辉煌。

要做到观念创新就必须通过不断地学习，"学习与读书是转变思维模式的基本手段"。不学习、不读书就难以接触新思想，也难以形成新策略和正确决策。

二、技术创新

技术创新是决定一个公司经济竞争力的重要因素，在当今这个知识经济时代比以往任何时候都更加迫切。

1. 传统的靠增加数量、粗放质量的增长方式已不适应当前市场经济发展的要求，需要我们走以创新——新产品、新工艺和新服务来促进经济增长的道路。

2. 传统的靠引进来发展的模式已受到严重挑战。

3. 在我国，随着市场经济体制的最终建立，国内外竞争将日益激烈，企业只有创新才能摆脱粗放经营的道路。

三、组织创新

对领导者来说，组织是领导开展工作的依托，组织创新尤为重要。

组织结构反映的是组织内任务分组、上下级的关系以及授权形式。组织结构的情况直接决定了组织中正式的指挥系统和沟通网络，它不但能影响信息材料流通、利用的效率，而且还会影响组织中心、社会等方面的功能。

与任何生命体一样，组织有生命周期，有产生、成长、成熟和衰亡的过程。要想延长组织的生命周期，增强其生命力，就必须不断地对其进行调整、变革和创新。

组织变革、创新的根本目的是寻求其自身的生存发展。为了这一根本目的，就可从改革组织适应环境变化的方法，改革员工的态度、作风、行为方式着手，从而提高组织的适应能力。在企业发展的不同阶段，其组织结构也必然要随之发生改变，从而使企业适应自身发展的需要。

而企业组织变革、创新的目标就是要组建一个有机弹性的组织机构。这种机构是指企业未来的组织机构应以有机和弹性为基本特征，从而适应变化的环境。有机就是生命力，即该组织机构是学习型组织机构；有弹性表明有伸缩力，即该组织能够自我发展与变化。

四、制度创新

传统的制度严重制约了企业的成长壮大，所以，领导者最重要的使命就是改变先前以强制和约束力为主的严格管理制度，代之以民主、信任和激励为主的新型管理制度。

对于我们国家，规范合理的管理制度指的是融"情、理、法"为一体的中国式管理制度。它既体现规范性又应体现合理性，还得带有人情味，因为企业管理归根到底是对人的管理。

成功的领导者最大优点就是能充分认识到人的作用，最大限度地调动与激励员工的积极性与创造力，这一切都必须靠合理的管理制度。

五、管理创新

管理创新本身是随着经济发展、技术进步导致企业生存与发展问题解决的需求而产生的。管理创新在领导工作中有着极为重要的作用。

可以发现，任何创新活动都离不开管理创新，管理创新在企业发展中的具体作用主要表现在：降低交易成本，提高企业效率，有助于管理的形成。

3 让创新永恒

创造力人皆有之。但是，由于个人的经验、知识、思维方式等的局限性，往往会影响个人创造力的发挥。假如将许多人聚集在一起，使他们的意见和想法在一种活跃、热烈和自由的气氛下交流和碰撞，超越由单一模式形成的思维障碍，将扩大新创意产生的可能性。

所以，头脑风暴主持者应尽可能激起与会者的思维"灵感"，让他们在无形中形成一种急于回答的迫切性。一般情况下，主持者在"头脑风暴"开始时采取询问的方式，因为主持者几乎不可能在会议开始5分钟内就创造出一种自由交换意见，并使参与者大胆发言的活跃气氛。

因此主持者的一些主要活动也仅局限于会议开始的一段时间，而当气氛活跃起来后，新的设想就会源源不断地涌现出来。

此时，主持者只管根据"头脑风暴"的原则进行适当引导即可。发言越多，意见就可能越多，所论问题也会讨论得越广、越深，则出现有价值的设想的概率就越大。

而且会议提出的设想应有专人做记录，并在会后由分析组对会议产生的设想进行科学、系统地处理，以便下一个环节的使用。通常系统化处理程序指的就是以下几条：

1. 根据所提出的设想制定一张名称一览表；

2. 用通俗易懂的语句描述每一设想的主旨；

3. 重点分析一再出现的和互为补充的设想，并在此基础上将它们有机结合成新的综合设想；

4. 提出对设想进行评价的准则。

在决策过程中，按照上述方法提出的系统化的方案和设想，还需采用质疑头脑风暴法进行质疑和完善。这是该方法中对设想或方案的现实可行性进行估价的一个必不可少的环节。这一过程中一般需要经过如下三个段阶：

首先，要求与会者对提出的每一个设想都要进行质疑，进而全面评论。评论的重点包括影响设想实现的所有不利因素。在质疑过程中，也许会产生一些可行的新设想。这些新设想包括实现设想过程中可能存在的各种限制性因素，以及排除限制因素的一些建议。其结构通常是："X 设想是行不通的，原因在于……如要使其可行，则必须……"

其次，根据每一组或每一个设想，制定一个评论意见一览表和可行设想一览表。质疑头脑风暴法不允许对存在的设想提出肯定意见，而鼓励提出批评或新的可行设想。

在进行该方法时，主持者应首先概括介绍所讨论问题的主要内容，以及各种系统化的设想和方案，使与会者的注意力集中到对所讨论问题进行全面评价上。质疑过程应该一直进行到没有问题可以质疑为止，而且对质疑中提出的所有评价和可行设想，应该进行专门的记录。

再次，是对质疑过程中所有提出的评价意见进行全面分析，以便最终做出一个对解决所讨论问题切实可行的设想一览表。至于对评价意见的评估，在质疑过程中非常重要。因为在质疑阶段，重点是讨论影响设想实施的所有限制因素，而这些限制因素即使在设想产生阶段也应该被放在首要地位予以考虑。

最后，由分析小组负责处理和分析质疑结果。分析组最好要包括一些有能力对设想实施作出较准确判断的专家。要是必须在较短时间内就重大问题作出决策时，吸收这些专家则能够大大提高工作效率和质量。

需要注意的一点是，实施头脑风暴法的成本是非常高的，同时，头脑风暴法要求参与者在各方面都要有较高的素质和相当的知识水平。所有这些因素的满足程度都会影响头脑风暴法实施的效果。

头脑风暴法作为一种创造能力的集体训练法，将一个组的全体成员紧密结合在一起，使每个成员都毫无顾忌地发表自己的观念，既不怕别人的讥讽，也没有别人的批评和指责。因此，它是一种使每个成员都能提出大量新观念、积极发挥创造性解决问题的最有效的方法。为了达到这种效果，在实施过程中要把握好以下四条基本原则：

一、排除评论性批判

即对别人提出的意见的评论要放在以后进行，此前不能对别人的意见提出批评和评价。认真对待每一种设想，而无论其是否适当和可行。在此过程中不裁判，强调"宽松"。

二、鼓励自由想像

会议中提出的观念越荒唐，可能越有价值。欢迎各抒己见，鼓励自由发挥，创造一种积极的气氛，激发与会者提出各种新奇的想法。头脑风暴法是为了克服阻碍创造性方案的产生的一种相对简单的方法。它通过一系列思想产生过程，鼓励人们提出各种种类的方案，同时禁止对各种方案的提出批评。在这里它追求"奇"，也即"新"。

三、要求提出一定数量的观念

提出的观念越多，获得有价值的观念的可能性就越大。从不忽视来自任何微弱声音中的建议，所有的主张都应该被记录下来并予以考虑。

四、探索研究组合与改进观念

除了要求与会者本人提出设想以外，还要求与会者思考，按照他们的想法怎样做才能将几个观念综合起来，以便形成一个新观念，或者探索取长补短和改进办法。除提出自己的意见外，鼓励与会者对他人已经提出的设想进行补充、改进和综合。

实践经验证明，头脑风暴法能够排除折中方案，对所讨论的问题通过客观、连续的分析，从而形成一套切实可行的方案，因此，在企业决策中有着广阔的应用前景。

4 创新让你更具生命力

有创造能力的领导者，往往在个人气质、情绪、动机、习惯、态度、观念以及才能诸方面，具有一系列特质，概括起来主要包括以下几个方面：

主动和好奇：创造力强的领导者的兴趣一般十分广泛，对任何事物总有一种好奇心理。大发明家爱迪生就是一个对什么都感兴趣的人，他不知道孵鸡蛋是怎么回事，就自己坐在鸡蛋上想孵出鸡来，虽然这听起来荒唐，但实际上反映了他强烈的好奇心。可是这些人并不是只对新鲜事物有强烈的求知欲，而且对那些在平常人眼里非常正常的事物也产生好奇。

敏感：创造力强的领导者对自己周围发生的一切都十分敏感，能从平凡的事例中找出问题的关键所在，能够找出实际存在的和理想模式间的差距。敏感的领导者往往能从别人未注意到的枝节中捕捉到非常有用的信息，并巧妙地利用这种信息推动事业的发展。

变通性：创造型领导者的思维十分活跃，善于举一反三，也经常提出一些怪异的想法。通常别人想不通，但时间一长就会发现其高明所在，领导者不但自己要锻炼成这种人，还要注意发现和保护这种人才。

自信：创造型领导者通常具有较强的自信心，没有自信，他们就不敢提出自己的创意，自然难以成为创造型领导者。他们有良好的直觉，而且屡获成功更使他们相信这种直觉。

耐力：一个创造活动的完成，一般都需要百折不挠、持久不懈的毅力和意志。抓住目标后锲而不舍，不到最后决不罢休。特别是在客观环境特别复杂、而对问题又百思不得其解甚至寝食不安之时，有没有耐力对一位创造型领导者就显得更加突出了。

丰富的想象力：思想中的新观点来自合理的想象，有时会来自幻想或偶然的机遇。想象力丰富的人联想多，幻想奇，从而有利于揭开创造的序幕。

勇气与胆略：有创造性思维的领导者常常有胆识，他们有足够的勇气表达出自己的观点与想法。

然而，创造力不是天生的，至少高超的创造性思维不是天生的，每个人想要拥有它，就必须不断加强这方面的锻炼。

从个人心理上来说，有三大绊脚石阻碍创造力生成，那就是畏惧、过分的谦虚和懒惰。

首先是畏惧，畏惧就是对自己不敢把想像表达出来，怕遭到别人的嘲笑或惹来"不必要"的麻烦。当以后的事实证明他的想法确实不错时又悔之晚矣！哥白尼说过："人的天职在勇于探索真理。"而马克思也说过："在科学上没有平坦的大道，只有不畏劳苦沿着陡峭山路攀登的人才有希望达到光辉的顶点。"有畏惧思想的人老是怕犯错误，惹麻烦，因而领导者要是有什么新的创意不必担心会遭到什么非议，尽管大胆摆出来，同时还要鼓励组织成员发挥创造力，提出各自的见解和建议。

其次是自信心不足，说得委婉一点就是过分谦虚，和谦虚不一样，过分谦虚完全失去了应有的原则，在别人与自己都提出某种设想时，总认为别人的比自己好。这是领导者的大忌，因为这种领导者非常软弱，缺少能力，不敢与别人去比高低，很难令人信服。而这样的员工多了，领导者的日子也难过，整个组织没有活力，没有拼搏的氛围。领导者首先自己要有足够的自信，还要帮助组织成员树立自信，充分发挥他们的创造力。

还有一点就是懒惰，这里提到的懒惰主要是指心理上的懒惰。因为原有事物的存在而失去了创造的热情，其实很多人都会犯这种错误。"懒得动它，凑合着用吧"，正是这种心理使个人的灵感无法激发。而且懒惰与愚蠢二者有不解之缘，凡懒惰成性者大多都愚蠢。懒惰表现在工作上就是疏于改进与创新，习惯认为现在的状况甚佳，在别人改动之前发现不了问题，别人一改动才恍然大悟。巧妙的创造来源于勤奋的知识积累。懒惰、侥幸反而没有创造力，有时甚至会误入歧途，违反科学道德。显然，具有这样的心理素质的人，是难以拥有柔性领导力的。

第四节　全面发展才是真的成长

成长的过程就是一个不断获得知识、不断改变自己从而发展自己的过程，人无完人，但人却一直在全面发展的道路上不断成长，获得驾驭事情的能力。

1　知识就是力量

一个优秀的领导者会让他的所有员工，不论在哪一个阶层都能有系统地接受各种训练。这不只是关心他们，而且也是因为这么做能带来经济效益的。显然，受过训练的员工，在工作中会表现得比那些没有经过训练的同仁要杰出得多。

在培训员工方面，可借鉴以下 11 条黄金法则：

1. 拟定出人才训练书以支持各种业务计划

领导者需要一个适当的人选，能在适当的地方、适当的时候，具备适当的知识和素质，执行你的计划，并使它们圆满成功。

2. 有系统地开发小组内的每位成员

要是你不这么做，那些最有潜力的人才迟早会离开。

3. 对新员工用工作说明书当作第一次训练

仔细思考一下他们需要具备的知识和技能是什么，以及应如何才能帮助他们获得这些知识以及技能。

4. 指定专人负责帮助新人

要听到新人在说"我们"时，是指你的团队，而不是那个他们刚刚离开的公司。

5. 让员工通过自身的理解去学习，尤其是看和做

光说不做是不行的，要以实际行动做给他们看，并让他们亲自动手做练习。

6. 培训人才以保持竞争优势

以市场上占有绝对领先地位的 IBM 公司为例，该公司的人才培训计划，是希望公司里的 40 万员工每年都能暂时抛下手边的工作，接受为期10 天的在职训练。

由于公司业务日益蓬勃发展，新产品、系统、政策和市场等因素都可以刺激人才培训的需求。培训工作是永无止境的，没有了它就没有成长可言。

此外，从长远的角度来看，未来公司改变的几率有增无减，这将使人才培训的需要大增。

7. 人才培训的重点在于强化优点、纠正缺点并发展潜能上

帮助员工把训练当成一种令人兴奋的机会，而不是令人不悦的待遇或是变相的惩罚。

8. 重视对客服的培训

对所有必须和客户接触的员工，不管其接触方式是面对面、利用电话还是信件往来，一律要接受训练。

9. 注重员工的潜能的发掘，助其晋升

以工作企划或工作派任方式，发掘和评价员工的分析能力和领导技巧，以观察和测试出最适合晋升的人选。

向员工说明需要的内容有哪些，然后请他们将重点重述一遍，以确定他们是否理解。为了帮助那些缺少经验的人，你要请他们下次来的时候把他们的企划方案带来，以了解他们的进度和状况。并询问一些问题："你打算要怎么做……""那么这一项你觉得……""要是是你，要怎么做……"

10. 利用工作轮调的方式，增加杰出人员的各种工作经验

对那些有潜力、有前途的人来说，他们需要尽可能地增加经验，以了解团队里不同部门的工作领域。

以日本公司为例，对一个非专业的经理人的培养，需要一段非常长的时间，以证明他的能力，并等到那些由他们决策的事情结果出来之后，才

能决定其是否有机会升任为经理。要完成这一整个阶段，可能至少要花一两年的时间。

11. 人才的培养目的是将知识和技能转移给员工

培养的目的是帮助工作小组里的每一个成员都能发挥他们的潜力，从而共同创造公司的利益。要是你能帮助你的员工，让他们变得更有信心、更有主张、不再害羞而且更加独主，那何乐而不为呢？

而且随着员工对个人的信心逐渐增加，人格特质也会慢慢地在他们的身上展现出来，而这对扭转初期一些不利的条件、状况，将会有所帮助。

领导者要用心培养你的员工，因为他们的成功就意味着你的成功。在企业或公司管理一个工作小组，就跟在运动场上带领一支球队一样，要是不好好规划员工的培训工作，那是绝对不会成功的。

2 时刻充电

非学无以广才，非学无以明智。对于企业领导者来说，知识素养尤为重要，因为在实施领导行为的过程中，知识素养决定着领导者的思想观念以及思维方式，而思想观念和思维方式又决定着行为方式。只有具备了丰富的知识，领导者才能具备和提高自己观察分析、组织交往、判断决策等诸多方面的能力。所以，知识素养是领导的成功基础。

一个人的知识素养通常可以通过他受教育的程度来加以衡量。有人查阅了当今国际人物的相关资料，发现在当今政治、经济、军事、外交、学术、文化等社会各界的领导人中，受过大学以上教育的约占 71.9%，大专占 5.1%，中学 2.5%，而自学成才或学历不清楚者仅为 2.4%。

企业的领导者必须有广博的知识，但这并不是说领导者应当成为万能博士。事实上，在浩如烟海的现代知识海洋中，没有人可以通晓一切。假如对自己应具备的主要知识素养没有明确的认识，就算再勤奋学习，也可能事与愿违。因此，正确理解和设计自己的知识结构，能帮助领导者明确努力方向，提高自身素质。

领导者的知识结构应当由基础知识、专业基础知识部分构成。

1. 基础知识

领导者必须认真学习政府制定的有关中小企业方面的方针、政策，尤其要注意的是，中国加入 WTO 后，政府对相关政策、法律和法规方面的修订和出台的新政策等。领导者还要学习和掌握一些社会科学知识，至少要懂得这些学科的基本常识。还应该密切注视世界科技新成就、新趋势，以开阔自己的视野，明确发展的方向。

2. 专业基础知识

领导者的专业基础知识，大体上可分为两大部分，第一部分是企业管理专业知识，第二部分是成才创业知识。

领导者提高自己的知识素质应注意以下两点：

(1) 知识要不断更新

当今知识经济时代，瞬息万变，知识素养的重要性就格外突出了。在这个知识急剧爆炸的时代，仅 20 世纪 60 年代的这 10 年时间里，人类的发明创造已超过过去 2 000 年的总和，知识转化为直接生产力的时间和过程大大缩短。加上新兴学科大批涌现，知识的陈旧率大大加快，作为企业领导者只有不断更新自己的知识，才能跟上时代的步伐。

(2) 知识结构的合理化

知识素养还包括知识结构的合理化。要是把知识比作营养，营养本身是不能保证身体健康的，必须通过合理的营养结构才能达到健康的目的。缺少合理的知识结构，即使学识再高也无济于事，甚至是危险的。

3　做一个有驾驭力的领导

能否成为一个成功的领导者，一方面是要有突出的工作能力和竞争意识，努力使自己的愿望变为现实；另一方面则要有高超的驾驭员工的能力，这样使每一个员工都人尽其才，才尽其用。没有员工的功劳和成绩作根本保证，领导者的工作等于零。

不要整天因为笼络不到能够促进团体发展与进步的人而忧心忡忡，也许有不少的有能力的人就在你的员工里面，要是能够将其潜力善加挖掘，他们的能力就会很好地发挥出来。昔日以论辩善长的毛遂就是通过自己向平原君赵胜推荐的，而为信陵君窃得兵符，败退秦军的侯嬴以前只不过是城边的一个看门人。不要以为那些经常沉默不语、几乎找不出一点儿优点的人就一无是处，关键还在于领导者的塑造和点拨。就像一块粗坯，在不懂的人眼里只是一大块废物，但是它一旦落入慧眼识英、技艺高超的工匠手下，它会变成晶莹剔透、惹人喜爱的美玉。是美玉还是废物，关键在于你的手法如何。

你有无数个员工，每个人都有不同点，或性格有内向外向之别，或学历有高低之分。他们的无序组合构成了一个芜杂繁乱的团队，你就是这个团队的领导。要想使这个团队出成绩，你一方面需要激发每个员工的创造力，另一方面还要实施统驭才能，使其有团结一致的合力。那么，怎样进行有效地统驭呢？

若论治军才能，三国时的战略家诸葛亮可谓是其中的高手，单从挥泪斩马谡一事即可见一斑。马谡由于大意，失街亭之后，西蜀屏障全无，诸葛亮当即决定将马谡斩首示众。可是到临刑之际，诸葛亮却又痛哭流涕，细数马谡的优点，感动得马谡也痛哭失声，如遇爹娘知己，而后毫无怨言平心静气地死亡，全军将士也都为诸葛亮的执法如山和体恤下属所感动，自当效死捍卫蜀国。这正是诸葛亮的高明之处。要是马谡失街亭之后，他先是大哭一通，而后再冷脸斩马谡，那么情形就不同了。估计有很多人会以为他这是在猫哭耗子假慈悲，军心也必然会由此涣散。

高明的领导者应该做到赏罚分明。先是严明纪律，然后再讲人情味，这样才会使威慑力和情感力良好地结合起来。不能一味地求人情味，也不能一味地讲严，更不能本末倒置，否则就会失去领导者应发挥的作用和自身的威信。

员工都希望自己的领导者不但要有出众的才能和出色的运筹帷幄的决策能力，有大将风度，责人宽、责己严，不偏袒，要有人情味，更要在工作中起到表率作用。而且领导者对员工的赞扬和认可常常会产生意想不到的效果。假如你曾经对一个下属批评指责过无数次，那么你的一句肯定、一次赞扬可能会使以前的批评指责荡然无存，他会带着你的这份赞扬毫无怨言地尽心尽力去工作。

作为一个领导者，要掌握苛责和感情输入的良好运用。过分苛责，员工会认为你不近人情，缺乏理解，从而产生逆反心理，消极怠工，不愿干出成绩；感情输入过分，会使你显得比较软弱，缺乏应有的威慑力，员工也会对你的命令或批示执行不力，甚至是置若罔闻。那么怎样才能更好地把握这个尺度呢？

1. 要记住赞扬是必要而且有效的，哪怕是员工只是有了一点小小的进步，也不要忘记对他表示你的赞扬和认可，所以不要吝啬自己的赞扬；

2. 要成为言出必行、言而有信的领导者，因为这样的领导者更容易产生威慑力。制定的规章制度，一经成形并得到员工的认可就应产生效力，无论是谁都必须该按制度办事。当然，你自己应当首先遵守；

3. 赞扬要尽量简短，不要说起来不停，那样就会失去赞扬的效果；

4. 某些自己可以做的事情就尽量自己去完成，不要总是麻烦你的员工；

5. 地位和交流同等重要，整天板着面孔并不能增加你的领导魅力；

6. 给员工以惊喜。你可以在大家都想不到的时刻请大家吃顿饭，为某个员工开个生日聚会，甚至以私人身份突然敲开员工的家门。但注意这些行动不要过多过滥，否则员工会以为你这是在刻意收买人心；

7. 不要以为自己是全知全能的，你可以从员工身上学到很多东西；

8. 工作之余，员工们难免会聊上几句，谈论一会儿大家都很关心的问题，你也可以参加，但不要忘记你是领导者，所以这样的"小型座谈会"应该由你首先决定在合适的时候结束；

9. 不要因为两次类似的失误而完全否定个别员工的能力，谁都有过犯错误的经历，而且相同的错误并非不会再犯第二次。假如时机允许，你可以把任务交给他一个人去完成，这样，他会更加谨慎小心地完成这项他认为来之不易的工作。

你交给员工去完成的工作非常多，你也不可能有那么多的精力一一过问，所以其完成的结果可能并不能与你预想的相一致，遇到这种情况，不要只是一味地对员工大加责难。只要事情有所成而没有搞砸，那么你就有必要进行表扬。

基恩是美国新泽西州的一家证券公司的经理。虽然他很年轻，但他的经营业绩却比许多在证券业发展多年的经理人都要好，而且他的员工们也个个精明强干，都能很好地完成自己的业务。基恩的工作就是进行统筹调配，搞好整个公司的宏观把握。许多公司都想从他的身边挖走他的助手，但没有公司成功过，他们好像粘在一起似的，是一个具有极强凝聚力的团队。

那么，是不是他和他的员工都比别的从事证券业的人更有能力呢？从基恩自己的叙述中我们即可了解详情：

"很多人都以为我们的公司员工个个都非常出色，其实这是错误的，在很多时候，这些愣头愣脑的家伙都把交给他们的工作弄得一团糟，搞得客户对他们非常不满，我就得放下手中的活计为他们填补这个漏洞。有时我就想，我这是在干什么呢，简直是费力还不讨好，我甚至想解雇他们，但最终我还是忍住了自己的脾气。

不要以为我会因此饶恕他们，我会狠狠地批评他们一顿，有时把他们说得一无是处。但是我仍旧会把工作交给他们去做，而且对象仍是他们所得罪的那些老客户。自己惹下的祸事得由自己亲自来搞定，否则就可以退出，我不会阻拦的。我会在自己认为最合适的时候把我的夸奖毫不吝惜地分给他们。至于物质奖励，我也擅长，我让他们自己决定应该获得物质奖励的人，而他们的选举结果也往往与我的想像大致相同。

我不以为自己做得很出色，应该说我应该是付出了比别人更多的努力。我相信"一分辛劳、一分收获"的古训，而我的员工们也非常赞同这个观点。"

该强硬的时候必须强硬，该温情的时候则必须温情。员工的潜能究竟有多少，有时连他自己也弄不清，而能够使其尽情发挥的原动力正是你的正确而有效的方法。使其感到尊严的存在却又承认你的领导地位，同时让他明白工作不单是为他个人，也是为了整个团队，这样就能使员工更好地努力工作。

如果有一天你一觉醒来，觉得自己的情绪非常糟，甚至连你平常很爱护的妻子和孩子都看不顺眼，总想和他们发一顿脾气，那么你必须不停地提醒自己，切莫发火。假如可能的话，你可以找自己最亲近的人倾诉一番，或者找个合适的机会把心头郁积的火气发泄一下(比如在一个空旷无人的地方大喊大叫一番)。千万不可带着这种郁闷烦躁的情绪去工作，否则你的员工将会遭殃，他们也会因此逐渐丧失对你的信心。因为你连起码的自控能力都没有，就更不用说成为一名优秀的领导者了。

有时候精神烦躁，心绪不宁甚至坐立不安是烦重劳动的负效应，这是很正常的，你不要因此就断定自己是成就不了大事业的人。遇到这种情形，最重要的是你要先设法使自己平静下来，然后再去考虑其他事情。作为一个成功的领导者，不能靠情绪统驭你的员工，而要依靠你的头脑、智慧及你的分析能力。

员工们所怕的不是你狠狠地责备他们，而是不给他们以表现自己的机会。所以对于员工，责备、批评和承认以及赞赏同等重要。责备和批评能够激发员工改进的热情，而承认和赞赏则恰恰能激发员工创新和进取的欲望。古代有许多杰出的军事家和领导人物，一方面他们有着超群的指挥作战才能，另一方面也有着高超的统驭员工的能力，这些员工肯为他们做一切可以做的事情，哪怕牺牲自己的生命。关键是他们能够融情于理、于法，法情并重，情理并重。

第五节　最大限度发挥自身优势

并不是任何领导者、任何团队都能最大限度地发挥自身优势的。而优势的发挥是要靠实力，这往往表现在非常高的效率、超强的信息搜集能力等。

1 用实力说话

用人有许多方面，提拔只是其中之一。松下提拔人才有什么要领呢？松下用人的一个基本原则就是"适才适用"，即不受年龄与性别的限制，完全凭自己才干、品德、经验来衡量，从而决定升降。

但是，鉴于日本论资排辈的传统习惯的影响，松下认为依上述原则提拔的人才也不应该草率。因此，在强调适才适用的同时，也要考虑按年资考绩的提升，即把提升机会与服务时间的长短挂起钩来。和年轻人比较起来，年长者由于经验充足，他们的年资和经验这两项，很容易受到年轻人的爱戴和拥护，所以对公司的业务也是非常有帮助的。

年资考绩和适才适用，各有优缺点，那么怎样协调二者呢？松下凭着多年的经验提出了一个比例，即在提升时，考虑的因素中年资占70%，才能占30%，这样的比例比较合适。

假如是相反的比例，就可能因经验不足而不利于工作的进行。

虽然年资、才干的比例之和是100%，但是，提拔一个人的时候，并不可能做到100%的把握。

因此，有时候为了公司的前途和业绩要敢于冒一些险。在实际工作中松下公司就实施这样的制度，他认为，要是确信某人有60%的能力，便可以试着把他提拔到更高一级的职务。其中这60%是判断，而剩下的40%是下赌注。应该注意的是，有些人看起来只有60分，但由于公司的信赖和鼓励，往往能极其出色地完成工作。

松下经验告诉我们，有年资的员工容易令人信服，而年轻员工被突然提到高职，结果可能就不是如此了。因此，在提拔有才干的年轻人时，不仅只是提拔，还要加以扶持。就是说，还要在提升的同时给以切实的支持。松下的做法是，把年轻人提升为科长时，还必须让科内资格最老的职工代表全体科员向新任科长宣誓，即当某人接受科长的职务后，他要向部属致词："我现在奉命接任科长，请大家以后多多指教及帮助。"接着由科内资格最老的科员，代表全体致贺词，并说："我们誓言服从科长的命令，勤奋地工作。"这样，新任科长的威信很快就能提高。

也正因如此，经营者才更能感受到生存的价值，生活更有趣味，在逆境中也才会有转机。

这些观念，就如同运动能促进血液循环一样，能够使自己在忙碌的工作中忘却疲劳。对员工的奖赏也在松下的用人经验之列。他研究了历史上各种奖赏性质与特征，他看到，有时候功劳是和才干相称的，所以提级晋升是应当的；有的时候则不然，可能发生功劳、才干和职位脱节的毛病。

经营之神松下幸之助吸取了种种经验教训，形成了自己对奖赏的一套方法。松下本人是松下电器的创始人，功劳自然是巨大的，才干也不凡。不过，在他年事尚不算高的时候，便急流勇退，让位给更有才干、有精力的年轻人，而不是躺在功劳簿上。他这种行为，无疑对那些同样对松下电器有功的人员一种很大的促动。这样，就可以让那些很有功劳却欠缺才干或精力的人愿意及早离开岗位，让那些卓有才干、精力充沛的人走上高位。这正是企业发展的生命力所在。

一般情况下，对有功者应给以"俸禄"，在公司也就是要给予奖金。

事实上，对那些有功者以高职回报的做法是不合理的，高职应与高能力配合。假如不是这样，结果是显而易见的。任何一个经营者都不能囿于成见和习惯势力的压迫，而委高职于才能平平或者无才的功臣。虽然这样做比较困难，但为了公司的前途，非如此不可。

松下非常信服日本政治家西乡隆盛的一句格言："对国家有功者应给以俸禄，但不能因为有功劳而给予高职位。该给予高职位者，必定是具有与职位相匹配的能力与见识者。若将职位给予有功劳而无识见者，国家势必会衰败。大家都知道，日本民族是东方文化的代表之一，东西方文化的差异，在他们的身上显得更加明显。就企业经营管理来说，日本与西方式经营管理相比，有着显著的差异。其中之一，就是用人问题上的差异。"

在西方式经营管理代表的美国，没有传统文化的束缚，年龄、资历等因素在他们的社会生活中并没有那么重要。而日本则不同，无论社会生活的哪个领域，年龄、资历都会受到重视的。与中国的"论资排辈"相似，日本有"年功序列制"，工作时间及旧有的贡献，都是加薪、提职的重要条件。就算是开明的松下幸之助，对此也不能完全随心所欲，同样他也有极多无可奈何的时候。

但是松下还是明智地看到了年轻人的力量，主张"实力胜于资力""让年轻人任高职"。

松下之所以提出这样的想法，有其生理的、社会的理论依据。松下认为，一个人，三十岁是他体力的顶峰时期，而智力则在四十岁时最高。

过了四十岁这个阶段，智力、体力就会下降，慢慢地走下坡路。尽管这并不是绝对的，但大体情况如此。因此，职位、责任都应与此相适应，这才是合乎规律的。

对于资历、经验，当然是年长者多一些，但这并不等于"实力"。松下所谓的"实力"概念，是很有意味的。他认为，有实力者，是那些不仅能知而且更要能行的人，知行合一，才是实力的象征。老年人也许能知，但往往力不从心，未必能行。所以相对来说，还是三四十岁的人更具实力。有实力的人，当然应该委以重任。

不过，一个大公司由于需要有各种各样的职位，其中有一些还是非常适合老年人的。但面对困难时的攻坚、冲刺，就非用年轻人不可了。松下认为，当国家遇到困难、公司遇到困境时，需要发挥年轻人的力量才能突破难关，正是因年轻人具备那些条件。

同样，创新也不能离不开年轻人，这是与人在各年龄段的生活观念相联系的。人的眼光由于年龄的区别也会不同：青年人向前看，中年人四周看，老年人回头看。因此，老年人相对更加保守，给他们创新的任务显然是不合适的，相反，这项使命应该放在年轻人的肩上。

但是，根深蒂固的东方文化传统，并不轻易能让年轻人脱颖而出。松下深知此点，因此，他想出了一个缓冲的办法，那就是经常听取年轻人的意见。松下在决定一件事的时候，往往要先听取年轻人的意见，亲自向他们问询。要是年轻人直接把自己的意见出来，即使正确并富有建设性，也会因为人微言轻结果往往不被采纳。但要是公司首领征求他们的意见，用经营者自己的口说出来，那份量就不一样了，这就是巧妙的领导艺术了。

松下非常看重和欣赏这种技巧，他认为年长的企业领导，应该结合年轻人的智慧巧妙地推进工作。

2 小处入手，追求效率

再大的事物都是由小事物构成的，成大事必须从小事做起，一屋不扫又何以扫天下？

从小处入手，慢慢地改变沿袭已久的运作方式，无疑能给员工带来一种新鲜感，从而促使他们以新的精神面貌进行工作；而对企业来说，只需要采取一些看似微不足道的改变措施，也许能创造出一种高效率的企业环境，使员工以更为轻松的态度去工作，进而促进企业的生产效率和经济效益的提高。

在世界汽车制造业中，论产量当数通用和福特公司最多。然而论自动化程度，要数德国奔驰公司最高，因为他们生产的小汽车90%以上的点焊都是自动化的。但是要论劳动生产率，却是日本的丰田公司第一。该公司平均每个员工的年产汽车量在 60 辆以上。而通用和福特汽车公司平均每个员工的年产量仅在 11 辆左右。即使是以劳动生产率高自称的三菱汽车公司，每个员工年产量也不过只有33辆。

要是按生产额计算，丰田公司的员工平均每人每年可以做超过 30 多万美元的生意，而福特公司平均每人每年只有 10 万美元，通用汽车每人还不到 8 万美元。相比之下，美国人的生产力只是丰田的 1/4 而已。

丰田公司之所以能够获得快速的发展，是因为它注重不断变更常规的工作形式，从而极大地提高了工作效率。公司自行设计了一种自动化的生产线，以追求更高的生产效率。这种生产线有别于传统的直线式输送，它穿梭往来于零星分布的操作人员之间。微型自动开关散布在整个车间里，它能随时发现生产线上出现的毛病，成为自动化生产的有效工具。

比如，在曲轨生产线上，只要模胎的位置稍微有些偏差，该生产线就会自动停车，信号灯立刻就能指示出在几十部机器中到底是哪一部出了故障。要是故障出在不太重要的地方，信号灯就会指示可以在不停车的情况下继续进行检修。要是信号灯持续地闪烁了一分钟左右，说明有的地方出现较严重故障，这时必须停车进行修理了。

同时丰田公司的管理层还制定了一套卡班制度，就是专门配合这套自动化生产线的。

刚开始，各个工序的生产很不协调，员工们都想多加工一些零件，而一旦下一道工序没跟上来，只好把堆积如山的零件送到仓库里存放起来。这样就增加了输送仓库的运输工作以及仓储费用，再加上破损，造成超过25%的浪费，这种浪费降低了经济效益。从表面上看，个别工序的确是超额完成了工作，实际上是得不偿失的，造成整个工序的生产率下降。相反，假如前一个工序生产减慢，也会使下一道工序停工待料，同样也影响了劳动生产率的提高。正是在这种情况下，丰田公司开始实行卡班制度，目的是克服各个工序只顾自己的现象，做到统筹安排，灵活调度，从而使各个工序的生产都能够恰如其时地完成，从而最大限度地减少资源的浪费。

丰田公司把浪费看成是自身最大的祸患，在他们看来，浪费的种类可细分为加工的浪费、等待造成时间的浪费、库存积压的浪费等。最不能让人容忍的浪费是制造过多过滥的浪费，而卡班制度减少了中间产品运往仓库这一不必要的过程，这种方法被称为零库存。各个工序的生产小组自行向上一工序的小组取货，而每一工序生产小组的存货都不能超过2天。如果某一小组的存货超过了规定的限额，就把人员抽出来做其他的工作。这样既保证了生产线上各个工序的元件得到充分供应，又避免了中间产品的积压，影响其他工序的进行，最终避免了不必要的资源浪费。丰田的许多措施看起来似乎是微不足道的，但他们善于从小处入手，改变工作方式，取得了提高生产效率和增加了经济效益。

3 快捷的信息搜集能力

柯力进入一家房地产公司不久，便很快引起了领导者的注意。

在公司最近组织的对同一楼盘的营销方案中，柯力的营销方案是最出色的。这个方案既全面涉及，又有重点突破，而且柯力设计所花费的时间也是最少的，在某些同事还没收集好资料时，他就圆满完成了。

难道柯力有什么秘诀吗？其实很简单，他只是善用互联网而已。

接到策划楼盘的营销方案的任务后，柯力经过一番周密思考，从哪个角度入手，大致需要哪些资料，在脑海里渐渐有了一个轮廓。然后开始上互联网查资料，然后把一些最新的市场信息及相关的资料下载下来。至于那些查不到的，他立即向拥有这方面资料的朋友求助，让他们发电子邮件过来，于是他很快就把需要的资料搞齐了。在他把营销方案交给领导者时，领导者还持怀疑态度，但是领导者看完后就对他刮目相看，甚至纳闷他是怎么在如此短的时间里就设计出这个优秀的方案的。

凭着这个策划方案给领导者留下的深刻印象，再加上自己不懈努力取得的业绩，很快柯力就被提拔为部门主管，成为公司里晋升最快的员工。

他的成功表明，在科技发展日新月异的今天，要是善于运用互联网新技术，你会在工作中获得主动，提高工作效率，并且容易取得令人刮目相看的成绩，最终赢得领导者的青睐。

实际上，互联网自诞生以来，以其超大的信息容量极大地方便了人们的工作、学习。互联网主要应用方面表现在：

1. 上网查询资料

没有互联网之前，人们查询资料时基本都是去图书馆、资料室，从那堆积如山的资料中找出你需要的信息，既麻烦又费力。而现在你只要登陆相关搜索引擎，打上关键字，你需要的信息就会马上被搜索出来，任你调阅。

2. 发电子邮件

自从有了电子邮件，传统的通信方式就显得既费时又费力了。使用电子邮件，在鼠标一点之后，邮件就立即到达了该到的地方，这样既省时又省钱。

3. 用网上聊天的方式切磋工作和学习

相比之下，书信交流太慢，电话交流太贵，用网上聊天的方式跟同事、朋友切磋、学习更便捷。比如，员工们通过网络在两天之内把开支报告整理出来并交给领导者，这个时间比过去用磁盘收发要快得多，节省了员工们的大量时间。这种在线交流方式一方面给公司带来了许多好处，它仅花费几个员工的工作量便能处理每个星期超过 20 000 个的文件，另一方面也给员工之间的交流带来了新的挑战。

由于互联网的运用，公司内部相互扯皮的现象也减少了，坦诚和公开的交流变得稀松平常。公司一旦发现产品当中的任何问题，就可以在自己的网站主页里公布，关于产品瑕疵的资料库任何人都可以阅读到。通过这种方式可以帮助客户和项目负责人避免出现大批次品，同时还可以发掘出通用的解决办法。除了网上公告，公司还可以通过电子邮件和座谈的方式，让客户能够了解产品瑕疵以及最好的解决方法。

在这个信息时代，网络提供了如此海量的资源，在交流、信息共享等方面带来了极大的便利。作为领导者，就应该发挥自身对网络熟练的优势，为自己和团队或公司的发展提供更大的便利。

性格维度六 | 成就卓越

大多数员工都愿意为立足现实领导效力，而务实的领导如能展现对未来的掌控能力，将获得100%的忠诚。对未来的掌控能力，来源于清晰的远景和追求卓越举动。

第一节　不知足，才能不止足

容易满足的企业领导者，只能带出另人不满意的团队或公司。由于客观条件在不断地变化，团队或公司昨天的成绩，到明天可能就成为永远的回忆。只有超越过去，勇争第一，不满足公司的现状，才能走得更远。

1 人才仍需继续培养

安于眼前的风景，就会让我们停住脚步，只有不知足的人才会追求卓越。具有这种性格的人不仅会竭尽全力做到完美，而且能够坦然面对失败。最重要的是他们会认为自己是一滴水，让自己流入大海，造就一个卓越的团队，为团队积累无形的资产，让团队每一个人都把他的领导当成一种必胜的信念，这才是领导者所要追求的真正的卓越。

人才培养的最终目标在于使一个人具备企业人或社会人的成熟程度。使他具备解决企业发展过程中所遇到的新情况、新问题的能力，为公司的发展作出应有的贡献。

实际工作中，进行人才培养的最终目标在于使一个人具备企业人或社会人的成熟程度。对于从事这种培养工作的人，应掌握这样一个精练的定义：所谓培养，即促使对方发生变化。

多数情况下，人们会很赞赏这种断然的见解。可以说，这是从培养的结果的角度着眼，以解释培养的见解，因为不管付出多大努力，假如对方毫无变化，没有实现使其改变的目标，就等于没被培养。

这里所谓的"促其发生变化"，就是指使人(不管是作为社会人还是企业人)都能向着更好的方向转变。转变的要点可分为三个方面：

一、纠正其怪癖

主动接近员工或晚辈，改变他们身上的不良习气和行为习惯，直到令人满意为止。如不懂交际、不善配合、忽视汇报等。对这些怪癖不管，必然会影响团队的工作。

二、提高其新的能力

今天不是昨天的简单重复，明天也不是今天的平庸延伸。以前做不到的事，现在应该努力争取做到，要使员工逐年提高这种能力。大家的工薪年年在递增，而且不管是谁都有向上的拼搏精神，所以全体员工年年都应该提高新的能力。衡量一个人是否掌握了新的能力，主要看两方面：自认是一方面，另一方面就是站在领导者的角度来观察、评价，看一个人是否对工作树立必胜的决心。

三、改变其态度

改变其态度，即改变其对事物的想法和所采取的态度，使之发生变化。这种变化指的是：例如，一个人虽然以前工作无计划，蛮干倾向严重，然而近来却与以往不同，做任何一项工作时，事前先做好充分准备，从一开始就处理得井井有条，而且能一气呵成地坚持下去。

培养就是这样促其发生变化的。假如在理论上毫不含糊地明确培养的意义在于此，并且在实践上也是这样地去转变一个人的习惯、态度，从而增强其能力，那么就可以毫不夸张地说，自己是在真正从事这项有意义的工作。

2 不屈居第二

要做就做最好。比尔·盖茨的格言是："我应为王。"即使是屈居第二，对他来说也是无法忍受的。

他曾经对他童年时代的朋友说："与其做一株绿洲中的小草，还不如做一棵秃丘中的橡树。小草毫无个性，而橡树昂首天穹。"

从小学到大学一直都不做笔记的比尔·盖茨却抄写过洛克菲勒的一句名言："就算你们把我身上的衣服剥得精光，一分钱也不剩，然后把我扔在一个孤岛上，但只要给我两个条件——给我一点时间，并且让一支船队从岛边路过，那用不了多长时间，我就会成为一个新的亿万富翁……"

从上看出，盖茨在小的时候就有一种执著的性格和想成为人杰的强烈欲望。

他的同学回忆说："不管做什么事，比尔都要弄它个登峰造极。不到极致，他绝不甘心。"

盖茨身上散发出来的拼搏精神似乎是天生的，但也与他童年时代的游戏、体育运动等密不可分。无论是与他姐姐克里斯蒂娜一起玩拼板游戏，还是在每年一度的家庭体育比赛上，或者与其他朋友在乡村俱乐部的游泳池里，他都是全力以赴，绝不放过任何一次证明自己的机会。

"对比尔来说，没有干不成的事，"他的朋友布莱特曼说，"他总是集中精力干好一件事，绝不轻易放弃。他就是那样，不干则罢，要干就干到最好。玩扑克与研究软件，比尔都做得很好，他可不在乎别人如何想。"

盖茨之所以能成为软件霸主，其实聪明并不是第一位的，他不愿屈居第二的志向才是他真正能够走向成功的动力。试想有此等霸气，天下谁能与之争锋？

3 超越过去的成就

人的智慧要是滋生为一个创新点子时，它就永远超越了其原来的样子，不会恢复本来面目。奥列佛·怀斯如是说。

领导者如果没有创新能力，公司肯定会毫无战斗力。创新就是突破常规，创造机遇，找到新招。

公司领导者应当明白，现在任何一个公司都不是一个故步自封的世界，而是一个充满激烈竞争的世界。而激烈的竞争，主要是创新的竞争。现在很多公司都引入了竞争机制，目的就是为了激活公司的内部因素，提高公司的效益。有些公司效益低，几乎倒闭，原因就是缺乏创新。这时候，公司就更需要多动脑筋，多创新，找出一条适合自己公司发展的新道路，起到力挽狂澜的作用。

其实创新能力本身不是奇迹，因为人人都具备它，但它产生的成果却应该被冠以奇迹美称。至于创新能力的内涵，可以这样来理解它：

只要是新的点子的产生，我们都应把它归功于创造力，也就是说创造力就是创新的能力。

另外，创造力的内涵还包括以下三点：

1. 创造发明。即将创意在工作生活中的实际运用。

2. 有创造力的想法。这是与生俱来的天赋，只是很多人需要通过学习、训练、指导、开发和应用而已。总之，这是解决日常生活问题的一项优秀技能。

3. 有创造力的人。他们的共同特点是能够克服各种对创造力的妨碍，并充分地应用创造能力改造生活以及各个层面。

领导者必须牢记一条真理，我们每个人都可以应用创造力，同时在应用中可以增强这种有效的能力。

也许有些领导者认为，高智商就意味着高超的创造力，这其实是一种错觉，至少不完全对。

公司领导者的创造力是没有极限的，唯一的限制来自他所接受的知识系统、道德系统以及价值系统，这些系统常常妨碍他的创造力。由于这些系统纷繁复杂，有些公司领导者在其中受到空前束缚，甚至认为自己没有创意。殊不知，任何一种系统都打上了人的烙印，所以，你有权利持怀疑态度，而采取全面的创新方式，拓宽自己的发展之路。

作为公司领导者，要善于创新，把各种"绊脚石"踢掉，找到适合自己公司或部门发展的道路。

第二节　造就一个卓越的团队

一个卓越的团队一定具备浓郁的团队氛围和富于创造力，每个员工才能发挥自身的才能和创造力。你的团队具备吗？

1　发挥员工的创造力

要使富于创造力的人全心投入工作，你必须使他们对所从事的工作怀有浓厚的兴趣，否则，他们会丧失动力，从而也就不能发挥本身的创造力。

确保所有从事某个研究项目的人，无论他们参与整个项目还只是其中一小部分，均让他们目睹工作圆满完成。他们需要分享工作完成后的轻松感和自豪感，以及圆满完成工作的成就感。

当有人提出一个不俗的研究设想时，就应该委以重任和给予资源以帮助完成这项工作。委任革新者既能激发他的工作能力，又能证明他能承担更重要的责任。

大部分富于创造力的人都是通过自己的信仰方式获得成就感和满足感。他们自我激励，当然别人赏识他们完成的工作也是同样重要。对于领导者而言，若以非正式形式经常赞赏员工的工作，最有效的途径之一就是经常深入基层。

深入基层有两方面好处：一方面，它能使你了解每项工作的进度及所出现的问题，以避免意外的重大损失。另一方面，它使你有机会向你的员工反馈。

当你到各个办公室巡视时，最好要多说些鼓励性的话。告诉其他员工某组同事的工作的重要性，要每天表扬不同的员工。这些措施对激发员工的积极性和提高生产率，通常有令人惊讶的影响。

富于创造力的人需要一个不拘形式的工作环境，以便可以自由地彼此谈论某个概念或问题。同时他们需要避开存在各个部门或办公室的骚扰。大部分人都应该有私人的工作环境。

富于创造性的工作通常需要每周工作 60～70 小时。这期间，灵活的出席时间是非常重要的。要是你的处理手法欠缺灵活，就有可能毁掉你最重要的资产。应清楚合作是双向的，如果稍有延迟就对他们加以制裁，那么假如下次当你需要在限期内完成任务时，他们可能会拒绝超时工作。

一些富于创造力甚至是具有超凡创造力的员工，往往并没有充分发挥他们的潜力。根据无数研究的结果表明，大部分人一般只发挥 20%～30%的能力。要是能激发他们的工作热诚和动力，就能发挥 80%～90%的潜力。由于大部分员工没有尽展所能，而导致丧失了多少生产率、流失了多少科研设想，这些损失是非常大的。

员工未能达到预期的表现，可能基于以下三个原因：首先，员工本人是否有兴趣做这项工作？其次，他是否懂得如何去干？第三，他是否有机会发挥他的才能？

大多时候，员工本身是希望能做好他的工作的，但这需要更多的信息和培训。雇用他时，你是否提出了你对他的所有要求，以及如何评定他的工作价值？他所接受的训练是否足以满足工作的要求？此外，也许是由于超出他控制范围内的因素而限制了他充分发挥潜力的空间。例如文书或其他部门的工作拖拉，也会直接影响他的工作。

为提高他们的工作表现，以下三种方法可供参考：

1. 重新规定任务。有时调派某人到其他部门是不切实际的行动。这种情况下，你应按他的能力来重新量定他的工作，以便其掌握。

2. 提供额外培训。公司可通过为员工提供有效的培训计划，防止人才流失。

3. 关心员工。你需要让员工看到你很关心他们。如果你未能使他们感觉到这一点，便可能影响他们的自信心和毁掉他们的创造性。

2　团队需要氛围

被称为"日本福特"的本田宗一郎出身农民，如今，他却拥有号称"日本第三"的汽车公司。本田成功的秘诀是到底什么呢？上下一心，同甘共苦——这就是本田宗一郎成功的秘诀。

和其他汽车工厂一样，本田工厂也是自动化生产，其设备和生产方式并没有什么过人之处，可是职工士气旺盛。以前本田工厂没有质量检查员，所有需要检验的零件，都是由负责制造的工人自行度量检验。厂内设有品质控制小组，每一个小组有十来个工人，每天上工前讨论当日工作、产品品质、顾客投诉、改进方法、安全措施和工作环境等一些问题。工人都有高度责任感，而且个个勤奋好学，钻研业务，产品因而得以不断改进。因此有人说，所有员工都能发挥最大积极性，这就是本田最大的资产。本田坚持"公司由全体人员共同经营"的原则，这当然还包括每一个装配线上的员工在内。他说："人不是机器，要是一个工厂企业把人和自动化机器置于同等的地位，那么这个企业是不会维持长久的。"

本田在工厂里，从来不摆老板架子。他和每一个员工一样，穿白色的机械工工作服，在工厂的饭堂里吃饭，作风平易近人。他的员工们对他没有隔阂之感，亲昵地用他的绰号"老爹"称呼他。

影响人类思想的新智慧学家柯维发现，在工作岗位上不快乐的人，通常不会有好的工作表现，他们经常缺席而且极可能离职。因此，除非能满足你小组成员的主要需要，即对工作的满足感，否则你的公司将会失去动力，并可能损失金钱。

要让员工能快乐地工作，可以从了解什么是他们的工作动机着手。认同感、成就感、金钱、归属感、安全感、良好的工作环境、升迁机会等，这些都是他们工作的动力。那些具有强烈动机的员工，能够很认真地工作，哪怕天气恶劣、身体欠安而且又有交通大罢工，也难以阻止他们工作的热忱。

怎么才能做到这一点呢？

1. 选择部属时要小心。部属假如从公司内部调升，除对员工有激励作用外，在适应上可以肯定不会有什么问题。部属假如是由外部甄选进来，你要亲自处理新进人员的上任事宜，从而帮助他们安顿下来。

2. 记住这一点，员工和你一样，在他们最喜欢自己的工作时，才更能创造效率。要定期审查每个员工的各项内容，让层次不同的各级员工自己作出决策，以赋予他们责任。若见成效良好时，应大胆扩大其职权。但要记住，你对所有分配出去的工作，必须要求他能承担起工作的责任。

3. 尽可能提供最适宜的工作环境。为你的员工花大笔的投资。给他们最新的现代化设备，提供完善的人文环境和方便的交通设施。在工作场合，让领导者与其他一般员工一起共用餐饮室、停车场及盥洗设备。

4. 定期召开会议以讨论工作的进展情况。记住你是他们的领导者，并负责培养他们的技能。

5. 目标管理应制定一个能够测量的标准，给你的部属一个明确的目标，告诉他们："今年你这个小组每个月的销售目标是 12 栋房屋。"而不要模糊地说："今年让我们大家一同来缔造一个佳绩吧，伙伴们！"

6. 评量每个员工的贡献。要是有员工认为他们的工作内容无法评量，以此与你争执时，应该先查阅一下他们的工作说明书，或设想一下如果他们离职，你会怎么想他们。

柯维认为，可以利用数据帮助员工评定他们自己的工作表现。他十分赞赏日本 HONDA 工厂的做法，那里的员工知道他们每天制造出多少部汽车。因为厂房里的生产表板上，有个显示的数据表。当汽车滑离装配线的同时，就会显示新的数字。但是在一个不讲求效率的汽车工厂里，就连上面的管理阶层，也不知道他们到底生产了多少部车子。

7. 永远不要承诺你做不到的事。提出的奖励要是无法实行，对员工而言是不公平的。不要让你的研究小组由于你的承诺一趟巴黎之旅而工作至深夜，除非你已经事先得到公司董事会的同意。

8. 千万不要让你的员工感到不中用，假如你气势汹汹，你的员工会很容易犯错。太过凶悍的管理作风容易造成很大伤害，因此已经日渐淘汰了。

还有安全感很重要，但这并不意味你要提供一张长期饭票的保证。没有任何公司能测知遥远的未来情况，不过也绝对不要伤害你的员工。对于坏消息要坦诚地告诉他们，并指导他们寻找应变的方法以化解情势，然后趁机训练并加以鞭策。

9. 衡量员工的旷职率和员工的异动情形。这些检查是提供员工是否有满足感的最佳指标。要是有员工表现出不快乐，便有可能是真的因为身体不舒服而引起。而根据研究报告显示，在员工所请的所有病假中，约有50%～60%是与压力有关，因此要设法减轻员工的工作压力，让他觉得有个轻松的环境。

10. 绝对不要表现得好像员工是属于你的一样。不应该强迫他们下班后还要留下来加班，或要求他们周末必须来加班。毕竟每个人除了工作之外，都还有另一个重要的生活要经营。积极培养更高的能力并提高工作效率，那么加班的情况自然就会变少。

11. 把每一个人视为一个单独的体系，分析和思考各自不同的差异。有些人比较富于创意，而有的则可能对数字比较敏感，有的人喜欢独立作业，而有的则可能喜欢在小组中工作。当你聘新人时，一定要仔细考虑这些不同的特质。

12. 经常勉励员工重视团队观念及加强合作精神。把员工召集起来，把他们当作一个密不可分的工作小组加以训示，鼓励他们共同帮助彼此的工作以加强小组的机动性，从而提高工作的兴趣及归属感。

13. 贯彻并执行你的主张，不过不能有偏爱，不要让工作之外的友谊影响工作内的人际关系。要是你过去的同学是现在的工作伙伴，其表现不好，或是和你一起运动的球友工作绩效很差的话，你对他们处置的方式应该要像你对其他犯同样错误的人一样，不能区别待遇。

14. 不论员工的职务有多高或多低，你要尊敬每一位为你工作的人，永远不要摆出一副高人一等的姿态去面对那些年纪比你轻或不及你的人。记住，员工需要你的认同，但也不要随随便便就给予赞美。

3 让大家都参与创意

大多数人都以为：创造，就好像发明家爱迪生一样，都是独自一人绞尽脑汁最后做出来的。事实不然，有许多概念是经由许多人共同设想出来的。由于群体之间彼此相互影响和观念互补，往往会激发出更多更好的观念。

有句谚语：三个臭皮匠，胜过一个诸葛亮。许多公司乃至政府机构都设有各种委员会或研究小组，专门负责思索各种问题，并且提出适当的解决方案。

近几年，一种群体思考的方法被用来激发富于创造性的观念。这首先是由某些广告公司用来设计新广告，后来很快就被许多组织采用，专门用来激发成员的创意。这方法的创造应归功于阿力克斯·奥斯本，他称之为"脑力激荡法"。

该方法与一般研讨会不同的是，一般研讨会通常充满了批评和评估，而非单纯的鼓励提出意见。而且通常由主持人控制整个会议的进行，常会阻止或禁止与其相反的意见。许多意见一经提出，会立刻遭到分析和论断，因此很难激发产生更多的创意。

脑力激荡法的目的则在于激发产生大量的意见，而不管其价值如何。即使看起来十分离谱的意见，也可以提出来，因为那也许会激发另一个人想出有价值的意见来。

奥斯本曾经说过："联想的力量就好似双向的电流，当一人提出某个概念时，这个想像力立即激荡了另一个概念的产生，并且会把所有人的联想力都同时激荡起来。"

在一次典型的脑力激荡会里，一群人(最好是 5～10 人)，都同时针对一个事先公布的命题提出自己的看法。主持人除了提出问题之外，不再做别的事。并且他也是参与脑力激荡的普通成员之一。此外，还需要一人承担起秘书的角色，负责把所有提出的意见记录下来(或用录音机)。过程就是这样的：首先由一个人提出意见，非批判或分析性的意见——当然也不能针对这个意见发出任何评论。然后，另一个就此意见提出更进一步的看法，当然也可提出完全相反的意见，这都没什么硬性限制。这种会议的结果往往比个人单独思考要更富多样性。

不过在会议过程中，与会人员要做到以下几点：

1. 不能对提出的意见有所批评。批判性的言论是犯规的，只有等会议结束之后，方可提出来共同讨论——而不允许在会议期间。

2. 所有言论要"海阔天空"，愈不可思议的意见愈该受到鼓励。

3. 意见愈多愈好。提出的意见愈多，表示愈有可能选出好的意见。

4. 可将别人的意见加以改进或组合。每个人都可以把别人的意见改变成更好的创意。

需要注意的是，并非每种问题都可用脑力激荡法解决，在某些时候，个人的思考要来得更有效。该方法通常运用在比较特殊的问题上，而且必须能很清楚地描述出来。参与者必须能够完全理解问题所在，而且对所需资料也相当有研究。在脑力激荡时，并没有时间可以讨论新资料。这要求所有参与的成员都必须先了解什么是脑力激荡，并且愿意提出所有想到的观念——不管听起来多么愚蠢可笑。但遗憾的是，通常许多人都不愿发言，直到认为想出"值得一提"的意见或建议来，这便影响了脑力激荡的效果。

在所有意见都提出而且记录下来之后，接着便应该要针对每个意见仔细分析。负责此项任务的领导者会把相对更富可行性的意见挑选出来，然后加以技术性的分析与评论。

公司通过集体创造性思考来解决问题，范围可由削减开支到为某新产品命名等。例如，有家公司就曾举办一个脑力激荡会，专门讨论每月一直累增的长途电话账单。有人提出在每个办公桌上放一小型时钟，以便提醒打电话的时间，或在减价时间内拨打长途电话。这项意见的实施使该公司每年节省了好几千块钱的电话费。

一家邮寄公司在处理人事资料时碰到了一些麻烦。由于文件整理的例行工作十分枯燥无味，所以常找不到人做。经过安排一次脑力激荡之后，有人提出了一个办法。他认为，既然一般人不喜欢这项枯燥无味的工作，或许智能较低的人来做反而比较适合。于是公司雇用了两名这样的人。他们不但每日按时上班，而且既做得正确无误又有效率。

第三节　力求完美，但容忍缺陷

很多领导者是完美主义者，追求尽善尽美。一旦员工有不足之处，领导就雷霆大怒，这样无疑使整个团队充满火药味，上下级之间矛盾不断，对团队目标的实现有害无益。而现实中，金无足赤，人无完人。人非圣贤，孰能无过呢！

1　力求完美，但不苛求完美

美国一家公司是专门搞广告推销服务的，经理斯塔姆崇尚开发成功者，对成功的员工总是又奖励又称赞，然而对失败者却是又扣奖金又是讽刺。他最喜欢的事是在公司职工大会上表扬一位名叫亨森的员工。亨森是公司里具有传奇色彩的推销员，他一天的最高记录是推销了超过 5 万美元的产品，这对于该公司来说简直是个奇迹。斯塔姆先生也经常说："你们的榜样是亨森，他能够做到的事你们也必须做到。假如不能，那么你们就是失败者，将一辈子升不了职。"这种言语使得许多年轻员工非常生气，再对比一下亨森那惊人的推销数字，心中不由情绪低落，自然充满失败感、自卑感。每当出去推销时，由于明知达不到亨森的标准，就越发消沉，心想能推销几个就推销几个，这样，公司的效益反而一天不如一天。

这样的苛求，会让员工产生你对他们不信任的感觉。如果要求员工早请示、晚汇报，一举一动都得征得你的同意，也会抑制了他们的积极主动性。他们会一直等待你的分派，什么工作都会推给你去做，无形中增大了你自己的工作负担。

你的苛求还会让员工们对你越来越反感，因为你的苛求会让员工们无法看到自己的希望，很容易让他们丧失信心，进而产生抵触情绪，甚至堕落下去。反正达到你的要求很难，无论怎么努力得到的都是领导者的讽刺，还不如不努力来得痛快一些。这样员工就逐渐丧失了工作的动力。

领导者管理企业重在用人，假如苛求员工工作完美，则会打击员工的工作积极性，会限制他们自主决策的能力。部门里的工作，你无法做到事必躬亲，这就是为什么需要员工的原因。为了使员工高效地工作，尽可能地让员工自主做他们力所能及的事情，不要多加干预。

以下是领导者在工作中苛求完美的一些表现：

1. 拒绝认知员工的能力

要知道企业员工人人都有工作能力，而且各人侧重点不一样。如果领导者信任员工，则应放手让他干，不要求全责备，苛求太多。

2. 对自己也苛求完美

因而事必躬亲，不给员工任何机会，使他们受到很多的限制。

3. 强调工作结果，忽视工作过程

有些员工在完成领导交给的工作时，前半部分完成得很出色，后半部由于客观原因而被迫暂时停止。领导者看不到员工完成工作的全过程，而仅看到员工没有最终完成任务这个结果，从而大声训斥，这样严重地打击了员工的工作积极性。

4. 对成功主观苛求

许多年轻的领导者由于对成功的迫切渴望，欲速则不达，往往以失败而告终，导致员工产生自卑感，情绪低落。

5. 不允许员工出错

对已失败的员工拒绝再给一次机会。

对于员工，领导者的确没有必要过于苛求，要从实际出发充分挖掘员工的潜能，通过他们自己的实践锻炼成长。下列方法对发挥员工的能力可提供一些帮助：

1. 照顾全局

既奖励优秀的员工也要照顾到那些已经努力但是成绩不理想的员工。上面的案例中，领导者为了树立典型，将亨森捧上了天的同时，却将其他人统统摔到了地上。面对这样一个难以企及的榜样，其他的员工都失去了自信，也不再想努力。

2. 循序渐进

在年轻的员工刚进公司时，领导者切勿对他们有过高的要求或期望，应以现实的标准要求他们，让他们循序渐进。

3. 了解员工的长处和短处

用一成不变的方式对待所有的员工是错误的。有些人则需要严厉的规范，而有些人需要一个宽松的工作环境，这样，他们才会有激情，才有创造力。

4. 相信员工的能力，降低苛刻的条件

领导者不能将完成工作任务的标准定得过于苛刻，而应该充分相信员工的能力。相信员工在接受领导者下达的工作后，能够运用自己的知识、智慧或经验去努力做好。

5. 帮助员工分析和面对困难

在员工碰到障碍时，往往会求助于资深职员或领导者。如果资深员工或领导者此时对新员工只是嗤之以鼻，这无益于新员工的成长，实际上是一种不负责任的态度。

2　金无足赤

金无足赤，人无完人。领导者对人才的求全责备，不仅不能知人，而且会伤害人才。

南宋作家戴复古在《寄兴》诗中写道："黄金无足色，白璧有微瑕，求人不求备。"的确，任何人才都不可能十全十美。对于这种观点，中国古代很多文人学士曾用多种比喻加以表达。如在《吕氏春秋·举难》中写道："尺之木必有节，寸之玉必有瑕疵。"屈原在《卜居》中也提道："夫尺有所短，寸有所长；物有所不足，智有所不明。"明代文人宋濂在《潜溪邃言》中也写了他的看法："功有所不全，力有所不任，才有所不足。"一个人的功绩必有不完美的地方，能力必有不能胜任的地方，才能必有疏忽的地方。既然人无完人，那么顺理成章，又怎能对人才要求全责备呢。

有成效的领导者不可能问这样的问题："他和我相处得怎样？"而时常会这样考虑："他做出了多少贡献？"他们也从来不可能这样问："他不能做些什么？"而又常会这样考虑："他在哪方面比较擅长，做得出奇的好？"他们用人的原则只是寻求有某一方面特长的人，而不是在所有的方面都很在行或大致上过得去的人。知人用人，使他能在工作中更充分地发挥其才能，这是理所当然的。因为所谓"完人"或者"成熟的个性"，其实际含义都只不过是忽视了人的最特殊的天赋——尽其所能于某一个领域、某一项活动、某一种工作中的能力，我们无法要求一位物理学家(即使他有爱因斯坦那样的天分)在遗传学(或心理学、医学等)方面取得同样杰出的成就。人的长处只能在某一特殊的方面有所成就，顶多是在极少的几个方面达到"卓越"的境地。

要是总是想方设法对付员工的弱点，必然使工作的目的成为泡影。公司、组织、部门是一种特殊的工具，通过它可以发挥人的特有的长处，并消除和减弱因人的弱点所造成的不利影响。能力非常强的人，是不需要也不想被一系列规章制度所约束的，因为他们认为通过自我管理会工作得更好。至于我们中的大多数人，光靠自己是难以搭成一个让自己的才能充分发挥出来的平台的，单干也是难以获得多大成就的。"你想雇佣一个人的'手'，而他总是'整个人'连手带脚一起来的。"一个人不可能只有优点而没有缺点，缺点总是会随着人的优点一起来到领导的身边。

第四节　坚持就是胜利

在团队发展的道路上，无论是领导者还是员工，一定会发生各种各样的困难，让员工坚持下去，把决策坚决执行，离成功便不再遥远。

1　让员工坚持下去

领导者要想赢得员工的信任，就必须信任员工，尤其在他处于逆境时，要鼓励他坚持下去。

有的领导者在员工出错时，表面一套，背后一套。他明着也去同情你、帮助你，显得如何仁义、如何大度。而他心里却在百般怀疑你，怀疑你是不是在出卖他，怀疑你是不是在为其他单位服务，甚至以更阴险的用心怀疑你。这种领导短期内可能看不出来，但时间长了自然会显现他的真面目。

要想做一个聪明的、有能力的领导者，应该在员工出现失误时照旧信任他。只要真心实意地帮他改正错误，鼓励员工坚持下去，在他改错后仍然像以前那样信任他就足够了。

朋友之间相处，讲究的是"患难见真情"。领导者与员工相处，一个重要的检验时刻就是在一方处于逆境时。相信谁都有过身处逆境的时候，因而也就会记得在困境中真心帮助过自己的人。

作为一名员工，他出现失误，本身也会有一种自责情绪，同时也在怀疑你会不会对他失去信任。员工当然明白你对他失去信任将会意味着什么，这个时候，你就可以与他一同研究出现失误的原因，以真诚的态度，而不是以领导者对员工的态度给他提出改良的建议，要表明你以后会继续信任他。条件允许的话，在他的失误中你也给自己揽一份责任，与他共担错误，减轻他的压力，鼓励员工坚持下去，从而赢得他的信任。

当然，还有不同于以上的情况，当你的员工遭到谣言中伤时，你也应该继续信任你的员工，并勇敢地站出来为他辟谣。不过这种方式应该是在你完全了解了内情后所必须采取的。你不能怕得罪人。因为既然那些人不惜谣言中伤别人，表明他们必然有不正当的图谋。揭穿这种图谋，为好人做主，替正义之士撑腰，一定会赢得多数人的认可。

而在你不完全了解谣言内幕时，一定不要盲目说话，仓促表态，这样对你没有好处。凡事一定要谨慎，对待谣言尤其要如此。

凡谣言产生，肯定会有一帮人在暗中捣鬼，这绝对不是"偶然事件"，而属百分之百的"人为事故"。所以弄不好的话，你也可能被套在里面，有口难言，有嘴难辨。这对你的处境也是极为不利的，同样也不利于弄清事实真相为你的员工辟谣。这就需要你用所谓"退一步进两步"的斗争策略。表面上，你在谣言面前退缩了，然而你在别人不注意的情况下却出其不意地胜敌。与一些阴险的人对峙，切不可以直截了当，要讲究策略，起码要尽量圆滑一些。

2 坚决执行决策

无论做什么事情，决策之后很可能会碰到许多不曾想到的困难。这时，敢于坚持自己的决策是最重要的。事业的未来和成功，也在于意志的坚定和百折不回。

最初，摩托罗拉并不是做寻呼机和移动电话的，而是做汽车收音机。这一商标名称有"开动"与"收音机"的双重含意，是高尔文在一天早晨起床刮脸时，突然在他的头脑中闪现出来的一种灵感。高尔文开始在一个蓄电池厂里工作，一个朋友与他聊起了汽车收音机的事，高尔文认为这一设想不错。生产汽车收音机一定比蓄电池更有前途。于是他欣然地辞去蓄电池厂的工作，独自搞起汽车收音机。

1928 年 9 月 25 日，高尔文制造公司终于在芝加哥哈里森街 847 号一座出租大楼的房子里诞生了，当时雇员仅 5 人。

哈里森街上的这幢大楼是一幢六层的砖砌建筑，地下室的一部分用作高尔文制造公司的仓库。

在最初的几个月，公司的运转非常困难，高尔文定下规矩：凡是不马上用的东西一概不买。第一个星期支付给员工的工资仅 63 元。

流动资金不足是最叫高尔文伤脑筋的事。后来在与一家主要的银行谈判中，为了争取贷款，高尔文曾建议为银行家的一辆汽车免费装一台公司生产的收音机，作为汽车收音机的完善程度的实际表演。

在贷款文件最后签字的时期里，高尔文带着一队人，为银行家的帕卡德牌新车安装收音机。在安装过程中高尔文多次在办公室和银行家之间来来回回，解释安装方面的情况，不时谈到"车轮上的音乐"的光明前景。安装完成后，收音机打开后运转正常，响起了音乐，高尔文的员工站在车旁，不禁发出胜利的笑声，银行家也致以热情的祝贺。然后银行家心怀感激之情将车开走。高尔文和他的员工们在收拾工具打扫现场时，没有注意到消防车驶过工厂的叫声。然而工厂周围正是居民密集、火警频繁的地区。一会儿传来消息，说他们刚才安装的收音机在不远处起火了。高尔文于是立刻赶到现场，看到消防队已浇灭的那辆还在冒烟的帕卡德牌汽车残骸。那位心神不安的银行家才张开嘴，说他们离开工厂不久，就发现车轮下边冒出了一股烟。于是他们赶紧停车，跳出车门，并赶紧在附近一家杂货铺打电话报了火警。

员工们为这样一件事感到非常不安。高尔文为了安慰和稳定员工们的情绪，说了好多鼓励和满怀希望的话。不过在好长一段时间里，全厂的气氛仍然受到很大的影响。

"当时有好几位朋友来劝我收手，我毫不客气地把他们赶走了。"高尔文在自传中说，"你得坚信你的眼光，坚决执行你的决策——真的，人的一生也许就因某一次决策而大为改观，你不要轻易放弃自己的决定，否定自己的决策。"

第二年，高尔文又做了一个专断的决定，使事情变得格外紧张。他认为公司如果要生存，就应该跻身于汽车收音机的生产行列，他们必须赶在大约一个月之后及时组装好一个完好的收音机装置，让他能开车奔往亚特兰大市举行的"收音机厂商协会会议"上去。

　　然而高尔文毫无根据的乐观思想激怒了他的许多员工，有一个员工嘟囔说："高尔文要不是一个疯子，就是一个混蛋。"

　　高尔文则督促自己以及员工们更加努力地工作。他们开始在高尔文的史蒂倍克汽车上装配收音机装置，还说："假如这个装置不能运转，那高尔文就只能驮着收音机去亚特兰大了。"

　　或许是因为工人们的毅力大于他们的失望，或许是因为起早贪黑努力工作的结果，他们奇迹般成功地为高尔文的汽车完成了一台可用的样机，比会期还早几天。这台装置比目前的最灵巧的汽车收音机装置差得很远，不过它能运转。当汽车发动机开动时，收音机的信号听得还比较清晰。

　　于是高尔文和他的妻子丽莲开着车子来到了亚特兰大。但他在会场没有摊位，也没有职位，更没有让他表演的地方。他们就在临近的木板路附近的一条环形的林荫路上，为汽车找了一个停放的位置。这里正好让高尔文吸引了那些到木板路上来散步的与会商人们，让他们进车里看看，还在这里听收音机的表演。

　　当木板路上的活动变得清闲时，高尔文还来到会议厅同一些商人交流，劝说他们到外面开一下汽车。但是不少人根本不屑一顾，连短暂的一会儿也不愿意。可是有一些人却应邀而去，回来也颇为满意。这些人称赞这个装置是精巧的，但与此同时大部分人并不认为这东西成批生产具有多大的的价值。这时，高尔文本人还不知道，他的展示活动引起了人们的重视，与会的商人中有一个是"芝加哥的非法贩酒商人"。高尔文突然发现他本人成了别人重视的中心，十分惊奇。他不禁高兴地感到他的这个举动有非常好结果。当有人问他："你的酒在哪儿？"顿时，他的高兴心情一下子消失了。妻子也深感尴尬之极，她拉着高尔文，诚恳地劝他赶紧放弃这项工作。

　　然而高尔文依然坚持自己的决策，虽然这次亚特兰大市之行没有得到什么直接的或积极的效果，但不失为一个希望的开始。因为有些商人对汽车收音机有了好印象，订购了一两台。也有人买得多一些，其中买的最多的一位要了 6 台。总数不多，但高尔文此番回芝加哥终究有了更大的信心和勇气——干汽车收音机是有前途的，他的决策并没有错。

后来，"高尔文制造公司"又遭受到 55 型汽车收音机的折磨。这台被称作"不光彩的 55 型"是高尔文亲自带领员工设计出来的新产品。由于电力供应设计得不合规格，为了收音机能在汽车内正常地运转，将电线同蓄电池直接连接起来而没有采用保险丝(是为避免保险丝产生强烈的电源交流声)。由于这一型号收音机的功率过低，振动器紧贴，开始燃烧变电器，然后是电线，最后就可能烧毁汽车。

这种可怕的火灾常给他们带来了折磨。衣阿华州苏城的一位代理人有一台 55 型收音机安装在他车库中一辆汽车内，这个车库正好与其他房屋相连。汽车着火了，车库也烧着了，结果把房子烧掉一半。还有一个例子是，安装在一个灵车中的 55 型收音机使这辆车着火了，尸体也烧成灰烬，结果让那些习惯用传统葬礼的家庭及其亲友为之愤怒。

最后，由于越来越多的怨言与愤怒指责从现场传来，这让高尔文感到失望，但他仍不后悔自己当初生产汽车收音机的决策，只是决定全部回收已装运的几千台 55 型收音机，然后把这些收音机全部毁掉，就是他的弟弟约瑟夫用一把长柄大锤完成了这一工作。

不过高尔文并未被这些倒霉的事情弄得萎靡不振。他是从艰苦与萧条的岁月中奋斗出来的，已经显示他有能力对此作出果断的决策，而不只是消极地对待不幸。

高尔文后来说："砸碎这些收音机，给了我们所有的人一个出气的机会。我们渴望解放，因为正是这些东西捆住我们的手脚。当这些收音机回来销毁后，我们又栽了一次跟头。我们不要只栽跟头，更重要的是应该吸取教训。我们已跌倒多次了，我知道我能重新站立起来，因为我相信和坚持自己的决策，我依然要坚持下去。"

终于，摩托罗拉发展到闻名世界的程度。

在干事业的过程中，遇到困难和障碍是难免的，特别是在竞争激烈发展迅速的现代社会，只有用巨大的毅力和信念，顶住压力、阻力，迎难而上，一点点地克服，坚持自己的决策，逐步推进，才能推动事业向成功的方向前进。

第五节　积累无形资产

不要以为只有金钱是财富，也不要以为只有专利、品牌等才是无形资产。其实，一个公司的文化、战略机遇、人才都是公司的无形资产，甚至错误也是公司的一笔宝贵的财富。

1　错误也是一笔财富

森林里有一种树，它的果子又圆润又香气扑鼻。但据说是有毒的，大家将信将疑，谁也不敢去摘果子吃。

有一天，松鼠却亲眼看见猴子摘来吃了。

松鼠因此受到鼓舞。它想："猴子是整个森林里最聪明的，它能吃，我干吗做傻瓜，看着红彤彤、香喷喷的果子不吃？"

后来松鼠也摘来吃了。

然而不久毒性发作，松鼠被送进了医院。它发现原来猴子早倒在那儿——经多方抢救无效，已经直挺挺地躺在那儿了。

松鼠临死时悲伤地说："我为什么以为聪明人干的事就永远是正确的呢！"

可是人非圣贤，孰能无过？再聪明的人干的事也无法保证永远是正确的。在公司里，不管是领导还是员工。难免都会犯错误。

公司的领导者不能因为优秀的员工一时的错误而把他解雇掉。

盛田昭夫是索尼公司的创始人。在管理员工方面，他就有独特的一套。他坚持认为，谁都有犯错误的时候，假如犯了错误不是去追究某一个人的责任，而是大伙同心协力分析和寻找发生错误的原因，以便共勉，那不是变坏事为好事了吗?

因此,他坚决反对因员工犯了错误而解雇他。他认为,如果犯错误者是位老员工,那岂不是抹杀了他几十年来对公司做出的成绩?要是犯错误者是位新员工,那不是很有可能葬送了一位极有创造潜力的人才?要是谁犯错误公司就解雇谁,只能使公司蒙受更大的损失。相反,如果一起查明失败的原因,那么失败者将会对这一教训刻骨铭心,永世不忘,而且别人也可避免重蹈覆辙。基于这一认识,他常对员工们说:"只要你认为是正确的,就大胆去干。即使是失败了,也一定要从中学到一点东西,使自己绝不再犯第二次同样的错误。"

盛田昭夫自己也承认,自己也曾犯过许多不小的错误。例如,由他决策,公司对彩色显像管的试制以及开发就是一个严重的失误。它耗损了公司巨资,而后又因其技术本身的缺陷不得不放弃。盛田昭夫对于自己在经营方面下达的任何决定,都敢于承担起责任,吸取以往教训。

盛田昭夫说,在日本的公司中,大家对每件事都有一种连带责任,共同的使命感和利益一致化观念将每个人都紧密联结在一起,因此,一旦有了错误发生,不能追究某一个人的责任,而是人人都应该来承担它,并从中吸取教训。这是一件好事,它促使企业员工结成更紧密的团体。相反,要是查清肇事人并处以重罚,除了令全体员工不寒而栗、心灰意冷之外,又能起到什么效果呢?

自索尼公司创立这么多年来,盛田昭夫没有一次因员工偶尔犯下过失而将其解雇。

2 人才财富论

研究任何一家大型公司都会发现,它们之所以能够发展、兴盛,靠的是公司里的人才。首屈一指的公司里有各方面首屈一指的人才。

对于人才,一般有两种态度:一种是妒贤嫉能。持这种态度的领导者,在看到别人比自己能力强的时候,心里就不安心,总要想方设法压制人才,甚至不择手段地加以迫害。有人告诫说，假如在这种人的领导下工作，想要保住饭碗的话，千万不要表现得比他有能耐，否则，离"卷铺盖走人"的时间就不远了。其实这里也不是成就事业的地方，走，也可能是上策。

另一种是尊重人才。持这种态度的领导者，往往视人才为宝中宝，求才心切，能够惜才、护才、用才。他一般不把人才与自己作比较，而把人才与事业作比较。因为事业需要人才，人才也需要事业，靠人才发展事业。

唐朝之所以能盛世，与尊重人才不无关系。唐太宗李世民，在开创大唐帝国的伟业中，团结、任用了大量人才。

还有三国时期的风云人物曹操，也很尊重人才。在曹操的事业中正是采取了大胆提拔降将之才，借他山之石以攻玉的博大襟怀的大人才观的战术，使他在众多困境和厄运中能化险为夷。历史也充分证明了这一点，除了尊重许攸外，曹操重视魏仲也让人刮目相看。最初曹操推举魏仲为孝廉，后来魏仲却参加了叛乱，曹操把他俘获后，因重其才又委之以河内太守，魏仲感恩戴德，在以后治理整个河北军政大事中立下功劳。官渡之战中，曹操俘获了袁绍大量部下，曹操不仅不杀他们，而且还极力收揽、拉拢，甚至为他们开脱或隐藏罪过，尽量安抚他们。曹操和袁绍相比，二人都有在天下纷扰、意欲独霸一方的相似的雄心，袁绍一败涂地，曹操却赢得人心而终成大业，为魏国的建立打下了基础。

众多管理精英最后总结出："选准一个人，救活一个厂；选准一批人，兴旺一大片。"轻视人才，只会随波逐流，难成大事。而事业成功的背后是人才资源的配置和组合，尊重人才，是这个时代的主旋律。

3 把握机遇就是抓住财富

机会是财富，是一个公司的无形资产。每一个商业机遇都伴随着一定的时效性，所以精明的领导者一旦发现这样的机遇，就会以最快的速度把握它、利用它。因为机会对任何人都是均等的，而差异只在于把握的快慢。谁快谁就先得益，反之，则两手空空。

人们常说，机不可失，时不再来。商战中，领导者感觉到，机遇总是那么来去匆匆，一闪即逝。无法停留，不能重演，一旦失去就永远无法补偿，无法追回。

做买卖的目的，是为了尽快把商品推销出去，加速资金周转，多赚钱。多拖延一天时间，就会多占压一天资金。商品长期压在手中，资金则会减少生息。有丰富实践经验的生意人会把争取时间作为在竞争中取胜的一大法宝。

要快速把握有利的销售时机，这种销售时机对生意人来说这其实就是一种机遇。机遇是乔装的财神，它会迎面而来，也可能擦肩而过。要觉察它却不那么容易，必须培养敏锐的洞察力，只有具备了这种能力，才能准确地抓住机会。

"他的运气比我好"当看到别人事业飞黄腾达时，人常常为自己的不景气而这样喟叹。事实上，原因并不是机遇不垂青于他，而在于他缺乏一种灵敏攫取的意识，一旦贻误了时机，以致抱恨终生。

在商场上，机遇对于任何人，都是一视同仁的，而人对时机的利用则不尽相同。有人视而不见，甚至无动于衷；有人见之不放，机遇独得；有人优柔寡断，从而坐失良机；还有人伺机奋起，一鸣惊人。其关键还在于如何把握机遇，能不能利用机遇。

不过，机遇的显露往往是朦胧而模糊的，惟有目光敏锐的人，才能透过现象看到本质，抓住拓展事业的绝好机会。相反，正是因为时机不容易判断和把握，也才给精于此道的人带来大发利市的机会。假如人人都看得出、拿得准，那也不叫什么机遇了，至少坐失良机的人也少了。认准了，就千万不要错过。

领导者在风云变幻的商海竞争中，一旦时机到来，就必须当机立断，该攻就攻，甚至要连续不断地攻击；该收场就收场，就算是匆匆忙忙。当断不断，该及时收而不收，不该攻时反而攻，不该收场时反而收了场，同样会带来损失。商战的残酷，客观上要求领导者对世态商情作清醒判断，当机立断，不允许拖拖拉拉而坐失良机，更要求领导者是一位观察家，第一素质就是洞察力。这不仅表现在调查市场风云变幻的直觉上，而且体现在运筹帷幄决胜千里的韬略中。欲想在商战中大获全胜，就要善择良机，就要随时把握客观形势及各种力量的对比变化，从而透过现象看本质；同时，还要善于在七分把握三分冒险的情况下，当机立断，先发制人。领导者若能在商战中达到这种要求，就能获胜。

4 企业文化也是资产

一个优秀的公司，一定有着深厚、浓郁的企业文化，因为企业文化也是企业的无形资产。

随着我国的改革开放和世界经济一体化进程的加快，企业面临着日益激烈的竞争。21 世纪，企业应以一种怎样的管理来提升自身的竞争力呢？众多企业的成功经验告诉我们，他们的成功得力于他们深厚、成功的企业文化。先进的企业之所以能够战胜落后的企业，就是因为与落后企业文化相比，先进企业文化更能适应竞争的要求、更具有生命力。

什么是企业文化？企业文化体现企业核心价值观念，它是全体员工所认同和维护的企业核心价值观念，它概括了人们的基本思维模式和行为模式，或者说是那些习以为常的东西，是一种不通过思考就能够表现出来的东西，是一旦违背了它就感到不自然的东西，而且这些思维模式和行为模式，还能够在新老员工的交替过程中具有延缓性和保持性。一个优秀的企业，应该创造一种能够使企业全体员工衷心认同的核心价值观念和使命感，还应该创造一个能够促进员工奋发向上的心理环境，一个能够帮助企业不断提高经营业绩、积极地推动组织变革和发展的企业文化。那么，怎样才能建立优秀、适合企业自身并被大家认同的企业文化，从而增强企业的市场竞争力使其实现持续发展呢？有以下几点，可供参考：

一. 企业领导者要讲求经营之道，在建设企业文化中积极发挥带头作用

作为一个把握企业发展方向的领导者，必须有一套属于自己的哲学思想，作为判断正误的标准，以保证其决策的科学、合理性。与不同的人有不同的人生一样，不同的企业有不同的企业文化。一个负责任、有志向的企业必然有其明确的长远的发展目标。而企业目标的实现过程就是该企业从小到大、由弱到强的奋斗历程，是企业精神的提炼，是企业哲学的根植和企业形象的展示历程。企业目标的实现，不仅包括某些经济指标的完成，还必须包括企业全体员工的理想、抱负和社会责任的实现。

一个企业领导者以何种方法从事经营管理活动、开展市场竞争，是企业经营中重要的战略思想，也可称其为企业的经营之道。确立了正确的战略思想后，更重要的是要让全体员工认同、理解、支持和实践企业的经营之道，为实现共同目标而奋斗。也就是要如何增强广大员工对企业精神、制度、经营战略和目标的认知与遵守。企业文化对广大员工的行为既有强制性的指导作用，同时又有潜移默化的引导作用。要把员工的理念、价值观调整到企业的发展目标、经营策略与经营方针上来，关键在于各级领导能否把确立的企业精神以及多年来沉淀的好的传统、好的作风融入到管理企业的实践中去。在企业文化建设上，领导者必须带头，必须清楚得知道自己的言行对企业建设发展的影响。他们应该利用会议、各种活动以及组织来学习和宣传公司的企业文化。如："公司是我家，我们都要热爱她；公司是我家，我们共同建设她。"这句口号就能激发所有员工，给员工们很大的鼓舞和激励。把这种口号根植于公司每一个员工心中，是非常有必要和有意义的。领导者应该清楚地意识到这一点。

二. 企业文化建设要营造全体员工积极参与的良好环境

建设企业文化，最为根本的是要在企业内部营造出适合企业模式、有利于企业持续健康发展的氛围和习惯。文化即习惯，每个员工的言行习惯，都是企业风气的反映。建设企业文化，要立足于帮助广大员工树立爱岗敬业、尽职尽责，牢固树立良好的职业观念、职业纪律和职业道德，推进员工队伍的作风建设。特别要通过教育让员工明确企业追求什么、倡导什么，从而养成遵章守纪、诚实守信的自觉行为，促使员工个人的理想与追求同企业发展的要求统一起来。

和谐、和睦、合作的文化氛围能够促成一种意志统一、团结协作、积极向上的力量。企业文化建设的重要任务和方向，就是在企业内外部营造这样一种有利于企业发展的良好氛围，使领导、员工之间发自内心地精诚合作，从而形成班子团结协作、干群相互信任、员工相互帮助的和睦氛围。要把形成一种和谐、向上、健康、宽容的氛围作为重组改制和推动企业创新的一项重要内容。企业在这方面要做系统的安排和组织，开展比较多的相关活动。如大家最熟悉的每年"三八"妇女节，公司领导无论多忙，一定要下到基层亲自为女员工奉送鲜花。要是多年来这种形式不变，就容易形成一种大家习惯的文化氛围，并可以有效激励女员工的工作热情。

三. 优秀的企业文化要创新，要与时俱进

企业是发展变化的，所以企业文化也需要伴随企业的发展和市场的变化而不断地发展、创新。企业要想发展，必须致力于以人为本，全面提高员工队伍素质，充分发挥员工的积极性和创造力，综合提升企业整体素质，从而增强企业系统竞争力，促进企业发展。

海尔文化是我国企业文化创新的一个经典，张瑞敏对海尔文化是如此表述的：要是概括成两个字：创新；概括成四个字：不断创新；概括成六个字：永远不断创新。可以说，创新是海尔文化的中心内容，就像人的血液，激荡着整个肌体。创新是海尔之魂。

四. 倡导企业文化，建设学习型企业

学习能力是学习型社会的必备技能，是个人素质及核心竞争力的重要体现，未来的文盲是那些不会学习的人。很明显，学习是竞争获胜的有力武器，谁先拥有知识与信息，谁就先拥有财富和资源；谁拥有更多的知识和信息，谁就能主宰自己的命运。未来最成功的企业将是"学习型企业"，而未来唯一能保持持久的优势便是有能力比你的竞争对手学得更快。在当今这个知识经济时代，企业要成为"学习型企业"，个人要先成为知识型人才。

第六节　让领导成为一种信念

当你能为了员工的利益而东奔西跑；当你能在员工面前释放你的热情；当你的气质能使你获得员工的尊敬和爱戴；当你能获得员工的真心支持，那么你已经成为了员工心目中的一种信念。

1　获得员工的真心支持

企业组织里每天都有许多变化。在某种意义上，领导者的职责就是对变化和变革进行管理、驾驭。

对于变革，人们的反应有好有坏，要避免那些使变革陷入困境的反应。比如，对变革的需求缺乏一定的认识；对变革的环境缺乏认识或抱有不同认识；对进行变革的人缺乏必要的信任等。因此，在进行交流时要从以下几个方面来参考：

一、首要任务是说明变革的理论基础

支持变革，首先就要接受作为变革立足点的前提条件和观点。因为接受了这些观点，就不难理解所提出的变革行动。员工也许不喜欢必须进行的变革，但能够认识到其好处。所以，交流的首要任务就是说明变革的理论基础。

然而当接近实施阶段时，这个任务就越难。人们关心的是给自己的具体问题寻找答案。当企业机构臃肿，暴露出裁员的迹象时，人们最关心的就是保住自己的饭碗。他们不想看远景，只想看眼前，而且斤斤计较眼前利益。到这时候再说明变革的理论基础就晚了。人们早已按各自的活动日程办事了。显然，他们的优先顺序会不同于公司的优先顺序。

越往后拖，交流的面将越窄。交流的面越窄，也就越可能发生冲突、阻力越大。交流的过程就是领导者带领员工体会一种思路的过程。要想改变人们的态度和对问题的理解，必须让员工经历这个过程。不能只把这个

过程的结果告诉他们。交流的目的是分享思路，不是宣布结论。

二、追根溯源，把改革思想产生的环境讲明白

再进一步回到思路漏斗的上端，即产生思想并考虑各种选择方案的地方。若要变革越大的幅度，那么交流的重点就越要放在更靠近起源的地方。

倘若不把思想产生的环境讲清楚，你所提供的信息就没有任何意义，或者产生不了预期的影响。员工就会从他们自己的角度来解释所交流的信息，认为公司采取的是与他们敌对的立场。

于是利益冲突就这样产生了，交流在他们看来是不顾人们的切身利益，硬性贯彻变革日程。当领导者宣布未来的新方案时，员工脑子里装的都是直接关系到自己前途的担忧，那就很难装进别的东西。

原来本该是使企业成功的因素这时就变成了不利因素。领导者过分注重完成任务、强迫员工服从、明确就对错问题的表态以及在不同价值观的背景下交流等，所有这些会使员工产生很大的反感、阻力和误解。假如不和员工分享对问题的理解和此前的思想产生过程，而是想直接推出结论，将会使后果变得更糟。

领导者包揽了整个思考过程，仔细分析了变革的意义，而且就员工提出的问题进行苦苦思索。太殷切地希望员工了解其变革，结果往往使用的语言反而加强了员工的怀疑。

三、帮助员工转变思想

1. 避免相撞

团队中的关系中有共同的目标，也有冲突的目标。在不安的动荡时期，人们往往忽视共同的目标以及把人们联结在一起的东西，紧张兮兮地把注意力集中在引起对立和冲突的目标上。假如在交流时只注重完成任务，人们就会采取自我保护的敌对态度，形成最令你无法进展的阻力。

2. 不要贬低过去

通常，人们倾向于把过去说得沉闷、错误百出，以此来描绘明天的灿

烂。这令人联想到公司过去一直是错误百出的，现在要加以纠正。

3. 让员工排泄怨气

只有把员工头脑里的包袱卸掉，他才有可能接受新的观念。交流者只有收到反馈才能真正实现交流。通常，领导者在事情过之后很久，才惊讶地发现自己的话被人严重误解了。误解是难免的。假如不让员工说出自己的看法、担心和害怕，你将可能面对的还有自己没意识到的误解所带来的阻力。

4. 不要只重任务

帮助员工应付变革，应该有解释说明变革环境和提供反馈意见的技能。

多数领导者把时间用来下命令、检查任务完成情况。这时，就出现了双方的脱节。领导者的注意力集中在完成任务上，所以要下命令，检查工作。员工的愿望是了解变革的前因后果以及各种环境条件，所以希望了解变革的背景，为什么要这么做，管理层的反馈是什么，事情的进展如何。领导者只偏重任务，而不在意环境条件。在日常运作中这只能使员工感到不快，在变革时期就是个不利因素。

5. 欢迎和鼓励员工提问

人们希望了解一种战略在实际运作中的具体情况，通常需要提问并得到圆满的回答。员工这种探询和估量的过程对于激发主人翁责任感和适应变革都至关重要。

假如员工在十分有把握时才敢发表不同意见，企业的文化特点是不敢肯定时就保持沉默，所有员工都害怕走错一步，企业里向来都是唯唯诺诺，从未一呼百应，那么，领导者就应该寻找机会、创造机会改变这种状况。

四、通过不同的交流渠道和工具实现不同的交流目的

在一定时期内，对不同团队的员工往往有不同的目标要求。有些员工暂时只需要他们有所了解，另一些员工则可能要求全力投入。为了最好地利用有限的时间和资源，企业有必要对员工做不同分类，按优先顺序来确定在某一时期对某个团队有什么目标要求。

领导者与员工交流变革问题就像乘扶手电梯，是一个不断向上运动的动态过程，其主旨就是要让公司全体员工随之而上。不同的交流渠道和工具实现不同的交流目的。企业如需要让这个员工走到扶手电梯的更上端，那么就要花更多时间，做更多面对面的交流。

在扶手电梯的底部，交流的重点应该主要放在那些单向地传递信息给被动的听众。到电梯中段，则需要通过更多对话和面对面的交流。在电梯顶部，领导者则需要多听少说。

在扶手电梯底部，重点在于完成交流任务和高效地传递相关信息。越往上走，重点就转向了与员工关系的质量。领导者必须留意任务与关系间的区别。要让一个注重任务的领导者装模作样地去关注与员工的关系，这很难获得什么成就。

驱动交流的最终因素就在于员工关系的质量和员工的信任度。事实上，交流本身并不能改变员工，但可以肯定的是，一定能清除变革道路上的障碍。

2　释放你的热情

爱默生说过："没有热情，任何伟大的业绩都不可能成功。"无论什么事业要想获得成功，首先需要的就是释放热情。热情是这个世界上最宝贵的财富，没有其他任何东西能让人勇敢、精力充沛以及引起别人的好感了。

热情是我们办事过程中最重要的财富之一，假如在办事的过程中，处处让人感受到你的热情，那么他也很容易被你的热情所感染，自然会对你亮起绿灯。假如你总是一副拒人千里之外的模样，别人又怎么可能对你产生好感呢？

热情代表着一种积极的、乐观的精神力量，这种力量不是凝固不变的，而是不稳定的。对于不同的人，热情程度与表达方式不一样。即便对于同一个人来说，在不同情况下，热情程度与表达方式也不一样。但总而言之，热情是人人具有的，善加利用可以使之转化为巨大的能力。要是你内心充满要帮助别人的热情，你就会兴奋，你的精神振奋能够鼓舞别人努力工作，这就是热情的感染力量。

如何才能给别人留下热情的好印象呢？这就需要做到以下几点：

1. 事事比别人快一步，会给人以热情积极的好感

现代社会是一个节奏感强、竞争激烈的时代，办事永远比人慢半步的人怎么也不会引起人的注意，办事也往往不会成功。为了给人留下工作积极的深刻印象，事事都比别人快一步是非常有效的。

2. 与人办事交谈时，上半身保持前倾，可表现出你对所办之事的关切

对于感兴趣的事，人们通常会很自然地将上半身向前倾斜着，好像努力要把所要办的事情听透和看透似的。所以在办事过程中，你若想让对方产生一种热心而积极的好印象，不妨摆出这样的姿势，表示你对所办之事项倾心关注的态度。

3. 说话时借助手势，表现热情

其实希特勒是一个十分成功的演说家，他的演说具有很强的煽动性的原因之一就在于，他演说时那经常带有夸张的更替手势，使他有了与众不同的风格。在办事交谈时，假如能加上一定的手势和神态，就能表现出你积极热忱的态度，获得别人的好感。

4. 打招呼的声音稍微高声一点，可展示你热情开朗的性格

假如和人打招呼时声音太小，会给人一种冷漠的印象。假如用比平时说话声音稍大一点的语调跟人打招呼或寒暄，更能给人以热情开朗的感觉，从而留下积极美好的印象。

3　维护员工利益

关心员工生活，维护员工的利益，这是取得员工信任的最基本的管理策略。毋庸置疑，增进管理层与员工之间的相互信任与相互忠诚是一个非常艰巨的任务，也是一个永恒的话题。然而，在怎样的情况下才能培养员工对管理者的信任呢？只有当员工意识到在他们不能保护自己的权益时，

领导者能够挺身而出，勇敢站出来为员工据理力争，维护员工的权益时，他们才会真正信任领导者。但当一项工程出了问题时，或者某个决策在执行的过程中出了差错难以控制时，领导者往往习惯于找一个替罪羊。

领导一个团队或者是一个部门，在管理的过程中，会有大量需要你协助员工进步、维护员工权益的时候，例如：

当员工在工作的过程中，发挥了自己的创造性，或者他的工作的方式独树一帜、效果卓著时，你千万不要吝惜自己的赞美之辞；

当你为员工分派任务时，要给出必要的、合理的理由；

当你在公司设定一个岗位时，也要说明充分的理由；

当员工某一项任务完成得非常出色，但是公司其他员工没有发现时，领导者就要对其在公共场合给予认可与表扬；

协助员工完成工作任务，为员工提供必要的物质与材料；

当作出一项糟糕的决策时，就应该勇敢地对这项决策负责任；

当某一项目不能够按照预期计划展开时，领导者应该对此作出解释。

关心员工生活，时刻维护员工的利益，这是取得员工信任的最基本的管理策略。在管理实践中，要善于总结许多维护员工权益的方法与手段，特别是当员工在面临困境、无能为力之时，你更应该挺身而出，坚决地保护员工的利益。当然你自己要清楚应在什么时候站出来维护员工的利益。当为了员工的利益采取切实的行动后，你应该让员工知道你在维护他的利益。通过你的行为让员工明白：当他们工作完成得很好的时候，你会为他们加油，让他们做得更好。假如在工作的过程中出现任何偏差，你会及时指出来，并帮助他们加以纠正。最重要的是，你要让他们知道，你会百分之百地支持他们，非常希望帮助他们取得更大的进步。你对他们的帮助与支持不要停留在口头上，而是要表现在实际行动中。

办公室里要制定严格的规定。即使是非故意的行为，假如有引起办公室骚扰行为，也要严加制止。20世纪90年代以来，越来越多的公司开始重视消除办公室里出现的不道德骚扰行为。不道德骚扰的表现形式主要有：性骚扰、种族歧视、性别歧视或者针对某一特定群体的歧视。实际上，美国的一些州甚至还通过法律条文规定公司必须进行反性骚扰培训。假如公司忽视这方面的教育与宣传，没有正视与解决可能存在的或者是潜在的不道德骚扰问题，就有可能带来很大的损失。现在，许多公司疲于应付频频发生的骚扰问题，这是公司非常头痛的灰色警戒区。

办公室骚扰多种多样，危害严重。这些骚扰其中包括自己感觉没有任何恶意但是对方感觉受到侮辱的玩笑、容易引起敏感联想的图片、身体的接触或者是为了得到某种特别的利益而进行的以权谋私行为。作为一位领导者，你要在这方面严格要求员工，禁止任何人越雷池一步。就算是非故意的行为，假如有引起骚扰的嫌疑，也要严加制止。

为了避免办公室骚扰行为的发生，以下建议可供领导者参考：

1. 以身作则，注意自己在办公室里的一言一行。

2. 在制止骚扰行为时，采取恰当的方式。

3. 为员工制定办公室行为指南，向员工指出哪些行为是不合时宜，容易引起骚扰与非议。不过，办公室行为指南要以公司的规章制度为基础制定。

4. 遵守公司制定的各项规章制度。

5. 当员工提出问题时，要及时作出回答。假如你不知道答案，就要积极地寻找正确答案。

6. 对办公室发生的具体事件进行详细地记录。

7. 向人力资源部了解情况，或者与人力资源部负责人保持联系，向他说明员工的当前的行为表现。

在制止任何形式的骚扰行为时，领导者应该很严肃，禁止员工使用某种形式的语言，或者禁止员工针对某一个话题或某个人开玩笑而使他无地自容。因此，领导者在禁止骚扰行为时，可能让员工感觉领导者是一个不近人情的坏家伙。但是，作为领导者来说，宁可一时背负这样的坏名声，也不要心慈手软而对公司里发生的一些比较敏感的骚扰行为视而不见。一旦时间过长，就有可能发展成非常严重的骚扰事件，到那个时候要想彻底地根除就为时已晚了。领导者在制止骚扰行为发生时，最好提前向员工说明这是为创造一个和谐的工作环境而做的，要是你积极认真地倡导，员工也会踊跃地参与到反骚扰的行动中来。毕竟这都是为了维护员工的利益的行为。

4 培养领袖的气质

领者导培养自己的领袖气质是成功的资本之一，尤其对新上任的领导者来说，更是如此。

你看过魔术吗？这些魔术师能变掉一头庞然大象；能将一个人装入层层锁链的铁箱，然后沉入水底，可是再将铁箱拉起来时，箱里的人早就在别的地方出现；能够只用简单的几张扑克牌和几枚硬币，就会变得你眼花缭乱。其实魔术规模的大小并不重要，最重要的是能骗倒我们。绝大多数的魔术看起来都有种吸引人的魅力，原因在于我们无法了解他们是怎么变出来的。这使他们充满了神秘感。魔术师绝不可能告诉你变魔术的技巧，因为这样会有损他们神秘的形象。

的确，我们是受骗了。但这并没有什么关系。魔术师知道如何做我们不会做的事——而且是带着神秘和魅力的气氛来做、来展示的。每当有某个人能够做我们不会做的事情时，我们就会亟欲跟随他。他所具备的特殊气质就会吸引我们的忠心和热忱。

建立神秘形象最基本的是绝不解释你所做的某件事，而是让人们对你以这样少的时间能完成许多的事而感到诧异。让他们去诧异吧，绝不要向他们透露你已开了一个星期的夜车，你要做的只是微笑不语。要是有人惊奇为什么你突然瘦了 20 磅，别告诉他们你是在做运动或节食，你需要做的仍然是微笑不语。你在 3 日以内制定出一项重要的行销策略计划，其实你是将 5 年前就早已拟好的那份拿出来，按照目前的市场行情改写一下。但别人问起来时，你绝不要解释——仍然是微笑不语。

不过，你最好不要将这种手段运用在其他事情上。必须让你的员工对状况完全了解，并不断提供他们新的资讯。要员工做什么，你必须清楚地解释，让他们完全了解。但有关你自己，要像魔术师一样，绝不要透露你所做的事。你只要多用微笑，就能建立起神秘形象。

那些头脑太聪明、个性太精明的人，通常都是很难应付的。由于脑子整天转个不停，不论哪些事情都会事先预计好，让人有松懈不得的感觉。同时，一发现别人的缺点或错误，便会立即指出来，即使没有当场表明，也能够让对方觉得："这个人不知道有什么企图！"警戒之心乃油然而生。像这种让人随时产生警戒心的人，怎么还有魅力可言呢？所以，如果让这类型的人物登上新领导的宝座，员工们恐怕再没有好日子可过了。

领导者的主要任务，即是让员工的能力得以充分发挥。领导者必须从员工身上得到以自己的立场无法思及的想法，同时也要让员工在自己无法照顾到的方面充分活动才行。

要是领导者的作风太过敏锐、精明，与之接触的人都会受其刮伤，如此一来，员工当然不会轻易将自己的真实想法告诉领导者，而是将自发性的活动压抑下来。要是领导者虽没有采取指责员工缺点的实际行动，但平常所表现的行为皆十分敏锐，员工也会自然畏缩，因为他们的内心会认为："我何必自找麻烦，以致被领导者挑毛病。"

由此可知，领导者的表现如果过于敏锐，便会成为使员工充分发挥才能的障碍。如果领导者能稍微掩饰一下自己的锋芒，使员工的能力得以充分发挥，才称得上是一位魅力十足的成功领导者。例如，被称为"装有电脑的推土机"的田中角荣，即属于这种类型的领导者。由于他兼备极其精密的计划能力，以及超群绝伦的实行力，所以才配得上此称号。

不过，为什么田中只被称为"电脑推土机"，而没有被称为"电脑刮胡刀"呢？原因在于推土机的马力虽然很大，却不是很敏锐，就像田中的表现，也有点略微迟钝，正好和推土机的性质相同。后来田中就任了总理大臣，他倡导"日本列岛改造论"，并加以大力实行。观其实践方式，便使给人以一种非依赖敏锐头脑而是依靠踏实作为才获得成功的感觉。

但后来，田中角荣丢掉了过去那种单纯和有些迟钝的形象，而将内在的敏锐显露于外。据专家追踪和研究，田中现在所表现的敏锐作风，很多都是由于他依靠财富力量所获得的强大权力引起的。实际上，田中角荣本身至今仍保持着相当浓厚的迟钝性格色彩。例如他牵强地使用强力压迫有关方面来改变洛克西德事件对他的不利裁判，结果反使自己不得不下台，就充分证实这一点。

因为内心的敏锐显露于外而获致成功的人物有很多，大平正芳就是其中的一位。其实，他是个相当聪明、且反应灵活的人，生性酷爱读书。当他就任池田首相的秘书官时，不管多么忙碌，他都会抽空到位于神田的书店街去逛逛，并买几本中意的书回家品味。不过大平却以说话速度慢条斯理而闻名，其实这也许是他故意隐藏敏锐的真面目，佯装成反应迟钝，而予人安心之感，这是避免受人攻击的巧妙方法。但当大平与亲信幕僚谈话时，不但速度快，而且能言善辩。

由此可见，领导者应当琢磨上述事例的真正内涵，尽可能从中发现"领袖气质"的威力，在平时工作和生活中，注意训练和培养自己的领袖气质。